O penhoar chinês

Rachel Jardim

O penhoar chinês

5ª edição

JOSÉ OLYMPIO
EDITORA

Reservam-se os direitos desta edição à
EDITORA JOSÉ OLYMPIO LTDA.
Rua Argentina, 171 – 1º andar – São Cristóvão
20921-380 – Rio de Janeiro, RJ – República Federativa do Brasil
Tel.: (21) 2585-2060 Fax: (21) 2585-2086
Printed in Brazil / Impresso no Brasil

Atendemos pelo Reembolso Postal

FUNALFA Edições • Fundação Alfredo Ferreira Lage
Av. Rio Branco, 2236 • 36016-310 • Juiz de Fora • MG
Tel.: (32) 3690-7033
E-mail: funalfa@funalfa.com.br

ISBN 85-03-00882-3

Capa: LIGIA LACERDA
Foto de capa: Irmãs Surerus. Acervo do Museu Mariano Procópio, Juiz de Fora, MG

CIP-Brasil. Catalogação-na-fonte
Sindicato Nacional dos Editores de Livros, RJ.

Jardim, Rachel, 1928-
J42p O penhoar chinês / Rachel Jardim; prefácio de Lélia Almeida. – 5ª
5ª ed. ed. – Rio de Janeiro: José Olympio; FUNALFA, 2005.

Edição comemorativa dos 20 anos de lançamento da 1ª edição
Contém dados biobibliográficos
ISBN 85-03-00882-3

1. Romance brasileiro. I. Fundação Cultura Alfredo Ferreira Lage.
II. Título.

CDD – 869.93
05-1329 CDU – 821.134.3(81)-3

A Álvaro Americano,
amigo ausente.
A Ernane Catroli do Carmo,
amigo presente.
A minha filha Ana Teresa,
escritora, e a minha mãe,
Maria Luiza, que iniciou o bordado.

SUMÁRIO

INDICAÇÕES BIOBIBLIOGRÁFICAS SOBRE A AUTORA

RACHEL JARDIM nasceu em Juiz de Fora, Minas Gerais. Em 1942 foi morar no Rio de Janeiro depois de uma temporada em Guaratinguetá, São Paulo, na fazenda de seu avô paterno, hoje transformada em clube. Sua sede está, portanto, preservada. A literatura de Rachel Jardim impregna-se destes dois mundos.

Depois de uma carreira bem-sucedida no Serviço Público Municipal, com atuação importante na área de patrimônio cultural, urbanismo e ecologia, Rachel está aposentada e se dedica a leituras permanentes, inclusive em grupos que degustam seus autores favoritos, sobretudo Marcel Proust, passando por Machado de Assis, Thomas Mann, Carlos Drummond de Andrade.

Obras

Os Anos 40 (a ficção e o real de uma época). Rio de Janeiro: Editora José Olympio, 1973. 2. ed., Rio de Janeiro: Editora José Olympio, 1979. 3. ed., Rio de Janeiro: Editora José Olympio, 1985. 4. ed., Rio de Janeiro: Editora Guanabara, 1985. 5. ed., Juiz de Fora: Funalfa Edições/ Rio de Janeiro: Editora José Olympio, 2003.

Cheiros e ruídos (contos). Rio de Janeiro: Editora José Olympio/ INL — MEC, 1982. 2. ed., Rio de Janeiro: Editora José Olympio, 1982.

Cristaleira invisível (contos). Rio de Janeiro: Editora Nova Fronteira, 1982.

Vazio Pleno (Relatório do cotidiano). Rio de Janeiro: Imago, 1976.

Inventário das Cinzas (romance). Rio de Janeiro: Nova Fronteira, 1980. Prêmio Nacional do *Pen Club* do Brasil. 2. ed., Rio de Janeiro: Editora Salamandra, 1984.

O penhoar chinês (romance). 1. ed., Rio de Janeiro: Editora José Olympio, 1985. 2. ed., Rio de Janeiro: Editora José Olympio,1987. 3. ed., Rio de Janeiro: Editora José Olympio, 1987. 4. ed., Rio de Janeiro: Editora José Olympio, 1990.

Num reino à beira do rio (um caderno poético Murilo Mendes). Juiz de Fora: Funalfa Edições, 2004.

Antologias

Mulheres e mulheres. Rio de Janeiro: Nova Fronteira, 1978.

O conto da mulher brasileira. São Paulo: Editora Vertente, 1978. 2. ed., São Paulo: Editora Vertente, 1979.

Muito prazer. Rio de Janeiro: Editora Record, 1980. 2. ed., Rio de Janeiro: Editora Record, 1980.

O prazer é todo meu. Rio de Janeiro: Editora Record, 1984. 2. ed., Rio de Janeiro: Editora Record, 1985.

Crônicas mineiras. São Paulo: Editora Ática, 1984.

Minas de liberdade. Belo Horizonte: Secretaria do Estado de Cultura de Minas Gerais, 1992.

A cidade escrita. Universidade Federal de Minas Gerais e Assembléia Legislativa de Minas Gerais, 1996.

Tigerin und Leopard. Zurich: Heidbraut Amman Verlag AG, 1998.

Contos de escritoras brasileiras. São Paulo: Martins Fontes, 2003.

Teatro

Inventário das cinzas. Direção e adaptação Celina Sodré. Teatro Aliança Francesa, 1988.

As urzes da Cornualha. Direção Maria Helena Kühner. Teatro Laura Alvin, 1990.

Roteiros

A glória de Pedro Nava. Vídeo para TVE com Cláudia Jaguaribe. Dirigido por Joaquim Pedro de Andrade, 1989.

O Rio de Janeiro de Machado de Assis. Participação no roteiro e texto. Produção e direção Norma Bengell. Fotografia Sônia Nercessian. Globosat, 1998.

PREFÁCIO

GENEALOGIAS FEMININAS EM *O PENHOAR CHINÊS* DE RACHEL JARDIM

*Lélia Almeida**

TECER E NARRAR: O QUE TECEM AS FILHAS DE PENÉLOPE?

O texto de Rachel Jardim, dividido claramente em três partes, trata de um diálogo entre uma mãe e uma filha que se dá depois da morte da mãe que deixa para a filha, como uma espécie de herança, de legado, uma carta que constitui a parte central, o miolo do texto.

*Professora do Departamento de Letras da UNISC — Universidade de Santa Cruz do Sul, mestra em Literatura Brasileira pela Universidade Federal do Rio Grande do Sul (UFRGS) e doutoranda em Literatura Comparada pela UFRGS.

A narrativa inicia-se com uma reflexão sobre o tempo, que aparece como tendo o mesmo significado do tecido gasto do bordado no bastidor. Assim, recuperar o tempo e retomar o bordado situam-se na mesma ordem de significado de resgatar a memória:

> [...] O Tempo o que é? [...] Tento recompor este tecido gasto trabalhando com a agulha mais fina para não ferir demais as fibras envelhecidas. Ajeito os óculos com mãos meticulosas, e me lembro de que, quando pegava o bastidor e sentava no sofá do lado oposto de minha mãe, o risco logo surgia nítido diante dos meus olhos, um traçado azul, mapa da viagem a ser iniciada. O Tempo emprega os seus pequenos instrumentos de tortura, com os quais nos fere sem grandeza. A enlouquecida teimosia que me levou a retomar esse bordado quase impossível de ser recuperado é a mesma que me atirava na infância as empreitadas mais absurdas, pelo gosto de desafiar a ordem das coisas, a tirania das tramas secretas que conduziam nosso destino.

Essa imagem inicial, a de uma mulher que borda, leva-nos a algumas reflexões que situam o romance de Rachel Jardim numa tradição de textos de autoria feminina e a uma concepção do tempo típica desses textos.

São vários os romances de autoria feminina que usam e abusam do procedimento da construção da trama relacionada à confecção de uma colcha, uma manta, um *patchwork* ou de um penhoar, como no caso de Rachel Jardim. Vemos presente, ativa, a figura arquetípica de Penélope que, entre nós, encarna o mito e o ideal feminino da mulher que espera e que, enquanto espera, tece.

No mito grego, no entanto, Penélope espera a volta de Ulisses, o herói conquistador que se perdeu por horizontes longínquos e tarda em voltar. Mas Penélope não tece para se distrair. Tece com o pretexto de enganar seus pretendentes, que, certos da morte de Ulisses, a pressionam a contrair novas bodas. Ela decide então começar a tecer uma mortalha e só ao término do trabalho fará sua escolha, a escolha do pretendente. A estratégia de Penélope, como sabemos, era outra. O que ela tecia durante o dia desfazia durante a noite, adiando indefinidamente o término do trabalho e a escolha do novo consorte. Mas Penélope esperava por Ulisses, sabia de intuição profunda que o marido, não só não havia morrido como haveria de voltar, e então sua longa espera seria recompensada e sua paciência estaria francamente justificada.

Esta é uma das mais claras e populares imagens de feminilidade, a da mulher que espera um consorte, um amor, espera seu amor, seu consorte e que, enquanto espera, pacientemente, borda, tece, junta os fios e as cores.

Um dos procedimentos recorrentes entre as autoras dos anos 70 e 80 do século passado é a releitura ou reinterpretação de mitos ou arquétipos femininos criados pela cultura patriarcal e que cristalizaram determinadas imagens femininas como estereótipos. O mito de Penélope, ícone indiscutível e adorado da cultura patriarcal, quer nos fazer acreditar que o destino das mulheres é esperar por seus homens, e esperar pacientemente, o que as dignifica sobremaneira. E, além de esperar pacientemente, Penélope tece, como abelha industriosa, distraindo-se produtivamente, enquanto tece. É este um dos tantos mandatos patriarcais sobre algumas condutas femininas ao longo da história do mundo: às mulheres cabe esperar pacientemente, labutar produtivamente e enquadrar-se passivamente à imagem do peito que acolhe o descanso do guerreiro.

Quando algumas autoras retomam e reescrevem alguns mitos ou reiterpretam alguns personagens literários, a história que nos é contada começa por mostrar a possibilidade de novas imagens de mulheres, correspondentes às novas condutas.

Nora, a protagonista de *A sentinela*, de Lya Luft[1] às vésperas da inauguração de uma empresa chamada Penélope e num momento da vida em que ela faz balanços e organiza contabilidades, apresenta-se assim: *é a sensação de ter voltado para casa, fechado um ciclo, concluído uma fase importante de uma complicada tapeçaria* (p. 12). E é no espaço da empresa, da velha casa familiar, que inaugura um novo ciclo da existência, onde ela reina absoluta: *aos poucos, despontam os contornos do reino que amanhã será inaugurado: teares, novelos, e a liberdade de inventar* (p. 13).

A referência à difícil trama dos tapetes, do desencontro dos fios e da combinação das cores, tanto nos reporta aos acontecimentos da própria existência — tecidos por uma dolorosa memória — como nos fala de criação e invenção e a possibilidade de conhecer outros caminhos, por meio do texto, da tessitura, da tecelagem, da escritura.

---

[1]LUFT, Lya. *A sentinela*. São Paulo: Siciliano, 1994.

Nora é uma mulher destes tempos, desfaz os pontos antigos, cria outros desenhos, novos matizes, à espera de si mesma, solta a voz, a palavra, a escrita:

> [...] Cantava sem se importar com mais nada, cantava jorrando fios de música sobre as coisas todas, como tentáculos. E do seu canto foi brotando o mundo: dele nasceram as árvores e os carros e as casas; os caminhos dos amantes; as grutas da noite, e o ventre do dia; a morte nascia dessa música; e a vida também. (p. 163)

Em *Como água para chocolate*, da mexicana Laura Esquivel[2], Tita, a protagonista, para proteger-se da culpa e da angústia que sente por desejar o noivo da irmã, decide começar a tecer uma colcha que a abrigasse do frio e da solidão:

> [...] O vazio que sentia no estômago não se aliviou. Pelo contrário, uma sensação de náusea a invadiu. [...] Como primeira medida cobriu-se com uma pesada mantilha e roupa de lã. O frio permaneceu igual. Então colocou sapatos de lã e outras duas mantilhas. Nada. Por último, tirou de sua caixa de costura uma colcha que tinha começado a tecer no dia em que Pedro lhe falou em casamento. Uma colcha como esta, tecida em tear, se termina aproximadamente em um ano. Justo o tempo que Pedro e Tita tinham pensado em deixar passar antes de

---

[2]ESQUIVEL, Laura. *Como água para chocolate*. São Paulo: Martins Fontes, 1993.

> contrair núpcias. Decidiu dar utilidade à lã em lugar de desperdiçá-la e raivosamente teceu e chorou e teceu, até que pela madrugada terminou a colcha e jogou-a sobre si mesma. De nada adiantou. Nem nessa noite nem em muitas outras enquanto viveu conseguiu controlar o frio. (p. 16)

A imagem de quando Tita é expulsa de casa por Mamãe Elena, por ser a única filha que desafiou a autoridade materna, é a de uma colcha de longuíssima extensão e que conta a história de uma vida, suas dores, dissabores, frustrações. A colcha tecida por Tita era um amparo, um alento, um manto protetor:

> [...] Chencha, correndo e chorando a seu lado, apenas conseguiu pôr-lhe sobre os ombros a enorme colcha que ela havia tecido em suas intermináveis noites de insônia. Era tão grande e pesada que não coube dentro da carruagem. Tita se aferrou a ela com tal força que não houve mais remédio a não ser levá-la arrastando como uma enorme e caleidoscópica cauda de noiva que conseguia cobrir um quilômetro completo. Devido a Tita utilizar em sua colcha quanta lã caísse em suas mãos, não importando a cor, a colcha mostrava um amálgama de cores, texturas e formas que apareciam e desapareciam como por arte de magia entre a monumental poeirada que levantava à sua passagem. (p. 84)

A colcha que no final do romance cobria os três hectares que compreendiam a totalidade do rancho, queima junto com a casa e tudo o mais, e é encontrada como um extenso caminho de cinzas que, junto com os restos do caderno de cozinha de Tita, passam para as mãos da filha de Esperança, estabelecendo-se assim os laços desta genealogia.

Tita confecciona a colcha ao mesmo tempo em que a narrativa vai sendo tramada, contando a história de três gerações de mulheres. A colcha, para a protagonista, tem o objetivo de protegê-la, aquecê-la, num óbvio substituto materno já que a figura de Mamãe Elena, no romance de Esquivel, é absolutamente destituída de afeto e distante de suas filhas. Tita tece a colcha para cuidar de si mesma em seus piores momentos de solidão e, ainda que espere por Pedro toda sua vida, não tece porque espera, tece sua solidão, seu sentimento de abandono, de orfandade e rejeição.

Em *Antigua vida mía,* da chilena Marcela Serrano[3], Violeta Dasinski, depois de ser presa e absolvida pelo assassinato do marido, um crime cometido em legítima defesa, decide partir para Antigua, na Guatemala, lugar que lhe proporciona um encontro profundo consigo mesma, através da busca de uma identidade feminina, onde os papéis sexuais, culturais, impostos pela sociedade patriarcal, não estão mais em primeiro plano.

Este reencontro de Violeta com suas identidades escondidas, necessidades inconscientes, desejos de que ela sequer suspeitava, acontecem quando ela rompe com sua situação de submissão e violência e procura suas raízes primeiras. A ida para Antigua, portanto, é uma ida ao encontro da mãe, já

[3]SERRANO, Marcela. *Antigua vida mía*. Santiago de Chile: Alfaguara, 1995.

que lá é o lugar onde Cayetana, a sua mãe, está enterrada. Estabelecida em Antigua, Violeta borda e tece tapetes.

A narrativa de Serrano, além da tecelagem dos tapetes de Violeta, usa de um procedimento narrativo, também recorrente nesses romances que tematizam as genealogias femininas, que é a leitura que Josefa Ferrer, melhor amiga de Violeta, faz de seus diários e cadernos íntimos, onde uma amiga vai descortinando-nos a vida da outra, num movimento francamente especular. Violeta que até a metade de sua vida era arquiteta, passa a tecer tapetes e conta para Josefa seus motivos e como tudo começou:

> [...] ¿Leíste alguna vez la leyenda medieval de Filomena? Keats la llamó Philomel. Un caballero feudal, amo y señor, casado com una mujer mayor, se enamora de la hermana menor de su esposa. La cerca y al final la viola. Para que ella no lo cuente, le corta la lengua. La niña se encierra y a escondidas borda un tapiz donde narra la historia que le há sucedido. Al descubrir el señor feudal este tapiz, decide matarla. Así lo hace. Y al morir ella se transforma en ruiseñor. Por eso el pájaro canta en las noches mientras los demás callan, para ser escuchado. [...] Tengo muchas historias que bordar. (p. 225)

A história da amizade entre Josefa Ferrer e Violeta Dasinski relatada no romance de Marcela Serrano, trata do tema das genealogias femininas, em que ambas, resgatando histórias pessoais com suas mães e filhas, revitalizam seu pacto de generosidade e solidariedade. O reencontro das duas amigas, agora em plena maturidade, é o momento em que renovam seus laços de afetos que duram desde a infância e devolvem assim, uma a outra, os sonhos esquecidos, que ambas, a partir deste momento, estão certas de poder cumprir. A despedida entre elas, quando Josefa volta para o Chile, depois de uma temporada em Antigua, na casa da amiga, é selada por um presente, um tapete bordado por Violeta e que representa para as duas o lugar no mundo, fantasiado por ambas, em que se pode ser como se é, aquilo que se é e que se quer ser, e que está representado pela figura do *último bosque*:

> [...] Era un tejido rectangular de amplias medidas. ¿Cuántos momentos de los ojos de Violeta, de las manos de Violeta, estaban allí? ¿Cuánto de mi dulce vecina de la verde selva, arpillerista azul, verde y granate? Se combinaban grandes manchas verdes, mil tonalidades de este color danzante y floral, com áreas pequeñas — siempre verdes — sobreponiéndose unas a otras. ¿Cuántos verdes encontró Violeta en la seda, en la lana, en el algodón? Unos tenues hilos dorados salpicaban el fondo com una luz de oro. Abajo, al lado derecho, casi bordeando el fin del tapiz, brillaban, apretadas, diversas flores com los colores de la artesanía antigüeña: azul, amarillo y verde. Los pétalos de cada flor arrinconaban a la vecina, penetrándose entre ellas sin darse respiro. Al centro de este manojo, com sus grandes alas arqueadas, el pájaro huichol. Era como oír a Violeta, com voz cálida y entusiasta: es el

> que cierra las puertas del cielo, Josefa, para no dejar entrar el mal en la tierra. (p. 364)

Uma vez mais, bordar e narrar têm um caráter curativo, ordenador. Ao bordar, ao contar e reinventar um novo traçado para sua própria história, é possível mudar esta história, reinventar um novo desenho.

Em *Vulgo, Grace,* da canadense Margaret Atwood[4], o próprio sumário do romance de quinze capítulos corresponde a quinze nomes de traçados de bordados típicos dos *patchworks* americanos e canadenses. Cada traçado conta uma história, tem uma concepção, quase sempre ligada a interpretações de fundo religioso ou moralista, para a boa educação feminina que, assim, bordando, vai cultivando o espírito. Exemplos de nomes desses padrões de bordados são Estrada de pedras, Senhora do lago, O templo de Salomão, A caixa de Pandora, A letra X ou A árvore do paraíso, só para citar alguns. Cada um conta uma história representada, de forma padrão, no risco dos bordados e colchas que eram muito populares entre as moças da época e cada uma delas devia bordar a própria colcha, peça fundamental de seu enxoval.

O romance que nos narra um extenso diálogo entre a protagonista Grace Marks e o médico Dr. Simon Jordan, no qual ela vai narrando sua história, é também a história dos assassinatos de Thomas Kinnear e Nancy Montgomery, suposta-

---

[4]ATWOOD, Margaret. *Vulgo, Grace*. Tradução de Maria J. Silveira. São Paulo: Marco Zero, 1977.

mente cometidos pela protagonista e James McDermott, em 1843. Os fatos verídicos ocorreram no Canadá e foram ficcionalizados por Atwood. McDermott é enforcado depois do julgamento e Grace Marks fica reclusa por trinta anos, enquanto a comunidade debate se ela era um anjo ou um demônio, uma vez que nunca houve provas conclusivas de sua participação efetiva no crime. Especulava-se também a possibilidade de ela ter sido vilmente induzida pelas mãos de McDermott a uma situação de cumplicidade, vítima da inexperiência de sua pouca idade, já que na data dos acontecimentos a protagonista contava com apenas dezesseis anos.

Grace Marks fica órfã de mãe ainda muito menina, quando a família migra da Irlanda do Norte para o Canadá. A mãe morre doente na viagem e Grace tem de tomar conta do pai alcoólatra e de numerosos irmãos pequenos. Aos treze anos de idade, liberta-se da estrutura familiar e vai trabalhar em casas de família como empregada, como serviçal, e em dois diferentes empregos encontra aquelas que serão, para sempre, as suas grandes amigas. Amigas e figuras importantes de seu afeto, um pouco uma mistura de mães, amigas, irmãs, filhas. As moças, todas destituídas de famílias e proteção, cuidam-se entre si, formando também uma genealogia possível, já que, neste caso, não são os laços de sangue que contam.

Os sentimentos de amor, solidariedade e perda que orientam as ações futuras de Grace Marks têm como ponto de partida a perda de sua amiga amada, Mary Whitney — nome que em algum momento da história Grace toma para si, num procedimento simbiótico, típico das histórias genealógicas.

Quando Mary Whitney morre, vítima de um aborto malfeito, depois de ser abandonada pelo amante, filho de seus patrões, Grace vê-se irremediavelmente sozinha no mundo. A perda de Nancy Montgomery, pela qual Grace não se sente diretamente responsável, também é significativa para ela, já que as duas, Nancy e Mary, são as únicas amigas que Grace encontra em toda a sua acidentada vida.

Depois de libertada da prisão, aos quarenta e poucos anos, tendo passado a maior parte da sua vida reclusa, Grace Marks casa e pode finalmente tecer a sua colcha de mulher casada, para sua própria casa, ela que tecera inúmeras colchas para mocinhas casadoiras, tanto quando era empregada, quanto depois de presa, uma vez que no presídio realizava tarefas domésticas. Grace Marks agora casada e esperando seu primeiro filho, borda uma colcha que tem o seguinte desenho:

> [...] Enquanto estou sentada aqui na varanda nas tardes, costuro a colcha que estou fazendo. Apesar de já ter feito muitas colchas, esta é a primeira que faço para mim mesma. É uma Árvore do Paraíso; mas estou mudando um pouco o padrão para se adequar às minhas próprias idéias. [...] O padrão desta colcha se chama Árvore do Paraíso, e quem quer que tenha dado esse nome ao padrão disse mais do que sabia, já que a Bíblia não diz Árvore. Diz que havia duas árvores diferentes, a Árvore da Vida e a Árvore do Conhecimento; mas acredito que tenha havido apenas uma e, que o Fruto da Vida e o Fruto do Bem e do Mal eram um só. E se você o comesse morreria, mas se não o comesse morreria também;

> mas se o comesse seria menos ignorante quando chegasse o momento de sua morte. Tal arranjo parece ser mais como a vida realmente é. (p. 436)

Grace Marks borda uma colcha para contar a história dela e a de suas amigas. Sua genealogia feminina não se estabelece através de uma mãe, avó, bisavó, que é o mais comum. Como muitas mulheres pobres e marginalizadas, que perdem suas famílias penosamente muito jovens, Grace Marks tem de inventar sua própria genealogia, mulheres em quem ela se espelha, com quem ela se compara e que passam a ser suas irmãs, suas mães e suas filhas. A história desse universo afetivo, de sua genealogia inventada, está desenhada, disposta, contada, narrada desta maneira:

> [...] Na minha Árvore do Paraíso, pretendo pôr uma borda de cobras enroscadas; elas ficarão parecidas com vinhas ou simplesmente com um padrão de amarras para outros, pois farei os olhos muito miúdos, mas para mim serão cobras; já que sem uma ou outra cobra a parte principal da história se perderia. Alguns dos que usam esse padrão fazem várias árvores, quatro ou mais num quadro ou círculo, mas estou fazendo só uma árvore grande, num fundo branco. A própria Árvore é feita de triângulos, de duas cores, escuro para as folhas e de uma cor mais clara para os frutos; uso púrpura para as folhas e vermelho para os frutos. Agora existem muitas cores brilhantes, com as tinturas químicas que surgiram, e acho que ficará muito bonita. Mas três dos triângulos da minha Árvore serão diferentes. Um será branco, da

> anágua que ainda tenho de Mary Whitney; outro será amarelo desbotado, da camisola da prisão que pedi como lembrança quando saí de lá. E o terceiro será de um algodão claro, com botões de rosa, cortado do vestido que Nancy usava no primeiro dia em que cheguei na casa do Sr. Kinnear, e que usei no barco para Lewiston, quando estava fugindo. Ao redor de cada um vou bordar pontinhos vermelhos, para misturá-los como parte do padrão. E assim todas ficaremos juntas. (p. 437)

Para cada uma dessas autoras, o bordado, o tecido, a lembrança, a função do resgate da memória podem ter diferentes significados. Mesmo no romance de Rachel Jardim, o bordado e o ato de bordar têm significados diferentes ao longo do relato. Mas as narrativas genealógicas, contadas ao ritmo do vai-e-vem da linha e da agulha, tratam, na maior parte das vezes, de um padrão comum: histórias de mulheres de uma mesma família, suas necessidades de espelhamento e proximidade, por um lado, de diferenciação e distância, por outro, na construção dos complexos caminhos da conquista de uma identidade própria.

Genealogias femininas: a história de uma relação delicada

No texto *O penhoar chinês*, de Rachel Jardim, um pano, um tecido para bordar estende-se como um cordão umbilical entre uma mãe e uma filha, batizadas, como a bisavó da última, com o mesmo nome, Elisa. O bordado tem motivos orientais, e a filha, ainda menina, numa associação de lembranças, relaciona o exotismo dos motivos a uma palavra ouvida furtivamente na sala de costuras — amante — que se lhe apresenta como plena de segredos e, essencialmente, feminina.

O que mãe e filha bordam conjuntamente? O que, diferentemente de Penélope, tecem elas? Tecem uma genealogia. Uma genealogia feminina, uma identidade de mulheres.

Orbach e Eichenbaum[5] chamam a atenção para a importância dos afetos femininos — desde as genealogias mais próximas, como mães, avós, bisavós, filhas e netas, como madrinhas, amigas, tias, irmãs, etc. — na existência das mulheres e apontam para a tensão natural existente nessas relações entre a necessidade de uma simbiose e a necessidade de uma ruptura, tensão permanente ao longo da biografia das mães e das filhas que constroem e estruturam, dessa maneira, suas personalidades.

Chamam de *amor agridulce* (p. 59) a relação entre mãe e filha e atentam para a tensão permanente da necessidade entre parecer e diferenciar-se, o que provocaria uma sensação de inconsistência na relação entre as duas, tendo em vista os desencontros existentes entre as necessidades de uma em

---

[5]ORBACH, Susie; EICHENBAUM, Luise. *¿Amigas?* Cómo encarar los sentimientos de amor, envidia y rivalidad en las relaciones entre las mujeres. Buenos Aires: Sudamericana, 1987.
Há também a edição da editora Grijalbo: ORBACH, Susie; EICHENBAUM, Luise. *Agridulce.* El amor, la envidia y la competencia en la amistad entre mujeres. Barcelona: Grijalbo, 1989.

relação às de outra. A natureza dessa relação, que as autoras denominam de *ligazón por fusión* (p. 61), é ambivalente e apresenta-se de forma especificamente acentuada na relação mãe-filha — (diferentemente da relação mãe-filho), na medida em que *la madre se ve en la hija.* (p. 62)

A mãe, também ela originária de uma relação semelhante com sua mãe, em que a subjetividade feminina expressa-se sempre no sentido de estar em relação com outrem e, fundamentalmente, esquecendo ou deixando suas próprias necessidades de lado, estabelece como herança para sua filha mulher uma ética do cuidado e do sacrifício, recebida como uma naturalidade. Assim, mãe e filha recebem como legado de suas antecessoras uma missão que é sempre cuidar, cuidar dos outros. E nunca cuidar de si mesma.

A história da genealogia feminina, portanto, é a história dos cuidados com os outros sem que as mulheres praticamente encontrem no mapa de suas próprias vidas um modelo, uma figura de autoridade feminina que possa conferir-lhes valor e importância.

A genealogia masculina se dá pela linhagem paterna e é, historicamente, assegurada de homens para homens. Sua representação mais visível aparece na herança do nome do pai para o nome do filho (sobrenome paterno e do filho homem) que se repete, assegurando assim os laços de consangüinidade, de continuadores da família. A genealogia feminina, embora a relação mãe e filha seja crucial para as duas, não tem importância e não aparece na história das sociedades patriarcais.

Às mulheres foi negada historicamente a sua genealogia feminina. A identidade das mulheres se constrói, em sua associação primeira, a partir do nome e sobrenome que lhes é dado pelo pai e que, com o casamento com outro homem, é acrescentado ou substituído por outro sobrenome masculino que indica o caráter de pertencimento desta mulher a um homem, quando ela passa a ser esposa de alguém. A construção da identidade feminina, portanto, levando-se em consideração somente o dado genealógico, constrói-se em relação a alguém, a alguém historicamente masculino. E aqui, sim, cuidada e protegida por uma figura masculina, a mais exemplar da nossa cultura, o bravo Ulisses, a paciente Penélope grega vê justificada e premiada sua longa espera.

Adrienne Rich[6] pergunta-se como e quando as mulheres perderam-se de suas genealogias e remete-nos aos gregos que teriam inaugurado um modelo de pares e relacionamentos que excluíam sumariamente da mitologia e da história literária o par mãe e filha, destituindo-lhe assim, não só a visibilidade, mas também o poder. Os pares de relacionamentos valorizados e amplamente avalizados, tanto pela mitologia quanto pela literatura, são os de mãe e filho, pai e filha, pai e filho, irmãs, irmãos, só para citar alguns exemplos:

> [...] Para la madre, la pérdida de la hija, y para la hija, la de la madre, constituye la tragedia femenina esencial. Reconocemos a Lear (escisión padre-hija), Hamlet (hijo-madre) y Edipo (hijo-madre) como las encarnaciones

[6]RICH, Adrienne. *Nacemos de mujer*. La maternidad como experiencia e institución. Madrid: Ediciones Cátedra, 1976.

más importantes de la tragedia de la humanidad, pero hasta ahora no existe reconocimiento alguno de la pasión y ruptura entre madre-hija. (p. 342)

A importância do par mãe e filha foi banida das representações porque essa se tornou secundária ao ser desqualificada, desvalorizada e destituída de um verdadeiro significado para as mulheres. Por que, afinal, o que poderiam herdar as mulheres de outras mulheres — avós, mães, filhas, bisavós, tias, madrinhas —, quando elas não são senhoras sequer de seus próprios nomes, destinos, menos ainda de suas vontades ou de um patrimônio?

Bárbara Ozieblo[7] cita Virginia Woolf quando esta se fez a pergunta fundamental ao perceber a total ausência de autoras nas bibliotecas universitárias e entendeu que as mulheres herdam de suas mães uma história de miséria e desvalor. A linhagem feminina não tem importância, não tem valor, não tem dinheiro e, portanto, não existe:

> [...] Virginia Woolf ya nos lo había dicho: nos volvemos hacia nuestras madres para el modelo a seguir; y ella misma exclamó, frustrada: ¿"Pero, qué estuvieron haciendo nuestras madres que no nos dejaron riqueza ninguna?" Woolf se refería a la riqueza material que había permitido la fundación de los "colleges" masculinos de Oxford y Cambridge; en cuanto a la riqueza cultural, hoy conocemos el proceso que silenció la voz

[7]OZIEBLO, Bárbara (Ed.) *El vínculo poderoso*: Madres e hijas en la literatura norteamericana. Granada: Universidad de Granada, 1998.

> de la mujer y hemos recuperado una gran parte del testimonio de nuestras madres. (p. 10)

Com a possibilidade de as mulheres controlarem contraceptivamente suas capacidades reprodutivas, assenhorando-se assim de seus corpos e de sua sexualidade e podendo movimentar-se de forma mais livre no que se refere à escolha do pai dos seus filhos, essas antigas representações sobre o feminino começaram a se modificar.

Produtos do período pós-anos 60 do século XX, tanto o Movimento Feminista como a literatura de autoria feminina, dão conta de uma necessidade imperiosa, a da criação de uma história das mulheres, em que as suas necessidades, desejos, fantasmas, sonhos, projeções, projetos, tenham um lugar para ser e para existir.

Os romances e contos que tratam das genealogias femininas, chamados por Ciplijauskaité[8], de *novelas de la maternidad*, aparecem neste primeiro momento, nos anos 50 e 60, como denúncia das dificuldades e frustrações históricas herdadas pelas filhas de suas mães e assim sucessivamente, numa espiral ao contrário. Mães e filhas aqui são quase inimigas, opõem-se, e as responsáveis pela repressão e sentimentos de desvalor das filhas, segundo a visão destas, é claro, são as mães que, aliadas aos mandatos patriarcais, desqualificaram sumariamente as mulheres.

---

[8]CIPLIJAUSKAITÉ, Biruté. *La novela femenina contemporánea* (1970-1985). Hacia una tipología de la narración en primera persona. Barcelona: Anthropos, 1988.

À literatura de autoria feminina escrita neste primeiro momento denominou-se *matrofobia* e consistia, nestas narrativas, numa representação de filhas mulheres que rejeitavam veementemente suas mães como modelos identitários.

Para Adrienne Rich[9], uma das primeiras teóricas sobre o tema,

> [...] La matrofobia, como la ha denominado la poeta Lynn Sukenick, no es sólo el miedo a la propia madre o a la maternidad, sino a 'convertirse en la propia madre'. Miles de hijas consideran que sus madres, que han ejemplarizado la resignación y el autodesprecio de los que las hijas están luchando por liberarse, han sido las transmisoras forzosas de las restricciones y degradaciones características de la existencia femenina. Es mucho más fácil rechazar y odiar abiertamente a la madre que ver, más allá, las fuerzas que sobre ella actúan. Pero en un odio a la madre que llegue al extremo de la matrofobia, puede subyacer una fuerza de atracción hacia ella, un terror de que si se baja la guardia, se produzca la identificación completa con ella. Una adolescente puede vivir en guerra com la madre, pero usar sus perfumes y vestidos. Su manera de llevar su propia casa, una vez abandonado el hogar familiar, puede ser la negación del estilo de su madre: no hacer nunca las camas o dejar los platos sin lavar; es decir, un reverso inconsciente de la casa inmaculada propia de una mujer de cuya órbita necesita salir. (p. 339)

[9]Rich, op. cit.

Um pouco mais adiante afirma que:

> [...] La matrofobia se puede considerar la escisión femenina del yo, el deseo de expiar de una vez por todas la esclavitud de nuestras madres, y convertirnos en seres libres. La madre representa la víctima que hay en nosostras, a la mujer sin libertad, a la mártir. Nuestras personalidades parecen mancharse y superponerse peligrosamente a la de nuestra madre. (p. 340)

No Brasil, alguns contos de Tânia Faillace e alguns romances de Lya Luft são representativos dessa tendência que nos relata a total incomunicabilidade entre mães e filhas, em que esta relação, desastrosa para ambas, é liberadora quando o vínculo se desfaz ou arrefece.

Esgotado esse primeiro momento onde a revolta, a raiva, as frustrações, os sentimentos de impotência e desvalor são expressos pelas personagens das filhas em relação a suas mães, a literatura de autoria feminina começava a tomar outros rumos no que se refere à temática genealógica e ao par mãe-filha.

O que Barbara Ozieblo[10] denominou um vínculo poderoso entre mães e filhas, Antonia Domínguez Miguela[11] chamou de *literatura matrilineal*, aquela em que *la estrecha relación que surge entre distintas generaciones de mujeres*

---

[10]Ozieblo, op. cit.

[11]MIGUELA, Antonia Domínguez. *Esa imagen que en mi espejo se detiene.* La Herencia Femenina en la Narrativa de Latinas en Estados Unidos. Huelva: Universidad de Huelva, 2001.

se desvela por medio de sentimientos de admiración, ambivalencia y rechazo (s.p.) Para ambas as autoras nas narrativas genealógicas aparece um projeto comum de recuperar a linha feminina de que as protagonistas são herdeiras. Antonia Domínguez Miguela, citando Naun Bauer Maglin, caracteriza a literatura matrilineal da seguinte maneira:

> [...] 1. the recognition by the daughter that her voice is not entirely her own;
> 2. the importance of trying to really see one's mother in spite of or beyond the blindness and skewed vision that growing up together causes;
> 3. the amazement and humility about the streng of our mothers;
> 4. the need to recite one's matrilineage, to find a ritual to both get back there and preserv it;
> 5. and still, the anger and despair about the pain and silence born and handed os from mother to daughter. (258) (p. 33)

O trabalho realizado por Domínguez Miguela[12] baseia-se na leitura de centenas de obras escritas por autoras latinas que vivem um universo específico nos Estados Unidos. No entanto, muitas de suas observações em relação à literatura matrilinear podem ser aplicadas a outros relatos de autoria feminina.

Outra observação interessante do ensaio de Domínguez

[12]Ibidem.

Miguela é sua abordagem da figura materna como personagem central, muitas vezes idealizado, que ela denomina *musa familiar*, e que teria uma orientação absolutamente oposta à idéia da matrofobia, resgatada por Adrienne Rich anteriormente:

> [...] Podemos afirmar que casi siempre la primera obra escrita por una mujer latina gira en torno a las relaciones femeninas más íntimas dentro de su propia comunidad. Como ocurre en gran parte de la literatura escrita por mujeres, la figura materna se convierte com frecuencia en musa familiar, ya que en sus historias y en su voz reside el impulso creador, el germen literario. En su famoso ensayo "In Search of Our Mother's Garden", Alice Walker recoge esta percepción de la madre que ya se observaba en la narrativa de Virginia Woolf, y la extiende a las mujeres afro-americanas de bajo nivel social, e incluso analfabetas pero llenas de creatividad. Las autoras latinas, al igual que Walker y otras muchas escritoras étnicas, recuperan la imagen de la madre como artista y creadora que las inspira aun cuando esse arte materno no haya sido reconocido por el canon artístico tradicional. Por su parte, el arte femenino tradicional se acerca a la artesanía, es un arte útil que forma parte de la vida diaria y desvela la enorme creatividad de las mujeres, incluso de las más alejadas de ambientes académicos o artísticos. Su creatividad llega a tomar multitud de formas; el arte de cuidar un jardín, de cocinar, de coser y hacer punto, de cantar y de contar historias. (p. 38)

Sejam elas malditas ou benditas, mães e filhas vêem atualizados seus afetos e conflitos na literatura de autoria feminina no mundo inteiro, nas décadas de 70 e 80 do século passado. Diversas autoras fazem do tema o centro de suas obras, de seus relatos, numa tentativa de, por meio da linhagem e herança femininas, expandir o universo dos afetos femininos, dar-lhe genealogia, modelos, identidades possíveis além dos meros estereótipos.

UM PENHOAR CHINÊS BORDADO A QUATRO AMOROSAS MÃOS

Na literatura brasileira de autoria feminina, o texto que melhor representa esta tendência, a das genealogias femininas, é, sem sombra de dúvida, o surpreendente *O penhoar chinês*, da autora mineira Rachel Jardim, de 1984.

Diferentemente da Penélope grega, as personagens de *O penhoar chinês* esperam e tecem outras tramas. Tecem conjuntamente uma genealogia, em que o par mãe e filha ganha relevo e aparece como central e valorizado, significando para a filha a possibilidade de recomeçar, reinventar sua própria história. O legado materno, a herança materna constitui-se num modelo, numa identidade, num espelhamento onde Elisa, a filha, se mira, compara e se identifica.

O penhoar chinês, o pano, o tecido, a tessitura aparecem numa construção analógica ao texto, à narrativa, ao relato, à história que está sendo contada, numa trama que possibilita o resgate da memória, do passado e da revelação de segredos familiares.

O diálogo entre mãe e filha aparece na voz de Elisa, a filha, em primeira pessoa; e na voz da mãe, que aparece numa carta póstuma dirigida a ela.

Elisa, a escritora, que deixara Palmas ainda jovem, volta à casa materna, onde foi construída Vila Elisa, por motivo da morte da mãe. A volta à casa materna possibilita uma revisitação do passado, com o objetivo de reformular condutas e valores do presente e do futuro.

A feitura do bordado apresenta, também, a cumplicidade existente entre mãe e filha:

> [...] Olhava minha mãe obliquamente do outro lado do sofá. Que corrente secreta percorria os nossos pensamentos ao preenchermos o risco que ela mesma traçara sobre o pano azul, que pressentimentos, que sensações, que fantasias? Éramos unas naquele momento, nossas mãos aprisionadas no círculo traçado pelos bastidores, e nosso sangue familiar também percorria as veias azuis riscadas na fazenda fina. Oh, mãe, tantos anos são passados, consegui retomar o bordado, e tudo mais se transforma num imenso vazio, que como esse traçado na fazenda, vou preenchendo com as figurações por tanto tempo armazenadas na memória, quase esquecidas, agora despertas e refeitas uma a uma, com a mesma precisão com que recomponho esse trabalho.

Em seu ensaio, *O tempo das mulheres*: a dimensão temporal na escrita feminina portuguesa, Isabel Allegro Magalhães[13] formula a hipótese de que o tempo feminino, tanto na narrativa escrita por homens como por mulheres, é um tempo parado, circular, enquanto o tempo masculino se apresenta como um tempo fluente (p. 8).

Essa concepção de um tempo feminino diferente de um tempo masculino aparece já no início da narrativa quando Elisa, a protagonista, procurando a arca de costuras da mãe, encontra a "caixa do tempo" do avô relojoeiro, Herr Rommel. As duas caixas, aparecem, assim, como referências à necessidade de controlar, aprisionar, entender o tempo:

> [...] Quando encontrei esse bordado no fundo do baú ao vasculhar a casa materna há tanto tempo por mim abandonada, meu coração bateu descompassado e senti um calor desusado no rosto. Remexi sofregamente a arca, as mãos atabalhoadas, atirando no chão, sem cuidado, os velhos guardados. Conheço essa obstinação fanática que me toma às vezes e sei de onde ela vem. O bisavô alemão apaziguava-se consertando relógios e sempre senti que era uma paixão cega que o impelia, não a paciência dos relojoeiros. Aquela capacidade de aprisionar e regular o tempo punha nos olhos dele um brilho metálico, que vi repetido nas nossas próprias pupilas.

Se o tempo masculino é um tempo que se move, e o tempo feminino é um tempo aparentemente estanque, é este que

[13]MAGALHÃES, Isabel Allegro de. *O tempo das mulheres*: a dimensão temporal na escrita feminina contemporânea. Lisboa: Imprensa Nacional — Casa da Moeda, 1987.

propicia o resgate das lembranças, da memória. Magalhães identifica o tempo de Penélope como um tempo circular e cíclico (p. 19), e podemos associá-lo ao movimento cíclico das protagonistas que, através de experiências e memórias comuns, criam uma circularidade típica também das narrativas genealógicas. A circularidade dá-se também na escolha dos nomes das três mulheres, todas se chamam Elisa, como se fossem uma só, como se a herança do mesmo nome garantisse semelhanças, legados, continuidades.

> [...] Que mais herdei de minha mãe? Fico pensando. Voltarei à Vila Elisa antes de terminar este bordado. Meu tempo agora é lento, estou ficando velha, a vida fragmenta-se em pedaços que busco degustar.
>
> [...] Então, com as mãos concentradas no trabalho, eu soltaria os fios da memória, que nos conduzem também ao mundo dos sonhos. Pois é o mundo da memória o que mais se parece com o dos sonhos, já que ambos escapam ao nosso autocontrole e se baseiam em dados que escapam à nossa atenção. Sabia que, ao executar o bordado, imagens armazenadas em escaninhos secretos ou desconhecidos, aflorariam ao sabor da noite. As rugosidades dos pés do pavão me trouxeram, de repente, a mão de minha avó Elisa pegando a fazenda e, ao mesmo tempo, sua voz dizendo: "Elisa, você precisa apertar um pouco mais o ponto!" E vejo nitidamente um *lorgnon* de cabo de tartaruga, cuja lente ampliava o tecido.

A percepção da circularidade do tempo é percebida pela protagonista desta maneira:

> [...] Habituara-me, como todo o mundo, a contar o tempo como se fosse uma linha reta na qual caminhávamos para frente, o passado ficando para trás, como uma perda irrecuperável. Não descobrira ainda que o tempo é composto de círculos interligados dentro dos quais giramos, que não nos foi dada faculdade de perder nada, de abandonar nada, e que isso pode ser tanto uma vitória, quanto uma maldição. Eu me agarrava insanamente ao passado sem saber que, na verdade, ele nunca me abandonaria e que nem estaria em mim poder me libertar dele.

Concordando com Magalhães sobre as diferentes maneiras como personagens femininos e masculinos vivem o tempo, podemos considerar que cabe às mulheres viver o tempo, vivê-lo intensamente, num movimento circular ditado e marcado por sua própria biologia cíclica: ciclos menstruais, nove meses de gestação, etc. Enquanto aos homens cabe vencer o tempo, numa luta frenética, desigual, através das guerras e outros rituais sintomáticos que revelam um evidente pavor da morte.

Assim, o tempo parece também corresponder, no imaginário literário, a determinadas funções preestabelecidas pelas normas e regras da sociedade patriarcal. O tempo manso, quieto, lento das mulheres cria um espaço para as lembranças, para a revisitação do passado.

Tanto o espaço como o tempo correspondem, nesses romances de autoria feminina, genealógicos, às funções prescritas aos modelos de como homens e mulheres devem portar-se. Magalhães observa como a mistura do tempo e do espaço feminino se constroem numa estranha inversão:

> [...] Avaliada através destas personagens — homens e mulheres — a relação espaço/tempo surge-nos como inversamente proporcional. O espaço circunscrito, limitado, onde se movem as mulheres, conduz às grandes viagens femininas através do tempo: viagens em direção ao passado — quase sempre — e, nas últimas décadas sobretudo, também em direção ao futuro. Inversamente, o espaço cada vez mais conhecido e conquistado dos homens, por eles objetivamente percorrido, parece absorver o espírito predominantemente no presente da História real e do futuro pragmático a construir. Trata-se, no caso das mulheres, do matrimônio que celebra Starobinski entre a interioridade espacial e a permanência temporal. O aberto (masculino) e o fechado (feminino) emergem nestas obras como grande oposição binária. (p. 509)

Para Elisa, instalada num tempo passado, tentando entender sua vida, sua história, tempo e espaço também se misturam e este tempo feminino que parece não mover-se, amplia-se através do tempo das lembranças e do vasto território da memória:

> [...] Temos vários espaços dentro de nós e podemos inseri-los uns nos outros, jogar com eles como peças de

> um jogo. O que difere essa realidade subjetiva, da outra, objetiva, é que a primeira não é estática mas, ao contrário, muito flexível. Podemos levar os nossos espaços para tempos diferentes, pois o tempo atribui mobilidade ao espaço. Assim, neste momento, ao escrever estas páginas percorro, ubiquamente, vários lugares em momentos distintos. E por incrível que pareça, é a minha própria imagem que parece mais diluída e mais difícil de enxergar.

Bernardo Salles, o pai de Elisa, é o engenheiro bem-sucedido que amplia a extensão e o horizonte de Palmas com edificações reais, concretas, enormes. O tempo e o espaço do mundo do pai configuram-se como um tempo e um espaço de liberdade, liberdade de escolhas e de ação. É este homem empreendedor, provedor, que constrói para a mulher como presente de casamento, a bela mansão chamada Vila Elisa, uma espécie de capricho, de jóia rara plantada numa colina, sobre a cidade. Nesta casa, dona Elisa, superprotegida e mimada, terá de expandir ela também em seus limites e espaços internos para crescer e construir sua própria identidade longe dos cuidados do marido.

Tanto para a mãe como para a filha, casa e corpo materno são uma coisa só, uma mesma entidade, como se a casa fosse uma quarta protagonista que, nesta genealogia, também se chama Elisa:

> [...] A Vila que, segundo Bernardo, era esguia, leve e graciosa como eu própria, nunca chegou a ter sua cons-

> trução encerrada [...] Incorporei-me à casa desde o primeiro momento em que a vi, quase terminada, no alto da colina [...] Com o tempo, a casa e eu fomos ficando cada vez mais parecidas. Como eu, ela não envelheceu mal, mas apurou-se [...] Por isso digo que ela, cada vez mais, foi ficando parecida comigo, tomando nós duas, cada qual à sua maneira, a forma espiritual da outra.

Elisa, ao voltar à casa materna por motivo da morte da mãe, recompõe sua própria história: seu casamento com Pierre, o nascimento de seus filhos, a ida para o Rio de Janeiro que a afasta da proteção segura de Vila Elisa e da mãe, a carreira de advogada e depois, de escritora, e a participação na efervescente história política do Brasil de seu tempo. Tudo foi vivido, experimentado, e escrever, acima de tudo, configura-se como sua vocação, seu destino, seu ofício.

> [...] Meu encantamento não foi decorrente do sucesso. Foi de ter conseguido descobrir minha forma de expressão. Nunca me imaginara escritora, embora isso fosse fácil de suspeitar, pela maneira com que desde criança, procurava palavras que aprisionassem a vida. Ou pela minha forma peculiar de transformar tudo em literatura [...] Só mais tarde descobri o quanto isso nos isola do mundo pois exige de nós uma vida paralela, fazendonos viver com a atenção dividida. Descobri também com o tempo, que nossa linguagem, para nós tão importante, interessa a pouquíssimos seres no mundo, que a forma como escrevemos e o que temos a dizer tem, na

> verdade, pouquíssima repercussão. Pensei que ser escritor era a maravilha das maravilhas e não me julgava digna. Hoje sei que fazemos um grande esforço para muito pouco, mas temos que continuar a fazê-lo, porque não podemos ser diferentes. E também, esse poder que tem a palavra de aclarar a vida, me faz prosseguir teimosamente, porque sei que esta é a forma de que disponho para alcançar alguma verdade.

De volta à casa materna, Elisa tenta retomar o bordado que iniciara com a mãe e que significava para as duas um ritual de aproximação, de cumplicidade, de simbiose. A mãe, para a filha, aparece como uma figura altamente positiva, idealizada, encarnando o que Domínguez Miguela chamou de *musa familiar*, como vimos anteriormente. Musa familiar, figura essencial na vida de Elisa:

> [...] Quantas vezes parei, sem respiração, interrompendo o bordado, diante da beleza de deusa de minha mãe e, nesses momentos, iluminado pelo lampião, seu rosto adquiria um mistério que me desafiava [...] Minha mãe parecia concentrar todos os mistérios, era a esfinge que eu procurava avidamente devorar.

O contraponto é também correspondente, dona Elisa ao lembrar da filha ainda menina e, ao reconhecer os talentos de escritora da filha e sua sensibilidade, a descreve com o mesmo olhar amoroso,

> [...] Mas sua bravura, desde menina, me espantava, fazendo-me sentir tíbia em sua presença. Olhava as pessoas nos olhos, sem medo [...] Por fim, instalei minha luneta, para ver de perto as estrelas e me entrou pela varanda toda uma cosmogonia. Nesses momentos me sentia mais perto de você, que voara alto demais, tornando-se, também, uma estrela. Nem isso me faltou, ver de perto as estrelas e ser mãe de uma.

Vila Elisa guarda assim um verdadeiro gineceu, uma casa construída para mulheres, uma casa com nome de mulher. Convivem na casa, também, Germana, a empregada de toda uma vida familiar, e Lúcia, uma prima distante de dona Elisa que será, ao longo de suas existências, sua grande amiga, cúmplice, confidente. É Lúcia quem entrega as chaves para Elisa, quando ela volta para a casa materna. Como uma Héstia, deusa protetora do lar, entrega-lhe as chaves da casa, as chaves de segredos e histórias silenciadas, guardadas e também a carta escrita por dona Elisa para a filha, que estava junto do pano do penhoar chinês.

Um segredo é então revelado. Numa tarde, enquanto mãe e filha bordavam, um telefonema anônimo revela a dona Elisa que o Dr. Bernardo Salles tem outra mulher, Helena Dias, numa relação que já dura há alguns anos e que eles têm um filho. Para dona Elisa, portanto, o significado do bordado e a história circunscrita nela é diferente dos significados que tem para Elisa. Para a mãe:

> [...] Eu me senti orgulhosa de você, de mim, da casa, de seu pai, de tudo. Ao tecer o bordado era como se

tecesse a malha de minha própria felicidade, minha própria sorte construída em pontos mínimos, perfeitos, apertados, com maestria. Sentia, nesse momento, que todos os meus pressentimentos podiam ser dissipados, todas as dissidências vencidas, toda a deterioração abolida.

[...] Agora quero falar do nosso bordado. Nunca mais o retomei. Deixei de ser aquela mulher que ia vestir o penhoar chinês. E, no entanto, enquanto o bordávamos, tudo me parecia tão perfeito! A casa, os objetos, os filhos, a ordem doméstica, um marido a quem estava ligada para a vida inteira. Não pedia mais nada à vida e dispunha de todas as garantias. Olhei para meu pavão pela metade e pensei: um momento perfeito! [...] Cheguei a pensar um dia em retomar o trabalho, não mais para compor com ele um penhoar [...] Você ainda o encontrará por aí, a fazenda rota, pois quanto tempo se passou depois disso?

Para Elisa, diferentemente da mãe, bordar e o bordado têm inúmeros significados, todos relacionados, de forma afirmativa e amorosa, com a figura materna, bordar é como escrever: [...] *Aprendi, hoje, a manipular palavras e essa tarefa exigiu de mim a mesma ciência das bordadeiras* [...] Bordar é dar forma, é conhecer a insidiosa sedução de criar, bordar é tentar recompor a história de vida de sua própria mãe [...] O bordado é um elo entre elas, como a casa [...], o bordado é um desenho de liberdade [...] *eu sabia que a liberdade dele (do pai) o conduzia a lugares que não me interessava conhecer, nunca à China que minha mãe e eu traçáramos na fazenda.* Escrever é desconexo como viver, diferente de bordar:

> [...] Minha narrativa é desconexa; ao contrário do nosso bordado chinês, não obedece a nenhum risco [...] Minha narrativa também é matizada e aguardo, com a mesma expectativa que sentíamos pelo final do nosso bordado, o seu resultado. Assim como esperávamos ver no fim a China retratada pelos nossos imperceptíveis pontos, espero também chegar a ver o desenho de minha vida e entender alguma coisa.

O bordado é subsitituído pelas palavras: [...] *Neste momento, o bordado está pousado em cima do console e o interrompi para escrever, substituindo a tessitura dos pontos pela das palavras, o que me parece um exercício bem mais difícil.* Bordar e escrever é como lutar:

> [...] Assim, neste momento, enceto duas lutas: com as linhas e com as palavras, mas tenho a certeza de que, desta vez, estou querendo chegar a um resultado semelhante a descobrir ao fim do bordado e ao fim desse texto, algo delicado, recôndito e imperceptível sobre o meu próprio destino e sobre o destino dos seres que me rodeiam.

Bordar e escrever servem para preencher o vazio, [...] bordar é viajar: [...] *Vou ter meu lugar, em solidão. Conheci a China muito jovem e depois disso familiarizei-me com os lugares. Estou bordando agora, na minha própria sala e vejo minha mãe na Vila Elisa, há muitos anos.* [...] Bordar é como olhar-se no espelho: [...] *Busquei a mim mesma na trilha do bordado, de repente, perdi-me nos meandros. Sou tantas que não me reconheço.* O bordado é como um livro de recordações e um álbum de fotos velhas:

> [...] Álvaro morreu num Domingo, em casa, sem adoecer. Fazia tanto silêncio quando soube da notícia! Como se só o silêncio lhe sobrevivesse. Feito minha mãe, ele é também personagem do meu bordado chinês. Tinha que ser assim. Eu sobrevivi para bordar.

Bordar é feminino como escrever e escrever é ofício feminino:

> [...] O ofício de escrever, creio, é herança feminina, embora possa ser tão bem exercido pelos homens, em estilos chamados masculinos. A herança de escrever é feminina, trabalho de infinita paciência, aprendido no ventre da mulher. Às mulheres não foi dado durante séculos escrever. Elas traçavam sinais de criação usando linhas enfiadas em finos orifícios, em teares, manipulando pequenos instrumentos de fabricação caseira. Com isso transfiguravam o mundo, escrevendo signos que substituíam as palavras.

Aprender a bordar é como aprender a escrever:

> [...] Aprendi a bordar com cinco anos e minha escritura não pode ignorar isso. [...] Meu estilo de escrever, nas-

> ceu quem sabe, aí, pois o pensamento acompanhava a mão. Nunca tinha antes pensado nisso. Estou começando a afirmá-lo agora que minha mão volta a adestrar-se na arte de bordar. Minha cabeça, enquanto isso, divaga, como a de minha mãe fazia. Não é só a mão que borda. A cabeça também.

O risco do bordado é também o fio condutor das diferentes gerações, a caminho da imortalidade: [...] *o seu fio de Ariadne percorria todos os caminhos* [...] *mas estávamos todos entrelaçados, ligados, como o risco do bordado.*

A leitura da carta, além das identidades já citadas anteriormente, as converte em co-autoras da mesma história, já que mãe e filha se encontram através da escritura e leitura da carta e de seu enorme amor pelas palavras. As genealogias de Elisa, conhecedora agora dos segredos da mãe, se estendem em outras direções, para Lúcia, Germana e Marie, a filha que se parece com ela, e com Elisa também.

Elisa recebe uma incumbência da mãe, a de procurar Bernardo Zerbini, seu meio-irmão, que ela descobre ser um arquiteto, construtor como o pai, com quem ela vai dividir segredos, descobertas, revelações e afinidades. O resgate da figura paterna, através do irmão que será convidado a dividir com ela a Vila Elisa, é pouco comum nos romances genealógicos de autoria feminina, onde os homens sempre são personagens secundários ou ausentes.

A alusão que Elisa faz à condição secundária de Helena Dias, mãe de Bernardo Zerbini e companheira fiel de seu pai por toda uma vida, em que a compara com sua mãe, considerando as duas mulheres presas às difíceis circunstâncias de seu tempo, aquém de suas potencialidades, mostra sua postura de solidariedade com outras mulheres. Uma postura de solidariedade quando ela deseja para si e suas genealogias — diretas ou indiretas — tempos melhores para todas.

Mãe e filha resgatam uma aliança com suas figuras masculinas — dona Elisa com o marido, de quem se despede afetivamente em seu leito de morte — e Elisa em seu encontro com o meio-irmão. Ambas sabem que os homens carregam pesados fardos também impostos pelas normas e regras de uma sociedade patriarcal, segundo as quais Bernardo Salles teve de viver uma vida dividida.

Cabe, portanto, às mulheres buscar um caminho próprio, abrir um caminho seu, com suas próprias mãos e neste movimento de expansão, elas devem abrir caminhos umas às outras, como figuras especulares, modelares, onde mulheres inteiras e plenas aprendam entre si sobre a experiência e a possibilidade de se realizarem como figuras centrais de suas próprias existências.

Elisa agora já pode retomar sua história, como uma Penélope que já não espera passivamente, mas que toma em suas mãos o desenho do mapa do seu próprio destino:

> [...] São nove horas e termino o jantar. A casa se expande, fazendo-me sinais, emitindo os ruídos que eu, em criança, apreendia. Dentro da caixa do relógio de Herr Rommel, o tempo aprisionado movimenta-se.

> Como numa fração de segundos, eu passara a ser a dona, a herdeira dos mortos. Não sei mais neste momento o que está visível ou invisível. Encaminho-me para a sala de visitas, acendo os lampiões de luz opalinada, arrumo as almofadas do sofá, abro o estojo de xarão pousado em cima do console. Retiro a fazenda esmaecida, apreendo-a no círculo do bastidor. Ajeito os óculos, escolho a linha nas meadas, enfio a agulha, puxo o fio, faço um pequeno nó com o polegar e o indicador, mergulho a agulha na asa matizada do pavão chinês. Começo a bordar.

CONSIDERAÇÕES FINAIS

A reflexão sobre a necessidade de resgatar as genealogias femininas é ainda recente nos estudos literários no Brasil. A genealogia feminina não é somente um tema das escritoras, ela é também objeto teórico das críticas que buscam, de maneira especular, conhecer como escrevem as mulheres que escrevem sobre as mulheres.

O texto *O penhoar chinês*, de Rachel Jardim, apresenta-se, no Brasil, como um texto de igual complexidade e qualidade como os das autoras citadas neste trabalho, Laura Esquivel, Lya Luft ou Margarteh Atwood. Mas podemos afirmar, sem dúvidas, que o texto da autora mineira é precursor e paradigmático em nossas letras.

Diferentemente de Penélope que tecia tempos de espera e paciência num universo masculino, as filhas, netas e bisnetas da heroína grega, como bem nos mostram os textos analisados, tecem, na atualidade, seus próprios destinos, seus próprios sonhos e desfazem, assim, a cada dia, suas falsas ilusões.

REFERÊNCIAS BIBLIOGRÁFICAS

Obras de Ficção

ATWOOD, Margaret. *Vulgo, Grace.* Tradução de Maria J. Silveira. São Paulo: Marco Zero, 1977.

ESQUIVEL, Laura. *Como água para chocolate.* São Paulo: Martins Fontes, 1993.

JARDIM, Rachel. *O penhoar chinês.* 3. ed. Rio de Janeiro: José Olympio Editora, 1984.

LUFT, Lya. *A sentinela.* São Paulo: Siciliano, 1994.

SERRANO, Marcela. *Antigua vida mía.* Santiago de Chile: Alfaguara, 1995.

Teoria e Crítica

CIPLIJAUSKAITÉ, Biruté. *La novela femenina contemporánea (1970-1985).* Hacia una tipología de la narración en primera persona. Barcelona: Anthropos, 1988.

MIGUELA, Antonia Domínguez. *Esa imagen que en mi espejo se detiene.* La Herencia Femenina en la Narrativa de Latinas en Estados Unidos. Huelva: Universidad de Huelva, 2001.

ORBACH, Susie & EICHENBAUM, Luise. *¿Amigas?* Cómo encarar los sentimientos de amor, envidia y rivalidad en las relaciones entre las mujeres. Buenos Aires: Sudamericana, 1987.

OZIEBLO, Bárbara (Ed.) *El vínculo poderoso: madres e hijas en la literatura norteamericana.* Granada: Universidad de Granada, 1998.

RICH, Adrienne. *Nacemos de mujer:* la maternidad como experiencia e institución. Madrid: Ediciones Cátedra, 1976.

O PENHOAR CHINÊS

And people to whom nothing
has ever happened cannot understand
the unimportance of events.

T. S. Eliot

O TEMPO O QUE É? Redoma de vidro invisível que nos recobre e nos isola da eternidade? Vírus, doença inoculada na origem, com o poder de nos fazer decair e perecer? Lâmina afiada cortando o destino de sermos imperecíveis como os deuses que nos criaram? Em que minuto da criação soubemos da nossa decadência e percebemos essa fluição insana e inexorável, esse rio sorrateiro a correr rumo ao abismo? Tento recompor este tecido gasto, trabalhando com a agulha mais fina para não ferir demais as fibras envelhecidas. Ajeito os óculos com mãos meticulosas, e me lembro de que, quando pegava o bastidor e sentava no sofá do lado oposto de minha mãe, o risco logo surgia nítido diante de meus olhos, um traçado azul, mapa da viagem a ser iniciada. O tempo emprega os seus pequenos instrumentos de tortura, com os quais nos fere sem grandeza. A enlouquecida teimosia que me levou a retomar esse bordado quase impossível de ser recuperado é a mesma que me atirava na infância às empreitadas mais absurdas, pelo gosto de desafiar a ordem das coisas, a tirania das tramas secretas que conduziam nosso destino. Minha revolta era como a das mariposas cegas que se jogam contra a luz, loucas por não poderem buscar ali outra coisa senão uma morte espantosa e absurda. Olhava minha mãe obliquamente do outro lado do sofá. Que corrente secreta percorria os nossos pensamentos ao preenchermos o risco que ela mesma traçara sobre o pano azul, que pressentimentos, que sensações, que fantasias? Éramos unas naquele momento, nossas mãos aprisionadas no círculo traçado pelos bastidores, e nosso sangue familiar também percorria as veias azuis riscadas na fazenda fina. Oh, mãe, tanto anos são passados, consegui retomar o bordado, e tudo mais se transforma num imenso vazio, que como esse traçado na fazenda, vou preenchendo com as figurações por tanto tempo armazenadas na memória, quase esquecidas, agora despertas e refeitas uma a uma, com a mesma precisão com que recomponho esse trabalho. E me pergunto, mãe, se haverá ainda em mim, guardada em alguma glândula secreta, em alguma cédula viva, resíduo daquela coisa que eu chamava tão naturalmente de amor, líquido que sentia correr no meu sangue, umedecer meus poros como um mar interno, hoje congelado, cristalizado. Queria deixar as águas correrem livremente, grandes sopros de vento batendo contra as geleiras rompendo o lençol translúcido. Hoje, tudo em mim é cristal muito puro, muito belo, muito frio. Lembra-se da jarra cor de vinho, lavrada de branco, que enfeitávamos com flores de pessegueiro parecidas com estas que agora recubro com linha matizada? O cristal do vaso era cor de sangue e eu fico pensando que o meu, hoje cristalizado, deve ter o brilho e a cor daquele vaso. A beleza que sempre porfiei é uma herança sua, mãe, bem o sei. Aprendi que é preciso desconfiar dela, láudano tomado no café da manhã, bálsamo contra a dor, filtro mágico da realidade. Você soube disso algum dia? Porque toda a sua realidade, mesmo a mais comezinha, era transformada em beleza e essa foi a forma encontrada para suportar os misteres de mulher que lhe eram impostos. Quanto a mim, não. Deixei de cumprir esses misteres cedo demais e paguei por isso um preço tão alto que não sei se ainda tenho forças para fruir agora, em plena solidão e sem testemunhas, o que me restou da minha condição de mulher. Quando encontrei esse bordado no fundo do baú ao vasculhar a casa materna há tempo por mim abandonada, meu coração bateu descompassado e senti um calor desusado no rosto. Remexi sofregamente a arca, as mãos atabalhoadas, atirando no chão, sem cuidado, os velhos guardados. Conheço essa obstinação fanática que me toma às vezes e sei de onde ela vem. O bisavô alemão apaziguava-se consertando relógios e sempre senti que era uma paixão cega que o impelia, não a paciência dos relojoeiros. Aquela capacidade de aprisionar e regular o tempo punha nos olhos dele um brilho metálico, que vi refletido nas nossas próprias pupilas. Nunca fomos de muito falar e nossa obstinação sempre se traduziu naquele brilho gelado. Quantas mortes já ocorreram entre nós e quando fechei também seus olhos, vi refletido nos meus, no grande espelho do quarto, aquele mesmo brilho. Porque eu sabia que me restava viver, que a morte não podia apossar-se de mim como uma presa fácil e, na minha resistência à destruição, eu punha a mesma paixão fria que impelia os dedos de Herr Rommel às molas que ajustavam o tempo.

Examinando com atenção o bordado descubro as deficiências do meu ponto infantil e o acabamento irrepreensível do trabalho de minha mãe. Um lado (o de minha mãe), está incompleto, o outro foi terminado. O pavão pousa quase perfeito no galho rugoso da árvore, mas a cercadura de flores de cerejeira, a pequena ponte sinuosa, atravessando o rio, nunca chegaram a ser coloridos com os tons de uma China exótica, imaginária. O que foi isso, mãe? O que te teria levado a desistir, em que momento de sua vida o bordado foi abandonado, que circunstâncias teriam te levado a interromper o trabalho iniciado, você tão diligente como as formigas? Tento eu mesma buscar na memória a chave do enigma, mas nenhuma imagem vem ao meu auxílio. Nada mais posso te perguntar, e diante dos meus olhos surge apenas seu belo rosto ainda sem rugas, abaixado sobre o bastidor. Você tinha trinta anos, menos vinte e cinco do que tenho agora. Eu acabava de fazer oito anos e começava a aprender as tarefas exigidas pela minha condição de mulher. Fixo bem o ar e vejo teu rosto preservado, em cima do console, virado para mim. O relógio bate nove badaladas. Era hora de ouvir os passos de meu pai ressoarem surdamente no tapete em direção da porta da rua ou do escritório. Tão nítidos, agora, esses ruídos! Estávamos sentadas no sofá, os lampiões acesos em cima dos dunquerques. Que clara separação entre os papéis representados pelo homem e pela mulher. A porta da rua batida pelo homem deixava à mulher o seu mundo. Eu intuía as tramas secretas das vidas regidas por mundos que corriam paralelos e pressentia algo desarticulado, alguma coisa me dizia que o destino dos seres não podia ser aquele de só viver aos pares, que entre os homens e as mulheres havia mistérios diferentes. Tudo era nomeado pelo masculino e isso já me parecia estranho. A rua era o mundo de meu pai, o chapéu na cabeça era o signo da liberdade masculina, não simples adereço como o das mulheres. Eu escutava sussurros no quarto de costura, sons que não estavam destinados aos meus ouvidos. O braço do homem, na rua, apoiava a mulher. Dentro de casa, na ausência de meu pai, via minha mãe falar e comandar. Na rua tudo era permitido ao homem, mas no útero da casa a mulher renascia. Só a liberdade do homem era legitimada, era o que eu deduzia das conversas abafadas.

O pano estendido entre minha mãe e mim nos tornava cúmplices silenciosas de um destino ainda não cumprido e de uma vida subterrânea que não se expressava em palavras. Eu quase podia escutar as correntes ocultas que se movimentavam debaixo do tapete, quase podia ouvir os sons surdos que pareciam querer subir pelas paredes. Buscávamos, no bordado, um mundo situado muito além da sala de visitas, contido num universo que só a nós dizia respeito. Nossa viagem era bem diferente da empreendida por Marco Polo. Preenchíamos, com as mãos, rios e quiosques, gueixas portando sombrinhas de inacreditável delicadeza. Nosso espantoso universo era tecido em pontos, reduzido a imperceptíveis minúcias, nossas cabeças eram recheadas de visões feéricas que nossas mãos construíam com rígida disciplina. Eu escutara uma conversa no quarto de costura. Aprendi a palavra "amante", que me soou tão musical e tão cheia de artifícios como a palavra China. Amante o que era? Eu a sentia como se fosse uma palavra feminina.

Elisa é o meu nome. Deixei minha mãe enterrada no cemitério de Palmas. As sepulturas não emergem mais dos tufos de grama como se fossem canteiros. O cemitério era pequeno, eu sempre me lembrava dele como algo fresco, uma mistura de branco, verde e azul. Já nada mais resta dessa antiga imagem. O cemitério cresceu como a cidade. Nosso túmulo de família tem grades em volta, e seu jardinzinho agreste continua florescente. Minha mãe amava esse pequeno jardim tumular. Há quanto tempo plantou essa hera que hoje reveste o túmulo? Eu a vejo abaixada, fazendo gestos no chão com uma pá. Ao olhar a hera, ocorreu-me enterrá-la fora do caixão, para que seu sumo fosse conduzido pela hera e aflorasse à terra. Não queria revestir o corpo de mármore e cimento. A falta de porosidade dos elementos que encerram os mortos sempre me incomodou. Estranho ter visto minha mãe velada no salão em que minha avó o foi. Ao penetrar no aposento foi a mim mesma que vi primeiro, a menina que se vestira cuidadosamente de escuro, sem que ninguém soubesse, e fora atrás de sua avó morta, pelas ruas desertas da cidade, sob o silêncio do meio-dia. Sua figurinha, rompendo a parede das pessoas que se aglomeravam em volta do caixão, interrompeu os rituais da morte e, de repente, não era mais a morta a figura principal e, sim, a menina. Minha mãe me tomara no colo e me deixara ver o rosto da avó. Desde então aprendi a postura dos mortos no caixão, e a dos vivos em volta dele, e ao me aproximar agora, de minha mãe, curvei-me sobre o seu corpo, como a vira fazer sobre o de minha avó. Novamente a sensação de estar sendo observada por todos os olhos me intimidou. Não posso chorar minha mãe em meio a tantas testemunhas. Entre nós duas sempre existiram coisas secretas. Sempre calamos sentimentos que conhecíamos muito bem.

A casa de minha infância acabou ficando preservada das cerimônias da morte. Meu pai morreu no hospital e minha mãe preferiu se transferir para o velho solar, quando sua doença se agravou. Nossa casa não tem atmosfera para a morte, mamãe sempre soube fazer as coisas com propriedade. Voltei sozinha do cemitério e, de repente, ao dobrar a esquina, avistei no alto a casa encarapitada nos seus jardins, os tufos de plumas brancas emergindo da grama (eu não conseguia recordar o nome com que mamãe nomeava aquela planta), os desenhos caprichosos do pára-raio destacando-se contra o céu. "Villa Elisa". A cidade inteira tinha orgulho dela, exibia-a a seus visitantes, registrara-a nos seus cartões postais: "Villa Elisa — Palacete da família Salles". Bem cuidada demais, requintada como uma jarra de Lalique. Sempre lhe faltou austeridade e agora, já com mais de meio século de existência, ficara como que imune ao tempo e ao sofrimento. Minha mãe se afastara dela para morrer. Minhas irmãs moravam no edifício de tio Gabriel, o primeiro construído na cidade. Diziam, na família, que mamãe conservara a casa para mim, sonhando com grandes temporadas minhas na cidade. A vila era de sua propriedade, meu pai tivera muito orgulho em oferecê-la como presente de casamento, ele, cujos foros de nobreza estavam muito abaixo dos desejados pela família. Embaixo do torreão estava escrito "Villa Elisa" e, com números em bronze dourado, a data do casamento. Sem minha mãe a casa parecia ter perdido subitamente a sua identidade. Ao entrar, um casal de criados novos me esperava e vi a mesa posta com a toalha branca adamascada caída até o chão. Onde estaria Germana, a velha criada? Certamente no quarto, prostrada de dor. Oh, mãe, é difícil percorrer a casa assim abandonada, indefesa, exposta à curiosidade. Não me sinto bem, espero a todo momento que você me surpreenda como na infância, escutando por detrás das portas fechadas. A minha curiosidade sempre incomodou. Eu punha atenção demais no que estava oculto. O que era eu na casa? Uma aliada sua, uma testemunha, uma espiã? Você sabia que eu te vigiava. Quantas vezes te ouvi abaixar a voz quando eu me aproximava. A porta fechada do quarto de costura era a muralha do seu castelo, a câmara secreta onde você e Lúcia exerciam seus misteres com a segurança das rainhas. Ali estavam os instrumentos do seu poder. Finas agulhas espetadas em bolas flamantes de veludo vermelho, como insígnias de um poder real. Eu ouvia, do lado de fora da porta, os ruídos que emanavam dos instrumentos: o som da tesoura cortando o pano, o galope da máquina Singer. A máquina de costura tinha flores de esmalte sobre o negro e tudo era tão delicioso no gineceu, o espírito se apaziguava ao penetrar dentro dele como que tangido por invisíveis avenas de pastores. Alguma coisa de muito leve, um perpassar de asas de borboleta, me tocava. Ao entrar, percebia todos aqueles gestos de pouco alcance, a mão encolhendo o fio da meada, o braço se alçando para enfiar a agulha, puxar o fio, e depois descer para esmiuçar o pano, furar o tecido no lugar exato, acompanhando o risco. Eu aprendera a adestrar os meus dois dedos, o polegar e o indicador, como instrumentos de uma perfeição que continuei a perseguir ao longo da vida. Revi você, mãe, a cabeça para o alto, enfiando a agulha, medindo o tamanho da linha com olhar experiente. Aprendi, hoje, a manipular palavras e essa tarefa exigiu de mim a mesma ciência das bordadeiras. A leveza da minha mão me ajudou a penetrar no escuro poço e descer fundo, para tirar de lá a substância, às vezes tão pesada e dura, com que vou plasmando o meu texto. Tenho pensado muito naquelas imagens que as nossas mãos pequenas deixavam impressas no tecido, e sei que foram elas que me revelaram, pela primeira vez, a possibilidade de concretude das figurações que meu espírito projetava para dentro de si mesmo. Descobri que o meu mundo irreal estava contido na realidade. Só agora vejo, mãe, que nada mais fiz, ao longo da vida, do que prosseguir com o nosso bordado.

Estamos agora, eu e minha mãe, sentadas no sofá. Descemos os três degraus que separam a sala de jantar da sala de visitas. Era a hora silenciosa de dona Elisa, hora que os empregados respeitavam e em que todos os ruídos da casa amorteciam-se. Mamãe pega a fazenda e põe nela os bastidores, aprisionando o bordado. Pela primeira vez eu era chamada a participar daquele ritual interdito e estava orgulhosa como uma sacerdotisa iniciando-se nos seus mistérios. Meu pai atravessa a sala em direção ao escritório. Ou meu pai apanha o chapéu pendurado no chapeleiro e bate a porta? As duas imagens saem da caixa de guardados. Nossa China não recebeu nunca a luz do sol, foi criada à meia-luz. Exigia olhos perfeitos e se fazia em tons velados. Eu trabalhara antes em retalhos de tons diversos, treinando os pontos que agora iniciava na fazenda cuidadosamente escolhida e que se chamava crepe da China. Revelara uma habilidade até então insuspeitada e sentia se acenderem em mim fagulhas desconhecidas. Conhecera muito cedo a liberdade de correr pelos jardins e pelas campinas com minhas pernas compridas, aprendera a galopar contra o vento com o avô, no cavalo branco, a imaginação cavalgando junto, e agora, manejando a agulha, sentia o meu espírito voar ainda mais para lonjuras desconhecidas, um êxtase nunca pressentido vinha perturbar meus sentidos. Pela primeira vez, os meus inocentes oito anos de idade conheciam a insidiosa sedução de criar, e na agitação que se apossava de mim, percebia um fluxo ininterrupto que não mais se estancaria. Os olhos que percorriam a sala familiar estavam impregnados de visões além da China que minhas mãos configuravam, e alguma coisa dentro de mim se afinava de tal forma, punha tão grande sensibilidade nos meus olhos e ouvidos, que percebia sons e formas nunca antes imaginados. O silêncio que nos rodeava preenchia-se, e ruídos tênues eclodiam nas partículas do ar. Quantas vezes parei, sem respiração, interrompendo o bordado, diante da beleza de deusa de minha mãe e, nesses momentos, iluminado pelo lampião, seu rosto adquiria um mistério que me desafiava. Sabia que um homem dominava seu destino, mas pressentia nela um poder que escapava à dominação. Sentia, às vezes, o impulso de atravessar a sala e penetrar no escritório para interpelar meu pai. Os seus olhos me diziam que ele rompia pactos, desconhecia que pactos eram esses, mas não desconhecia que entre minha mãe e ele havia acordos e contratos que só a meu pai era dado romper. Quantas vezes, tomada pela bravura atávica da minha gente, interpelei pessoas, pedi contas, tomei a defesa dos fracos. Comecei, muito jovem, a me tornar incômoda, e sentia, naquele momento, que meu pai e eu tínhamos contas a ajustar. Escutava os sons do rádio ligado para a Alemanha no escritório, prenunciando uma guerra que algum dia viria. A guerra me parecia um processo masculino do qual as mulheres não participavam. Para mim, naqueles dias ela não passava de sons articulados em uma língua estrangeira. Minha mãe inclina a cabeça voltada em minha direção, toma nas suas mãos o bastidor e examina com atenção meu bordado, passando o polegar no risco já preenchido. "Está bom", diz. Eu me sentia coroada e uma sensação de felicidade me tomava. Porém, algo interrompia o fluxo, alguma coisa se detinha no ar, indecifrada como os sons que eu ouvia do escritório. A confidente de minha mãe não era eu, era Lúcia, no quarto de costura.

Tento recompor agora a vida de minha mãe, ao mesmo tempo em que recomponho esse bordado. Os fios do tempo estão esgarçados, são tênues os liames que prendem os enredos dispersos dessas vidas entrecruzadas. Desde que comecei a ouvir, escutei a história do casamento de dona Elisa, história que me dizia respeito particularmente, pois eu começara a existir a partir dela. Em criança, sempre me imaginava personagem do casamento de meus pais, a menina que segurava as alianças era eu. Não podia aceitar ter perdido esse acontecimento que se incorporara à vida da cidade, que se transformara em lenda, que era contada às filhas pelas mães como uma história de Sheerazade. Meu avô paterno começara a enriquecer como administrador das fazendas de meu avô materno. Eu nunca soube nada de suas origens, nunca ouvi falar de outros parentes daquele lado que não fossem os irmãos de meu pai e meus próprios avós. (Só muito mais tarde soube que Lúcia era uma prima distante.) Começaram comprando e vendendo terras, primeiro fazendas e depois lotes que se espalhavam em volta de Palmas, constituindo bairros novos, cada vez em maior número. Casas antigas foram destruídas e edifícios sempre maiores foram erguidos. Minha família materna edificara a cidade, depois de fundá-la, a família de meu pai a destruíra, para reedificá-la novamente. Meu avô materno não chegara a empobrecer, estava bem longe disso, mas o brilho de sua imensa fortuna era agora embaçado pelo brilho da de seu antigo administrador. Meu pai já nascera rico e trabalhara sempre para ficar cada vez mais. Aos vinte e seis anos, quando casara com minha mãe, pudera deslumbrar a cidade construindo, ele próprio, o palacete que oferecera como presente de casamento. Para um homem que era considerado um inimigo das casas, que procurava transformá-las em blocos uniformes de concreto, a construção daquela moradia podia ser atribuída a tudo, menos ao simples prazer. Mas meu pai, sempre o percebi muito bem, era um homem dotado de imaginação. Podia ter deslumbrado a família da mulher amada de outras maneiras, podia ter inventado uma viagem de zepelim, podia ter comprado um diamante raro. Mas nada lhe teria desafiado tanto a fantasia como a construção de uma casa que não seguisse nenhum estilo, que não se parecesse com as severas propriedades da família Avellar, nem com os blocos de concreto que ele mesmo edificava. O jovem Bernardo Salles, formado em engenharia em Ouro Preto, não procurava erigir a perfeita imitação de um casarão colonial, mas fizera uma espécie de castelo da Bela Adormecida, com telhados de ardósia, torreões, rendilhados e vitrais. Um senso de delicadeza, quase feminino, comandava toda a construção, uma delicadeza certamente inspirada em minha mãe. A cidade se surpreendera com a obra e dera a ela as mais variadas interpretações, considerando-a, sobretudo, um ato de pura exibição. Acostumada ao gosto quase ascético da família Avellar, os habitantes demoraram algum tempo para se libertarem daqueles rigores estéticos, mas terminaram por gostar incondicionalmente da casa, e lá ficou ela, no alto da colina, como uma espécie de marco à liberdade e à fantasia. Imagino que meu pai deva ter refinado a sua sensibilidade à medida que ia edificando aquela construção que nada tinha a ver com os novos edifícios que iam, pouco a pouco, escondendo as montanhas circundantes de pedra e ferro. A família Avellar nunca se lembraria de construir uma adega em suas moradias, mas a Vila Elisa de meu pai, em vez das capelas que tanto impressionavam os habitantes de Palmas, nas residências dos Avellar, era dotada de um poço, onde as garrafas enfileiradas refrescavam-se pela proximidade do riacho que passava no pomar. Meu pai gostava de vinho e eu, que conhecia tão pouco de suas origens, nunca soube de onde lhe viera o gosto, desconhecido em Palmas, ou se ele próprio o iniciara, legando-o a mim como um dom precioso. O casal, nos primeiros anos, nas noites de verão e primavera, costumava jantar no alto da torre, com vinho e música e isso instigava a imaginação da cidade.

Oh, a vida de meus pais nos primeiros anos de seu casamento, como eu queria me apossar dela! Crivava minha mãe de perguntas, escondia no meu quarto o álbum de fotografias, minha cabeça dava voltas. O álbum mostrava, em tons de sépia, uma jovem de dezoito anos, sentada num balanço, com um vestido branco flutuante e um grande chapéu no colo. Embaixo estava escrito com a caligrafia longilínea de dona Elisa: piquenique na chácara — verão de 1925. O piquenique marcara o início do namoro. Sempre achei que todos os piqueniques eram felizes e que deles sempre resultavam acontecimentos importantes. Nunca, ao longo da vida, consegui, eu mesma, participar de nenhum. Mas, nos anos de juventude de minha mãe, a vida das pessoas era marcada por esse tipo de celebração. Havia, nesse tempo, muita relva e muita árvore. Eram ainda os anos 20, quando as coisas se faziam com uma grande dose de inocência, eivada de malícia. As fotografias da época demonstram exatamente isso. Não sei se os preconceitos a serem vencidos pelo casal até o casamento alguma vez chegaram a abalar seriamente a amenidade das relações. Meu avô jamais se acostumaria a tratar como igual seu antigo administrador. Entre as duas famílias nunca pôde haver grande intimidade. Mas, talvez tenha havido certo alívio em saber que o dinheiro da família revertia, afinal, para ela própria, sem grande esforço de ninguém. Os antigos clãs da cidade estavam empobrecendo e o nosso, com o casamento, ficaria mais rico. Nada disso me foi dito por minha mãe. Descobri tudo por mim mesma, prestando atenção. Mas esbarrei numa grande dificuldade: nunca soube quando meus pais deixaram de ser felizes, ou por que, ou se isso que eu chamo de não ser feliz decorre apenas de uma exigência minha, de uma deformação de alma, de uma insensatez que só a mim diz respeito. Nunca me acostumei em ser feliz como as pessoas queriam que eu fosse; a superfície do mar, quando o vi pela primeira vez, me atraiu menos do que as suas profundezas. Sempre quis tudo, e a procura do tudo me fez ver demais os detalhes. Não sei o que eu buscava na casa de meus pais, onde as coisas estavam rigorosamente no lugar. Captava vozes e olhares com uma obstinação insensata. Sei que a história de minha mãe e meu pai começou com um piquenique, ao qual se seguiu um noivado, depois de alguns problemas finalmente resolvidos. Que era aquela jovem, minha mãe, para si mesma? Sua própria fotografia? Seu rosto perfeito refletia-se em grandes espelhos bisotados, espalhados pela casa. Amoldava-se aos padrões de beleza estampados pelas revistas de moda com nomes franceses. O que eu queria realmente saber de minha mãe não estava ligado à sua lenda. Vejo as fotos de seu casamento, uma pequena coroa de flores e pérolas lhe atravessando a testa. Pajens formando um infindável cortejo. Tudo muito leve, muito tênue, envolto em vapores. Uma certa simetria nos retratos. A máquina captava os rostos sem expressão, imagens refletidas. Que era a realidade para minha mãe? Para meu pai, era uma coisa concreta. Ele construía edifícios e, quando queria dar vazão à sua fantasia, podia fazer vilas como a Vila Elisa. As fantasias de meu pai podiam ser concretas. O sexo para ele era concreto, e para minha mãe? O dinheiro para meu pai era concreto já que o ganhava, para ela, uma benesse concedida, uma gentileza que lhe era dispensada.

Para uma jovem mulher daquela época, nascida no meio em que minha mãe nascera, não havia nenhuma concretude, embora ela própria não o percebesse. E, se meu pai, ele próprio, se moldava segundo os modelos que lhe eram dados conhecer — pessoas agregadas em torno dos mesmos interesses, numa pequena cidade onde tudo ficava ao alcance da vista — minha mãe só dispunha de realidades de segunda mão, pois o papel que lhe era imposto, como mulher, significava ser mulher para o homem. E, apesar disso, mesmo aprisionada em seu casulo, a vocação de liberdade era tão inerente ao ser feminino, que os vôos de minha mãe se faziam sentir nas tarefas mais domésticas, ela bordava o mundo com seus dedos pacientes e inventava na cozinha temperos que sabiam a viagens as mais arrojadas. Tanto minha mãe, como meu pai, podiam ser considerados símbolos de feminilidade e de virilidade, isso se nota no retrato de casamento. Como ambos se enquadravam, em tudo, aos modelos, o casamento estava fatalmente destinado ao sucesso.

Sei que meu pai e minha mãe inauguraram o cinema da cidade, construído pela firma de meu avô. Vejo o retrato deles partindo a fita que prendia a porta da entrada, e que o cinema passou depois a ter importância na vida do casal. Lembro-me de mamãe beijando o meu rosto, despedindo-se para ir às sessões elegantes de quarta-feira. Lembro-me dela grávida, esperando minhas duas irmãs, uma bata plissada de *pois* azul-marinho, cobrindo a barriga, saindo para o cinema. A casa parecia muito nova, tinha cheiros que se incorporavam à minha infância e que a devolveram muitas vezes nos lugares mais inesperados. Eu ficava sozinha de noite, quando o casal saía, e aspirava a casa. Nunca tive nenhum medo de ser deixada só, sentia-me livre, em comunhão com tudo, protegida pelos objetos familiares. Sempre quis dominar a casa, ser secretamente sua cúmplice e senhora. Sei que naquele tempo, ninguém chegou a saber dela tanto quanto eu, mas, entre nós, nunca deixaram de existir segredos que ambas respeitávamos. O bordado de minha mãe, inacabado, sei bem quem mo devolveu. Minha ligação com os móveis e objetos me punha arrepios na pele. Uma sensação física selava o nosso pacto de posse. Conhecia, como ninguém, a consistência das madeiras, a temperatura das paredes, a tepidez dos tecidos. Foi-me dado conhecer, mais tarde, a exasperação da casa diante de acontecimentos que ela não podia impedir, e seu mal-estar diante de intrusos. Recebi avisos e sinais que deixavam meus nervos espicaçados. Nunca cheguei a abandonar a Vila, e esse foi um segredo entre nós, do qual minha mãe compartilhava, sem dizer palavra. Minha ausência jamais deixou nenhum vazio entre nós duas. Dona Elisa, das três, foi a primeira a morrer. (A Vila morreria de morte natural?) A casa era o elo da corrente, o mistério de minha mãe guardava-se nela e, quantas vezes, no meio da noite, quando quis morrer, recebi sinais noturnos que me faziam viver, emanados eu sabia muito bem de onde. Nasci no próprio quarto do casal e, depois, conservei sempre o meu. A ausência de medo era tão grande em mim que jamais ocorreu a meus pais me darem qualquer espécie de companhia. Tive, por muito pouco tempo, babás e irmãs dormindo comigo. E meus hábitos noturnos não causavam estranheza. Devassava os aposentos e as salas quando todos dormiam, e muitas vezes, passava a noite acordada no escritório de meu pai, a janela aberta para o jardim, um livro nas mãos. Minhas irmãs nasceram tíbias e assim ficarão até morrer. Nunca mereceram, da casa, nenhum respeito. Nasceram e viveram ali por acaso. Minha coragem, porém, sempre perturbou as pessoas, meu medo não se fazia mostrar à luz do dia. Era fundo como as raízes que nascem dentro da terra. Jamais o compartilhei com pessoa alguma. Meu pavor definitivo foi ter ido embora da casa e esse ninguém percebeu, só ela própria, que me mandava correntes noturnas geladas, sabendo, contudo, que eu não me deixaria intimidar e prosseguiria. As minhas primeiras recordações de infância são do teto do quarto, onde havia um lustre com folhas de videiras entrelaçadas. Desviando um pouco a cabeça, via um rosto de menino encimando um cabide de pé, feito segundo um desenho de minha mãe, executado pelo marceneiro da Vila, que nele pusera todo o seu ingênuo engenho. O frescor dos lençóis, sobretudo nos dias em que o trocavam, foi uma doce sensação, cedo descoberta. Minha intimidade com as coisas era marcada por sutilezas, e jamais deixei de testar os objetos com o sentido do tato. Minha mãe, sempre que saía à noite, sentava-se ao meu lado, na cama, dizia algumas palavras e me beijava. Tudo mergulhava em silêncio. Eu sentia enorme alívio em ficar só. Podia então conjeturar livremente sobre as peregrinações do casal, sobre o sucesso das suas incursões noturnas pela cidade. O lustre, sobre a minha cabeça, era o ponto de partida para as fantasias e o porto seguro para onde eu voltava depois da viagem, mergulhando na escuridão. Meu pai entrava raramente no meu quarto, creio que procurava se meter pouco no mundo das mulheres. Ouvi, de uma empregada, que o Dr. Bernardo amava as mulheres. Mas sempre achei que a mim e às minhas irmãs, ele amava como seres que deviam ser preservados da sua própria força, que deviam ficar entregues a sua fragilidade, intocados. A proteção dele em direção a nós era longínqua. As sensações e descobertas iam tomando conta de mim tão lentamente que, às vezes, nem chegava a percebê-las. Só muito mais tarde me dei conta de todas elas. Percebi um dia que podia transformálas em palavras e desvendá-las. Quanto mais fundas e imperceptíveis, mais visíveis se tornavam. Nunca me espantei demais com as descobertas concretas da idade madura, pois as antecipara há muito tempo. Os fatos ainda são obscuros, mas isso não quer dizer nada; fatos deixaram, há muito, de ter importância, o que eu quero é um pouco verdade, embora saiba que há mil fragmentos dela espalhados por toda a parte, que a paciência de juntá-los talvez não seja atributo dos homens. O que me anima é pensar no lustre do meu quarto e saber que, no meio do teto, ele estava lá, indicando o caminho para a minha viagem de volta, no metal fundido.

Meus pais não tiveram filhos homens, daí a minha convivência tão marcante com o mundo feminino. A casa em que eu vivia era uma casa feminina, embora tivesse sido construída por um homem. Não sei que intuições teriam levado meu pai a edificar uma moradia só para mulheres. A época era uma época feminina, sem guerras ou congestões sociais aparentes, considerada frívola, uma espécie de gestação para o parto que viria depois. Nasci um ano depois do casamento de meus pais, dois anos depois de ter sido edificada a Vila. A minha primeira lembrança infantil é a luz rosada que entrava de manhã através da janela, filtrada pela cortina de cassa cor-de-rosa. Nunca me apeguei muito às babás que, sempre de branco e com os aventais pregueados endurecidos pela goma, entravam e saíam do quarto sem que procurasse detê-las. Meu pai entrava pouco nele, mas eu aprendera a reconhecer seus passos masculinos passando pelo corredor. Escutava as batidas noturnas do relógio, no silêncio. Os passos de meu pai ressoavam na noite como as batidas do relógio. O ruído da água na fonte do jardim e do arroio no pomar me pareciam ruídos femininos que se ampliavam de noite. Uma vez, quando meu pai se candidatou à prefeitura e ganhou as eleições, ouvi-o dizer que ele governava a cidade, mas não a casa. Na verdade, creio, a Vila Elisa tinha sido a sua única integral doação à minha mãe. Entregando a ela a casa, eximia-se ele mesmo de se entregar. Sempre achei que a verdadeira vida de meu pai se desenrolava fora de casa e que, em algum lugar, haveria uma moradia que se parecesse com ele, num daqueles blocos de concreto onde viviam pessoas um tanto diferentes daquelas com quem eu estava acostumada a conviver. Não que ele parecesse deslocado na Vila Elisa. Apenas, aquele não era o seu lugar. Nunca ninguém me disse isso e não sei como essas coisas me passavam pela cabeça, mas o fato é que passavam. Ouvi muitas frases pela metade, até o dia em que ouvi, saindo de alguma parte, a frase inteira, ou melhor, apreendi o sentido de uma frase inteira que dizia: "Bernardo tem uma mulher fora de casa". Isso foi antes de minha mãe e eu termos iniciado o bordado? Foi depois? Teria sido durante o bordado? Faço um esforço de memória e não consigo saber. Não odiei meu pai no momento em que escutei a sentença porque, em alguma região interna, num escaninho qualquer de meu interior, ela já se gravara há muito tempo. Eu já ouvira aquela mesma frase flutuando no ar, não com o nome de meu pai, mas com o de meu avô. E pensava vagamente que ter uma mulher fora de casa era um atributo dos homens. Apenas, no caso de meu pai, eu lhe dava internamente o direito de ter uma outra moradia que se parecesse com ele, que lhe pertencesse realmente, já que a Vila Elisa não fora feita à sua imagem. Dava a meu pai o direito de viver o seu próprio mundo, o mundo que desde tempos imemoriais tinha sido considerado masculino. E a outra mulher que vivia com meu pai, não sei por que, considerava-a um atributo masculino, algo parecido. com o chapéu que o Dr. Bernardo punha na cabeça ao sair de casa. Minha mãe, para mim, continuava sendo a mulher de meu pai, justamente porque era diferente dele, justamente porque não o completava. Olhando o rosto de mamãe enquanto bordávamos sob a luz do lampião da sala, sentia que ela era, afinal, inatingível, já que se configurava única, completa dentro de si mesma, capaz de criar mundos ilimitados que só a si própria diziam respeito. O reino de meu pai era configurável e limitado. O de minha mãe se fazia para dentro de casa e saía pelas janelas, num tapete de nuvens. Pensava que minha mãe condenaria meu pai por sua vida dupla, que jamais admitiria a existência daquela outra mulher, não se dando conta de que possuía também uma vida à parte e ligações imperceptíveis, que a faziam escapar de qualquer domínio. Dos jardins internos da casa ela recolhia flores e as transfigurava naqueles ramos de cerejeira que nunca tinha visto, dando a eles matizes de uma delicadeza inimaginável. Do mundo fechado da casa explodiam jardins, brotavam florações exóticas nos riscos dos bordados e, da terra vermelha, flores delicadas em inesperadas combinações. Minha mãe, como que cumprindo um pacto com os seus deuses, só gerara filhas na Vila Elisa, no universo feminino que meu próprio pai construíra para ela. Duas seguiram o seu destino de mulheres, como fora convencionado: animais divididos e mitológicos como os centauros, com todos os seus sentidos adestrados para servir ao homem. Eu, não. Aproveitei ao máximo o mundo feminino em que fui criada, banhei-me nele como nas águas de um lago encantado que me tornasse imune às violações infligidas pelos homens. Não foi munida de uma coragem masculina que deixei a casa, abandonando sua proteção, para receber o meu quinhão de vida. Busquei sempre o lado mais secreto das coisas, o que não estava exposto à vista, o lado mais difícil. E minha coragem jamais poderia ser confundida com bazófia. Não quis ser uma Diana Caçadora, recolhendo animais ainda quentes. Minha mãe não transpôs os umbrais da porta e recriou, ali, o mundo. Eu quis ir mais longe, sabendo que poderia adestrar meus instrumentos de conquista, como aprendera a adestrar a agulha, a linha, a pá e o ancinho no jardim. Pensei que ninguém me obrigaria a representar o papel de mulher e que eu fruiria a minha condição em liberdade como bem me aprouvesse, sem dores de parto e maldições bíblicas, se assim decidisse. Nunca me interessei pela liberdade dos homens, pelos seus instrumentos de poder. Meu pai deve ter sofrido grandes pesos para representar seu papel até o fim, com duas famílias, duas casas, seu chapéu de feltro tapando-lhe o olhar. Gostaria de tê-lo visto quando construiu a Vila Elisa, obedecendo a um capricho fútil, impulsionado por fantasias e sentimentos que retirava apenas de si mesmo. Não posso saber em que momento os olhos de minha mãe ensombreceram, em que momento aquele casamento considerado perfeito turbou-se. Eu sentia, no ar, crispações e silêncios que não podia entender, uma espécie de desagregamento se insinuava, um obscurecimento. Não ouvi jamais altear-se uma voz. Não havia tons agudos na Vila Elisa, do café da manhã à hora do jantar, nenhum som que atravessasse paredes. Não queria ver minha mãe sofrer mas, na verdade, não podia sentir pena dela, por mais que me esforçasse para isso. O que eu sentia era um sentimento de solidariedade, que nada tinha a ver com compaixão. Intuía, não sei por que indícios, que ser marido de minha mãe era mais difícil do que ser mulher de meu pai. O Dr. Bernardo era fiel aos modelos dos homens de sua época ou pelo menos, procurava ser. Minha mãe cumpria fielmente o modelo que lhe era imposto, não a vi nunca porfiar pelo papel de meu pai, mas tudo em casa gravitava em torno dela, tudo era feito à sua maneira, havia uma marca sua em cada coisa. Eu não via a marca de meu pai em nada, seus edifícios de concreto eram iguais, suas roupas, seus carros, seus amigos, tudo que o cercava fora da Vila, impessoal. Elisa punha buquês de violeta na cintura, usava sapatos com fivelas de *strass,* a cada momento parecia desigual sem perder nada do que lhe era inerente. Para mim, olhar minha mãe todos os dias era uma festa. Não a via como alguém que pudesse ser abandonada ou substituída, via-a como alguém que possuísse o seu lugar, impossível de ser igualada, única. Era como se irradiasse pequeninas partículas, mínimas, que impregnassem, de forma invisível, todos os lugares, como essas poeiras e fungos que entram imperceptivelmente pelo nosso nariz e nos fazem espirrar. Minha mãe, sem perceber, acendia brilhos, fazia aparecer a alma dos seres. Meu pai tinha necessidade de par para se completar, minha mãe se completava em si mesma. O próprio mundo em que ela se movia, a casa, era como se fosse um prolongamento seu, o universo feminino em que se fechava, oferecia riquezas que não precisavam ser partilhadas. Quanto aos sentimentos, quanto ao amor, de que sabia eu? Tinha oito anos de idade quando comecei a notar os sinais de desgaste entre o casal. Eu já sabia então reconhecer os efeitos do tempo, já tinha visto o envelhecimento das paredes, as rachaduras dos cristais. Na sala de visitas, sempre fechada, percebia sinais, um leve embaçamento nas alfaias, manchas amarelas nas poltronas. A deterioração se fazia sozinha, obedecendo a forças sobre as quais era impossível exercer qualquer espécie de controle. Eu pressentia que, no interior das pessoas, um estraçalhamento semelhante se passasse, mais sutil ainda do que o quebrar-se exterior. Que entidade, que deuses presidiam tal processo? Aguçava os sentidos tentando perceber todos os indícios do desgaste, aguçava minha nascente inteligência para entender as razões daquela inestancável decadência. Mas, entre meu pai e minha mãe, existia alguma coisa a mais do que o simples processo de corrupção causado pelo tempo. Fui pressentindo um equívoco, um mal-entendido inicial, algo que extrapolava as aparências, uma espécie de ajuste de contas inexorável. Mais tarde comecei a pensar que as vidas eram ricas demais para serem vividas em comum, dentro dos seres havia correntes ocultas, a aparente imutabilidade da Vila Elisa não me enganava. Meu pai e minha mãe viviam vidas paralelas, mas não formavam um par, não eram como metades, não desaguavam um no outro. O destino de minha mãe me interessava mais que o de meu pai, eu sabia que a liberdade dele o conduzia a lugares que não me interessava conhecer, nunca à China que minha mãe e eu traçáramos na fazenda. Não sei o que me levava, tão cedo, a tais intuições. Recusei-me, cedo, a pensar em minha mãe como vítima de meu pai e um sentimento de orgulho sempre me impediu de dedicar a ela a mesma piedade que me inspiravam os seres frágeis, os pássaros engaiolados, as borboletas aprisionadas. Eu esmiuçava as almas da mesma forma que o bisavô esmiuçava os relógios e fazia isso com uma certa loucura precoce e contida, uma seriedade que iludia, por certo tempo, os adultos. Minha gravidade era falsa e decorria do esforço que fazia para prestar atenção a tudo, articulando as minudências que revelavam a Herr Rommel segredos de relojoaria. Descobri, muito cedo, que o mundo feminino era selado por complacências, ouvi, no quarto de costura, uma frase: "a mulher deve fingir que não sabe" e isso me deixou intrigada. Queria saber tudo e se não partilhava as minhas descobertas, não era por fingimento e sim por uma espécie de orgulho. A pusilanimidade não era do meu feitio, mas percebia que todas as mulheres estavam, por princípios imemoriais, condenadas a ela. Descobri, depois, o exato sentido daquela frase: ela queria dizer que as mulheres deviam fingir que *não sabiam que seus maridos tinham outra mulher fora de casa.* Os homens não podiam, mesmo que quisessem, mesmo se isso fosse possível, fingir que não sabiam que suas mulheres tinham um homem fora de casa, porque um princípio de honra os impedia. As mulheres estavam condenadas a fingir e os homens a não poder fingir. O heroísmo, para as mulheres, estava justamente em esconder, com perfeição, o que sabiam. Os homens tornavam-se heróis, justamente quando tomavam atitudes compatíveis com sua honra, como por exemplo, matar a mulher ou, mais raramente, o outro homem. Minha avó fora considerada santa justamente porque fingiu admiravelmente bem, durante toda a sua vida, ignorar que meu avô tinha outras mulheres. Eu não sabia se minha mãe era capaz disso. Não a achava capaz de desmascarar publicamente o meu pai, mas sua fortaleza não estava em carregar mentiras a vida toda, sua fortaleza estava em poder dispensar meu pai, embora continuando em sua companhia. Talvez nem ela mesma tivesse conhecimento disso naquela época, talvez não conhecesse ainda seu poder de dispensar quem quer que fosse.

Minha mãe não deixaria a Vila Elisa a não ser para morrer. Com o tempo, apossou-se do quarto do casal já que meu pai foi dormir do outro lado do corredor, ao lado do escritório. Ali trabalhava de noite, ali dormia. A todos isso parecia muito natural. Dona Elisa sempre soube fazer as coisas com propriedade. Como num passe de mágica e sem que se ouvisse, na casa, nenhum comentário, meu pai passou a ocupar o outro lado do corredor no andar de baixo, com sua porta para a rua, sua janela para o jardim, seu banheiro. A Vila Elisa tinha as suas próprias regras, que a cidade respeitava. As cabeceiras da mesa do jantar continuavam a ser presididas pelo casal, tanto nos dias comuns, quanto nos dias em que havia convidados, e isso não se alterou. Mas minha mãe passou a sair cada vez menos com meu pai, e os dias de cinema terminaram.

Enquanto bordamos na sala de visitas, minhas irmãs dormem nos seus quartos acompanhadas da babá, e nenhum criado atravessa a sala. E é nesse tempo, nessa fatia de tempo, que me fixo agora, enquanto retomo o bordado interrompido. Minha mãe com menos de trinta anos, meu pai com trinta e seis e eu com oito anos, minhas irmãs com cinco e seis (um irmão nascera morto, fora de tempo). A Vila regulava comigo em idade, tinha uns anos a mais do que eu. Estávamos próximas no tempo, tínhamos afinidades que nos irmanavam, nosso amadurecimento se fazia junto. Descobri depois, que ela envelhecia mais lentamente do que eu, que a minha matéria era mais perecível que a dela. Pela tepidez da noite que entrava pela janela, imagino fosse setembro. Ou teria sido maio? Palmas é gélida no inverno e tórrida no verão. Minha mãe e eu usávamos roupas leves. Ela, um vestido de linho azul, depois um amarelo, um branco com flores na cintura. Vejo a ponta de meu sapato branco, abotoado, e a meia três-quartos cobrindo minhas pernas cruzadas. Visto uma saia xadrez e uma blusa branca. Por quanto tempo estivemos naquele sofá? Não me lembro. Eu não gostava que o nosso bordado fosse interrompido por outros acontecimentos. Afligia-me quando via preparativos para jantares com convidados. Já era chamada a participar de alguns desses acontecimentos, mas não queria que nada me desviasse daquelas horas em que a casa e minha mãe pareciam pertencer apenas a mim, e sobre as quais parecia pairar uma garantia de felicidade para toda a vida. Via, com apreensão, Germana, a empregada, mover-se um pouco mais apressada pela sala de jantar em caminhar em direção ao jardim, entregando depois, a minha mãe, flores que deveriam encher a jardineira da mesa. Ervilha-de-cheiro. Nesse caso, devia ser setembro. Vejo meus avós maternos sentados na mesa, eu ao lado de minha avó, que passa a mão sobre a minha cabeça. Falam sobre sombrinhas, as sombrinhas de crochê listadas de vermelho e branco que minha mãe e Lúcia tinham produzido no quarto de costura. Minha avó fala comigo e com minha mãe, meu avô fala com meu pai. As sombrinhas eram forradas de seda vermelha e o sol, ao passar sobre elas, adquiria uma tonalidade de melancia que se refletia no rosto das duas mulheres, como que espalhando o ruge que usavam. Eram sombrinhas matinais, usadas nas compras da manhã e tinham causado, na cidade, enorme sensação. O Dr. Vieira beijara, no caminho, a mão de minha mãe. Conto isso a minha avó. Meu pai diz que ele é um galanteador barato. Minha mãe diz que ele é um homem do mundo. Eu recolho as palavras no ar. Meu pai e minha mãe se olham nos olhos. Recolho o olhar. Meu avô materno usa bengala. Meu pai diz que não quer mais se envolver em política. Os guardanapos são grandes demais, e duros. Minha avó quer ir passear no jardim depois do jantar. É fresco. Ela apanha amores-perfeitos no canteiro. Minha mãe os envolve em papel impermeável. As luvas de minha avó são perfumadas. Descemos as escadas para levar o casal até o portão. Meu pai tem cheiro de vinho. "Amanhã bordaremos", diz minha mãe.

Quando minha mãe bordava comigo ainda não usava óculos como eu agora. Já deixei de bordar há muito tempo. A última vez foi para fazer alguma coisa ligeira quando Marie estava para nascer. Não usava bastidor, fazia algum ponto ligeiro, nem me lembro mais qual, que surpreendia a todos. Uma mulher, como eu, não devia saber bordar. Tinha avançado disputando uma carreira com os homens e, apesar de casada, começava a fazer sucesso, em Palmas, como advogada, profissão que embora me atraísse, muitas vezes me violentou e que abandonei depois de exercê-la muitos anos, em pleno sucesso, para me dedicar às palavras: cansei de lidar com os desquites e suas espertezas. Meus móveis são modernos, de linhas retas, a mesa de jantar tem tampo de vidro. A louça é italiana, de cerâmica marrom, os pratos são quadrados, os cristais grossos, finlandeses. O tapete tem losangos arlequinados. Recebo amigos, aprendo a cozinha francesa. Avisto os jardins do meu quarto logo que acordo, tenho vasos de violetas no parapeito das janelas. Tudo isso passa agora tão depressa pela minha cabeça enquanto bordo! Como se fossem apenas imagens projetadas numa tela, às quais quase não conheço. Algum dia, penso, vou reconhecer essa mulher, vou saber alguma coisa dela, vou me interessar por ela.

A sala da Vila tem velhos tapetes persas, finos. Olho para o chão enquanto bordo. O olhar se perturba na geometria requintada dos desenhos. Volto às constelações de flores de cerejeira. Ouço vozes abafadas na cozinha. Minha mãe se levanta, de repente, inclina o licoreiro e despeja o líquido translúcido no pequeno cálice. Saboreia a bebida devagar, diante dos meus olhos. Vira-se para mim: "você já pode conhecer um licor, prove um pouco". Suas mãos finas se movimentam em minha direção. Pego o cálice e sinto um gosto novo misturado ao doce que desce pela garganta. É a primeira vez que provo álcool e inauguro uma sensação desconhecida, que mexe com o sangue. Os olhos de minha mãe brilham, perpassa uma alegria pela sala. "Gosto de licor, diz ela. Seu pai compra as garrafas para mim. Gosto de tomar sozinha, em silêncio, depois do jantar, depois que seu pai sai. Sabe, Elisa, há coisas que são boas de se fazer sozinha, coisas secretas". Eu falei: "é como acordar de noite e abrir a janela do meu quarto". Ela não diz nada. Pegamos o bordado. Sua grossa aliança parece pesada demais para seu dedo. Enxergo agora suas mãos. Tinha me esquecido delas quando finas, alongadas pelas unhas compridas, os anéis sempre parecendo largos demais. Com o passar dos anos sua mão ficou mais forte, a aliança deixou de dançar no anular. Com a idade dona Elisa encorpou, sua quase inacreditável fragilidade física desmascarou-se um pouco. Minhas próprias mãos estão agora começando a ficar velhas, pintalgadas, baças. Neste momento, vejo minhas pequenas mãos de criança e as de dona Elisa alisando o bastidor, acariciando a cauda do pavão que se desenhava nítida, abrindo-se como um leque, independente do corpo, cujo desenho ainda não fora preenchido. O telefone toca, distante, como uma campainha abafada. Minha mãe é chamada na cozinha, pousa o bordado e caminha silenciosa em direção à porta. Levanto a cabeça quando a vejo sentar-se de novo ao meu lado. Seus braços pendem abandonados ao lado do corpo. Tudo está imóvel. Eu me assusto com a excessiva imobilidade. "Quem telefonou?", pergunto. "Ninguém". Era o mundo da rua que entrava para dentro da casa. Aquele mundo me fazia medo e toldava o olhar de minha mãe.

Casei-me na velha capela do solar. Eu teria dispensado a festa de casamento, fora Pierre que me convencera a realizá-la. Convenci-me, na ocasião, que apenas a beleza dos rituais o seduzira, ele, para quem a estética estava acima de tudo. Tomada pela mesma paixão, eu mesma comandara o espetáculo, encarregando-me dos menores detalhes. A cidade se espantara com o despojamento das cerimônias, todas elas marcadas pela dignidade, com mais grandeza do que luxo. Vesti-me com uma túnica branca, de crepe, o pé calçado de sandálias, orquídeas brancas nas mãos e nos cabelos soltos, partidos ao meio, apenas uma fita branca. O contraste com o casamento de minha mãe, com todas as suas *demoiselles* e *garçons* era visível. Casamo-nos às oito horas da noite, os padrinhos e Pierre de casaca, a capela toda iluminada de velas, pouquíssimas flores no altar, aos pés dos candelabros. Quis abolir, ao máximo, os modelos, dispensei o bolo de noiva, fiz servir no jardim uma ceia ao som de um conjunto camerístico vindo do Rio, que tocava Mozart e Vivaldi. Meu pai não quisera poupar despesas, divertia-se com o que chamava de minha "originalidade". Da família de Pierre não viera ninguém e só depois entendi por quê. Moravam numa aldeiazinha perto de Paris, camponeses há mais de séculos apegados à terra, sem muitas luzes. Eram antigos, isso se sentia nos traços do rosto, agudos demais, a boca muito fina, quase como figuras esculpidas em madeira. Casavam-se entre si e nunca abandonavam suas terras, preocupados em amealhar e em usufruir, a contento, seus haveres. Pierre sempre se sentira ali um estranho, com seu fascínio pelo mundo, seu total desinteresse pelos misteres da família. Muito cedo conseguira uma bolsa de estudos em Paris, aprendera o espanhol e o português, engajara-se na Aliança Francesa, fora escalado como professor na América do Sul e finalmente o designaram para Palmas, encarregado de ali fundar e dirigir uma das sedes da Aliança. Só mais tarde percebi como o dinheiro e a posição de minha família o tinham atraído, como eram altos os seus vôos e objetivos seus propósitos. Mudamo-nos, cinco anos depois, para o Rio, onde eu mesma iniciei, com êxito, uma carreira de advogada e Pierre, associando-se a compatriotas, acabou abrindo o colégio, hoje famoso e modelar, que tem o seu nome.

Quando conheci Pierre, em Palmas, fascinou-me por tudo que, nele, me parecia ser diferente do lugar. Com o tempo, descobri que essa diferença era apenas aparente. Pierre não se sentia estranho à cidade. Teria ficado ali mais tempo, antes de se mudar para o Rio, morando na ala da Vila Elisa que nos coube, dirigindo a Aliança Francesa, que se tornara socialmente muito importante depois do nosso casamento. Toda a Palmas aprendia o francês, filmes franceses exibiam-se na Vila, grupos de teatro eram criados para apresentar peças francesas, Pierre organizava palestras e conferências. Ainda não havia quase universidades na cidade, despontava a Faculdade de Direito, onde eu estudara, acabavam de se instalar a de Medicina e Engenharia, uma num velho casarão de minha família, outra num prédio construído por meu pai. Toda a vida cultural da cidade se desenrolava em torno da Aliança Francesa, em torno daquela ala isolada por mamãe para nós onde morávamos, chamando a atenção não mais como os modelos de sonhos que eram meus pais, mas por sermos aparentemente tão diferentes do contexto, tão impossíveis de sermos imitados. Nossos padrões eram admirados com curiosidade, mas não se cogitava imitá-los. Nossa elegância era de outra espécie. Pierre compôs um tipo para si próprio, com suas camisas xadrez, acompanhadas de gravata e, às vezes, de pulôver ou colete. Seus pesados sapatos de cor clara, acompanhados de meias coloridas, não foram jamais copiados. Eu já inaugurara o estilo que sigo até hoje, vestindo roupas soltas e compridas que não seguiam nenhuma moda e, nos pés, sandálias rústicas. Não chocávamos pela extravagância, e nem a isso tínhamos nos proposto. Apenas, tínhamos uma marca pessoal. E isso, pouquíssima gente na cidade era capaz de ter. A elegância de meus pais serviu de modelo em Palmas, durante muitos anos. A nossa não. Tenho pensado muito se Pierre e eu contribuímos para elevar o nível cultural de Palmas. Molière, Marcuse, o cinema francês, as discussões existenciais e sociais de Sartre, Simone de Beauvoir. Conseguimos criar, na cidade, uma atmosfera que ela, sem nós, jamais teria tido. Alguma coisa no ar, impalpável. Certa nota de delicadeza que, com a nossa saída, se perdeu. Palmas brutalizou-se, revestida de concreto. A nossa marca se esvaiu. Era um sopro de espírito que pairava acima das montanhas, tirando delas um pouco do peso com que oprimiam o lugar.

Conseguimos, eu e Pierre, levar para ali algo vindo de fora, vindo do mundo, aquela sensação expectante que envolvia a terra depois da guerra, como se qualquer coisa de bom fosse resultar de tudo.

Abandonamos Palmas no início dos anos 60, Pierre convidado para dirigir uma nova sede da Aliança a ser criada no Rio. Parecia a mim que o nosso tempo na cidade se esgotara. Não só isso. Nós próprios nos sentíamos esgotados, embora não soubéssemos bem de quê. Batizara Marie na velha capela do solar, como Pierre desejara, com todos os rituais cumpridos. E, durante a cerimônia, ao olhar a família enfileirada, ocorreu-me de repente que eu estava passando a vida a cumprir rituais. Não me sentia vivendo minha própria vida, como se esse poder não me tivesse sido dado. Eu era, apenas, uma daquelas mulheres enfileiradas, acabara de parir mais uma e a trazia no braço, oferecendo-a em holocausto naquele altar diante do qual tudo se passava, diante do qual eu mesma me casara. Num certo momento de nossas vidas, minha mãe e eu parecíamos ter nos diferenciado da cidade. Ela, habitando a Vila Elisa, eu indo buscar um marido francês. Descobria, de repente, que a Vila Elisa, encarapitada nessa colina, era uma Vila de sonhos e que o meu casamento francês, com seus requintes, uma sucessão de imagens que Pierre, como hábil diretor, dirigia brilhantemente. Na verdade, minha mãe tivera mais opções, experimentara maior liberdade, comandando sozinha a casa, vivendo no seu próprio universo, recriando ela mesma o seu mundo. Mas, nem uma nem outra rompera verdadeiramente com aquele ciclo que começara muito antes de nós, nenhuma de nós assumira o primeiro plano, tínhamos aceitado a proteção como uma coisa natural, como se devêssemos viver acolchoadas. Eu rompera as aparências, a maneira de vestir, os objetos da casa, pertencia ao chamado mundo intelectual, mas, diante do altar, no batizado de Marie, sentira uma sensação de aprisionamento, um cansaço quase ancestral me tomara, cansaço imerecido porque, na verdade, eu não vivera ainda, apenas repetira, à minha maneira, o que vinha sendo feito antes de mim por todas aquelas mulheres. Pierre conduzia com habilidade sua carreira. Recebia, em Palmas, os diretores da Aliança, deslumbrava-os com o brilho da Vila Elisa onde construiu um teatro ao ar livre atrás da casa, com bancos de pedra, subindo pela colina, em meio a árvores, como nos anfiteatros gregos. Representávamos Racine e Corneille em francês, peças modernas para teatro de arena. Parecia que a Vila imaginada por meu pai podia abrigar todos os sonhos, podia fundir todos os estilos. Era como um chamado para a liberdade, mas enquanto estivéssemos lá nunca seríamos livres.

Eu mesma sugeri a Monsieur Hubert, diretor-geral da Aliança, que nos levasse para o Rio. A filial de Ipanema, onde se pretendia instalar um centro cultural, seria o ideal para Pierre. Tínhamos parentes no Rio, eu pensava em trabalhar no escritório de advocacia de um parente da mamãe, advogado famoso. Era a primeira mulher de minha família a seguir uma carreira. Meu pai, construtor, encarregara sua firma de adquirir para mim um apartamento no Rio. Segundo ele, um investimento no Rio seria um bom negócio. Mas a idéia de ter que escolher um lugar para morar, longe de Palmas, longe da Vila Elisa, me paralisava. Queria partir, mas não me via instalada em outro lugar, não me via vivendo naqueles enormes apartamentos impessoais com vista para o mar, soltos no espaço. Deixei-me ficar em Palmas, imobilizada, enquanto meu pai tratava de tudo e me comprava uma cobertura banhada de sol, com três quartos e uma sala dando para um enorme terraço descoberto. Nossos móveis foram embarcados e arrumados na casa nova sem que eu de nada participasse. Minha participação em tudo continuava a ser apenas intelectual. Deixava aos outros a concretude. Sempre optei por esse caminho, o caminho do espírito. Gestava coisas dentro de mim, comprazia-me com essa gestação interior. Ao longo da vida procurei parceiros que transformassem em realidade minhas elucubrações. Só quando comecei a escrever de verdade, só quando me tornei escritora, pude encontrar uma forma de dar concretude àquelas elucubrações e não precisei mais de parceiros. Mas isso foi depois de uma longa trajetória, trajetória que tento, agora, em parte recompor.

Minha narrativa é desconexa; ao contrário do nosso bordado chinês, não obedece a nenhum risco. Mas, minha mãe e eu, ao preenchermos aquele traçado com as cores mais variadas, o transformamos pela nossa liberdade de criar em algo real. Minha narrativa também é matizada e aguardo, com a mesma expectativa que sentíamos pelo final do nosso bordado, o seu resultado. Assim como esperávamos ver no fim a China retratada pelos nossos imperceptíveis pontos, espero também chegar a ver o desenho de minha vida e entender alguma coisa dela. Sei que esse foi sempre o meu desafio, entender alguma coisa, desde quando menina corria as salas em silêncio e escutava conversas que não eram destinadas aos meus ouvidos. Foi esse desejo que muitas vezes me paralisou a vontade de viver. Foi ele que me fez parar, sem que soubesse por que, em meio às minhas brincadeiras infantis, tomada por uma dor aguda no peito, percebendo que eu apenas repetia gestos, repetia palavras, e que havia outras coisas ocultas no ar. Houve uma época em que a sensação do vazio me paralisou de todo. Só muito mais tarde descobri que, na verdade, não havia vazio, que, ao contrário, tudo está recheado, lotado até as bordas, e que esse excesso é que é difícil de se suportar, esse excesso é que muitas vezes quis afastar, tomando remédios que me apaziguavam e me deixavam aquela sensação de vazio. Descobri, também, que é o excesso que produz essa impressão de vácuo, da mesma forma que o nosso bordado, preenchido com partículas mínimas, invisíveis, parecia liso e indiviso. Tive um pouco essa visão, quando, na véspera de partirmos, entrei na ala vazia da Vila Elisa e, passada a primeira sensação de terror, percebi que, na verdade, nada havia sido retirado. Não é só o tempo que se tem o poder de reconquistar, mas também o espaço. Temos vários tempos e vários espaços dentro de nós e podemos inseri-los uns nos outros, jogar com eles como peças de um jogo. O que difere essa realidade subjetiva, da outra, objetiva, é que a primeira não é estática mas, ao contrário, muito flexível. Podemos levar os nossos espaços para tempos diferentes, pois o tempo atribui mobilidade ao espaço. Assim, neste momento, ao escrever estas páginas percorro, ubiquamente, vários lugares em momentos distintos. E por incrível que pareça, é a minha própria imagem que parece mais diluída e mais difícil de enxergar. E, também, os sentimentos de que me achava possuída me parecem estranhos, quase impossíveis de serem retomados.

Agora, que aprendi tanto a respeito do amor, não consigo definir o meu sentimento por Pierre. Estive dez anos casada com ele, cinco em Palmas, cinco no Rio. Foram épocas totalmente diferentes e mal me reconheço em cada uma delas. Um impulso mútuo nos levou um para o outro desde que nos vimos. Não houve transfiguração, como acontece quando se ama, o que nos impede de reconhecer quando termina o sentimento, o objeto amado. Nunca pensei, a respeito de Pierre, o que pensei, depois, de tantos outros, quando acabava a relação amorosa: como foi possível? Creio que essa é a única forma de amar: equivocando-se sobre o parceiro. O amado se reveste de lugares, de épocas, ele é parte do que somos, do que procuramos, do que precisamos, em determinado instante. Quanto mais fantasiamos o amante, mais o amamos. Deixei de ser capaz de amar quando descobri que esgotara a minha capacidade de mentir. Isso, porém, não tem agora nenhuma importância, vou descobrindo outras formas de paixão, exercendo-as com a paciência teimosa dos relojoeiros. Encaixo peças no vazio e isso é um trabalho para fazer ao longo da vida, com paixão contida. Quando conheci Pierre estava interessada em formas, no desenho dos seres no espaço e era um mundo quase ascético o que me rodeava. Qualquer mancha na toalha me perturbava o equilíbrio. Nosso amor tinha que ser cercado de beleza, lençóis de linho, rendas, flores nas jarras. Tínhamos belos corpos e nosso ato de amor era fino, estético e delicado, um prazer moderado que prolongávamos com outros rituais, belas palavras, belos gestos. A cortina do quarto, rendada, punha sombras nos móveis e objetos. Entravam, na noite, perfume dos jardins, pequenos ruídos, brisas, às vezes vento. Nossos corpos nus eram expostos ao luar nas noites de verão e nos apaixonávamos pela nossa própria beleza. Quero estabelecer neste momento um elo entre aquela vida, aquele lugar, com o que sou agora, como vivo agora, e parece impossível. Vejo com nitidez a Vila Elisa de antes do meu casamento, a sala de visitas, minha mãe e eu sentadas no sofá e escuto os ruídos da cozinha. Posso reconhecer todos os objetos, todos eles, parte de mim mesma. A "aléia européia" da Vila Elisa, como minha mãe chamava, me parece, entretanto, ter pertencido a outra pessoa, ter sido construída de outra substância, a mesma de que são feitos os sonhos, os quais, embora emanem de nós, sejam parte de nós, são tecidos de outra matéria, e nele aparecemos como que ectoplasmados. Quando deixamos a casa, os móveis antigos foram recolocados como se tivessem sido afastados para dar lugar a um espetáculo efêmero, ou como se tudo tivesse acontecido em segundos.

A duração desta fase da minha vida permanece para mim um mistério, como se não estivesse incorporada ao tempo. Pierre e eu não envelhecemos enquanto vivemos juntos. Dez anos de vida em comum é o que os calendários registram. Ficamos incólumes fisicamente, a mesma ausência de gordura, a mesma leveza de gestos. Transportamos para o nosso apartamento de cobertura, em Ipanema, nossos móveis e objetos, mas ali, banhados pelo sol marítimo, tomaram um aspecto diverso, nossa casa perdeu o ar intimista e recôndito, adquiriu uma naturalidade, quase um despudor que a diferenciava completamente de nós. O espaço estava preenchido com o mesmo mobiliário, tudo tinha sido colocado da mesma forma, os tapetes, os quadros eram os mesmos. Mas transportados do seu próprio hábitat tinham mudado completamente e nós mesmos éramos diferentes. Fomos todos expostos à dura claridade, nós que cultivávamos as meias sombras. A delicadeza de minha vida em Palmas, a própria delicadeza de que eu mesma era feita, esta, nunca a recuperei. O próprio mundo, creio, jamais a recuperou. Nem eu nem Pierre tínhamos sido feitos para a realidade. Apenas, nossa forma de viver fora dela era diferente. Eu era capaz de transfigurar a realidade e foi essa capacidade que me transformou numa escritora. Pierre, não. Abandonou o mundo que era seu e veio viver num outro, onde se inseria como um ser de fora, mágico, portador de uma outra língua. Não transmutava a realidade, apenas a vivia pela metade. Sua ambição pessoal, sua busca de sucesso, sua frieza de meios eram atenuados pelo distanciamento que, pela sua própria condição genética, tinha em relação ao país em que vivia. O sucesso de sua carreira talvez se devesse à forma com que ele próprio soube manipular tais peculiaridades, cercando-as de uma aura encantatória. O próprio fato de ser obrigado a se expressar numa língua estrangeira o obrigava a um exercício permanente de atenção, que o fazia ligado aos mais insignificantes detalhes. Isso era, se bem que pudesse parecer o contrário, uma vantagem sobre seu interlocutor. Só que este, o interlocutor, jamais se apercebia disso. Pierre como que economizava o seu próprio ser, vivendo num país estrangeiro.

Gastava apenas uma parte de si mesmo, a outra permanecia preservada, ainda plantada nas suas origens. Não consigo imaginá-lo vivendo de forma diferente. Tudo isso se parecia com o seu caráter, seu destino, em tudo, se assemelhou a ele próprio. Quantas vezes parei, respiração suspensa, em meio de caminhos que tomava, pensando: "que tem isso a ver comigo?", ou, "como é possível estar aqui?" Fui, tantas vezes estrangeira de mim mesma, que me admirava ver no espelho sempre o mesmo rosto. Não sei o que levou Pierre e eu a nos juntarmos ou nos encontrarmos. Creio que, de qualquer forma, eu acabaria rompendo a minha casca e que a ruptura sempre esteve no cerne do meu próprio ser. Mas, encontrei em Pierre uma espécie de aval, de álibi, se bem que apenas formal, para iniciar esse rompimento. Reconheço que esse recurso era fácil e não exigiu de mim grandes coragens. Nem mesmo tinha consciência do que estava fazendo; eu seguia, apenas de uma forma especial, os rumos de uma mulher do meu tempo, no meu meio social. Para Pierre, não. Nosso encontro plasmou os caminhos de sua vida, começou a construir seu destino. Propiciei a ele ser aquilo em que se tornou e isso se repetiu muitas vezes ao longo de minha existência. Coube a mim, sempre, sem que a isso me propusesse, construir vidas e destinos, e depois abandoná-los a seus próprios rumos. Conduzi Pierre a nossa aléia na Vila Elisa onde foi-me dado, como numa sala de feiticeira, exercer os sortilégios que o levaram a obter os sucessos que, numa parte oculta do seu ser, já se achavam esboçados. Sempre senti em mim, latente, esse destino de Circe às avessas. Não foram a fortuna ou o prestígio de minha família que levaram Pierre aonde chegou. Fui eu própria. Talvez, no começo, ele só tivesse pensado naqueles dois fatores, mas acabou percebendo que, na verdade, tudo dependeu de mim. Quando partimos de Palmas ele sabia que eu lhe oferecia essa garantia. Nossa partida foi precedida de um jantar familiar na grande mesa de Vila Elisa. Minha emoção não se achava ali, estava armazenada em alguma parte de mim. De certa forma, apenas eu e minha mãe pertencíamos, de fato, à Vila. Meu pai a construíra como uma fantasia mas, lá dentro, era um hóspede de minha mãe. Minhas irmãs e seus maridos não pertenciam a parte alguma, eram, em tudo, impessoais e se pareciam entre si. Sentia a casa inconformada com a minha partida e era incomodada, no meio da noite, com os estranhos sons que emanavam de suas entranhas. Minha mãe se sentia solitária com a minha partida, mas nunca disse nada. Ela já começara a fazer seu aprendizado em direção à solidão. Depois que eu parti aperfeiçoou este aprendizado e, nas raras vezes em que apareci na casa, pude bem sentir essas marcas. Apossou-se da casa como se fosse só sua e não quis mais saber de intrusos. Até para a família marcava os dias de visita e, a alguns, recebia com visível má vontade. Numa de minhas últimas idas levou-me, com grande mistério, ao torreão da Vila. Ao abrir a porta deparei-me com um telescópio. Não dissemos nada uma à outra, eu me limitei a ajeitar a luneta e olhar para o céu, como se aquele objeto sempre tivesse esta-do ali, um caleidoscópio um pouco maior do que aqueles com que nos entretínhamos juntas quando eu era criança.

Minha mãe foi a única a acordar cedo no dia da nossa partida, para dizer adeus. Abraçou-me sem palavras, nossa relação sempre se pautou por essa economia verbal. Quando o carro virou a curva, ainda pude vê-la, distante, acenando para mim no seu robe azul. Fiz um gesto no ar em sua direção pela janela. Meu gesto seguinte foi abrir a janela que dava para o terraço, em meu novo apartamento. Um crepúsculo marinho com cheiro de sal entrou pela sala. Respirei forte e senti, de repente, que a minha respiração mudara em fração de segundos. Eu estava respirando com força, naquele terraço em cima do mar. Pierre passou o braço pelo meu ombro. Percebi os ruídos surdos vindos da rua, e certos sons especiais, novos para os meus ouvidos, que vieram depois a ser tão intimamente familiares, quando o barulho do mar passou a constituir outra forma de silêncio. Manuel chorou nos braços da babá, Marie correu, gritando, pelo terraço. Uma animação desusada, uma agitação oculta naquela tarde de domingo, me fizeram perceber, em segundos, a vastidão do mundo que eu contemplava de cima, tornado de uma delicadeza quase inacreditável pela luz do crepúsculo. A cidade me parecia próxima, mas a sabia longínqua, feita de uma matéria à qual eu não me achava, ainda, incorporada. Muitas vezes, mais tarde, ouvi do alto o seu burburinho surdo e raivoso e me lembrei da delicadeza com que ela se me apresentara na primeira vez. Descobri que, de certo modo, as cidades constroem nossas vidas. Tudo o que me aconteceu ali não podia ter acontecido em outra parte. Mas a indefinição causada pelo crepúsculo, o fino desenho em que tinham se transformado os edifícios de concreto, me deram a impressão naquele dia, de que ali, também, podiam ser sonhados todos os sonhos. Mas, tudo o que eu queria era ser real dentro de mim. Podia chegar ao terraço e contemplar a cidade transfigurada. Mas já estava na hora de começar a ver a mim mesma sem nenhuma transfiguração.

Penso que poderia ter perguntado à minha mãe sobre a mulher com quem meu pai vivia quando me separei de Pierre e deixei de ser aquela espécie de criança a quem certos segredos da vida não podiam ser revelados. Faltou-me coragem para isso. Não quis perguntar a ninguém mais, nem a Lúcia, por respeito à vida de meus pais, embora o fato a essa época já fosse público. Os comentários que eu ouvia sussurrados no quarto de costura, abafados na cozinha, com o tempo passaram a ser feitos de forma escancarada. Nunca vi essa mulher. Pierre um dia falou-me do assunto, percebendo que eu não o ignorava. Disse-me que um advogado alertara-o para o fato de que precisávamos proteger nossos bens, pois meu pai teria filhos com essa mulher. Eu começara já a trabalhar no escritório de advocacia do primo Luís e respondi a Pierre que eles também teriam direitos e que esses lhes deviam ser assegurados. Sabia que meu pai nada faria que pudesse prejudicar minha mãe, ou a nós mesmas. Não me importava com esses bens, que sabia serem enormes. O que sempre quis saber foi como minha mãe se sentiu ao tomar conhecimento da existência daquela mulher, como o soubera, em que momento. Não sei se coincidiu com a mudança de quarto de meu pai ou se isso foi feito imediatamente. Ao ser eleito prefeito meu pai possuía boas justificativas para chegar em casa tarde e não querer incomodar a mulher, que se deitava cedo. Tudo foi feito de forma silenciosa e sem nenhuma surpresa. O que sei é que o quarto do casal pareceu crescer depois da saída de meu pai e foi adquirindo aos poucos, e cada vez mais, a feição de minha mãe. Nada ali parecia indicar ter havido, alguma vez, outra presença. Cortinas delicadas de estampado miúdo passaram a ocupar as janelas, com o mesmo desenho da *bergère*. Cadeiras de palhinha com finas incrustações foram enviadas do solar e um sofá foi instalado. Era possível visitar mamãe no seu próprio quarto e isso passou a ser um hábito. Havia também uma vitrola com discos e pouco a pouco o armário-estante, com as iniciais da família estampadas no vidro, foi-se enchendo de livros. Numa mesinha oval de pés finos, costumava-se tomar chá e, muitas vezes, depois que todos abandonaram a casa, o jantar era servido ali. Tudo tão parecido com a minha própria vida, hoje, que eu mesma custo a acreditar. Eu não sabia explicar por quê, mas fui sentindo minha mãe, ainda que de forma quase imperceptível, cada vez mais feliz. Seus olhos, que a princípio pareciam estar toldados e tinham uma expressão de espanto, aos poucos tornaram-se límpidos e neles se instalara uma espécie de luminosidade, um pequeno ponto de alegria. Meu pai, mesmo depois que deixou de ser prefeito, continuou ocupando o outro lado esquerdo do corredor, e assim a Vila Elisa passou a ter depois três alas: a de dona Elisa, a ala do doutor Bernardo e a "aléia européia", onde me instalei depois de casada. E penso que de todas as três, a mais fiel à casa foi a de minha mãe. Agora que o lugar está vazio é ali, naqueles cômodos, que se sente instalada a alma da casa. Foi lá que encontrei o penhoar chinês e é ali, bem o sei, que descobrirei quando voltar à Vila os sinais deixados para mim, com a cumplicidade da casa, por minha mãe.

Neste momento, o bordado está pousado em cima do console e o interrompi para escrever, substituindo a tessitura dos pontos pela das palavras, o que me parece um exercício bem mais difícil. Os pontos que vou fazendo exigem de mim uma habilidade e um adestramento que já não tenho. Esforço-me e vou conseguindo vencer minhas deficiências. As palavras, porém, são mais difíceis de adestrar e vêm carregadas de uma vida que se foi desenrolando dentro e fora de mim, todos esses anos. São teimosas, ambíguas e ferem. Minha luta com elas é uma luta extenuante. Assim, nesse momento, enceto duas lutas: com as linhas e com as palavras, mas tenho a certeza que, desta vez, estou querendo chegar a um resultado semelhante e descobrir ao fim do bordado e ao fim desse texto, algo de delicado, recôndito e imperceptível sobre o meu próprio destino e sobre o destino dos seres que me rodeiam. Ontem, quando entrei no armarinho para escolher as linhas, vi-me cercada de pessoas com quem não convivia há muito tempo, ou convivia muito pouco, de cuja existência tinha esquecido. Mulheres de meia-idade que compravam lãs para bordar tapeçarias, selecionando animadamente e com grande competência os novelos, comparando as cores com os riscos trazidos, contando os pontos na *étamine*, medindo o tamanho do bastidor. Incorporei-me a elas e comecei a escolher, com grande acuidade, as tonalidades das minhas meadas de linha mercerizada. Pareciam pequenas abelhas alegres aquelas mulheres, levando a sério as suas tarefas. Debrucei-me no balcão sobre o mostruário apresentado, ajeitei os óculos e, com sabedoria ancestral, comecei a comparar as cores com as do bordado antigo, engendrando já uma forma de desbotá-las para que não destoassem das antigas, consultando a vizinha ao meu lado sobre o processo. Todas essas mulheres tinham um ar de capricho, portavam sacolas, pareciam bem alimentadas, usavam nos cabelos sem brilho um pouco de laquê. Não se assemelhavam a mulheres que, na minha infância, bordavam. Eram de outra espécie, mas ainda assim tinham algo em comum. Suas mãos ao segurar as linhas também pareciam ser diferentes, menos brancas, menos finas, mais sólidas. O que as fazia parecidas era a expressão honesta de seus rostos, uma obstinada alegria no fundo dos olhos, um jeito à vontade de quem sabe que pode cumprir bem suas tarefas. Os afazeres domésticos brutalizavam menos o sexo feminino, do que os afazeres dos homens submetidos a seus patrões sem complacência, com a sua obrigação de competir. Naquelas mulheres havia alguma coisa preservada, sua capacidade de bordar dava-lhes uma dignidade e um aval. Não queria que me discriminassem, conversei com elas de igual para igual, mostrando-lhes os pontos que minha pequena mão infantil executara. Os pavões e a China de minha mãe ainda agora surpreendiam, as mulheres não usavam mais aqueles quimonos e me perguntaram se aquilo era para ser usado. Respondi que sim e lhes contei dos mercadores que vendiam coisas às donas-de-casa, abrindo suas malas nas salas de costura e dela tirando rendas, toalhas, alfaias vindas de todo o mundo, quimonos de seda chinesa com finos bordados, que minha mãe vestia. E lhes falei de um pequeno selo vermelho, pregado em tudo, em todas aquelas maravilhas. Elas aos poucos foram se lembrando de coisas semelhantes e tive vontade de convidá-las todas à minha casa, para que falássemos de nossos próprios bordados, para que me contassem um pouco de suas vidas. Creio que teriam ido de bom grado, mas resisti às minhas veleidades. Retomei sozinha, invadida de uma sensação feliz, depositei meu embrulho em cima do console, procurei uma velha caixa de xarão, onde guardava cartas de leitores, esvaziei-a apressadamente e nela coloquei as meadas de linhas, as agulhas finas que acabara de comprar, a fazenda dobrada, e o bastidor. Guardei a caixa como se ela contivesse um segredo, uma fórmula de felicidade determinada pelos deuses que só teria validade se usada no momento certo. Como se cumprisse rituais, esperei que o relógio marcasse as nove horas da noite e, à primeira badalada, recolhi a caixa, depositei-a a meu lado no sofá, aguardando que a última pancada soasse. Então, com as mãos concentradas no trabalho, eu soltaria os fios da memória, que nos conduzem também ao mundo dos sonhos. Pois é o mundo da memória o que mais se parece com o dos sonhos, já que ambos escapam ao nosso autocontrole e se baseiam em dados que escapam à nossa atenção. Sabia que, ao executar o bordado, imagens armazenadas em escaninhos secretos ou desconhecidos, aflorariam ao sabor da noite. As rugosidades dos pés do pavão me trouxeram, de repente, a mão de minha avó Elisa pegando a fazenda e, ao mesmo tempo, sua voz dizendo: “Elisa, você precisa apertar um pouco mais o seu ponto!” E vejo nitidamente um *lorgnon* de cabo de tartaruga, cuja lente ampliava o tecido. As alamedas do solar são providas daquelas palmeiras que a mim pareciam, na infância, ser de uma espécie vegetal diferente: sua conformação especial as distanciava das outras árvores. Possuíam uma folhagem dura demais, imprópria para produzir sombra ou para ser tocada. Eu não as achava nada acolhedoras. Percorro o caminho vendo a casa se tornar cada vez maior. As palmeiras contornam os jardins e conduzem às escadarias cercadas de grades prateadas. É verão e as cigarras cantam. Entro na sala de visitas e vejo o bispo com seu solidéu de púrpura segurando uma xícara de chá. Suas meias roxas emergem dos sapatos de fivela. Vovó Elisa serve o chá na mesinha redonda, coberta com toalha de renda. O bispo fala: "Venha cá, pequena Elisa". Aproximo-me dele. Tento evitar o cheiro da batina, mas este me toma toda, e aumenta quando minha cabeça é agarrada e esfregada contra o tecido áspero. Dom Serafim pergunta: "O que você tem feito? Tem bordado muito?" Olho para ele, para sua roupa preta e me vejo falando: "Ontem, quando eu vinha da escola, passei no velório da mãe de Chiquinha, minha colega de turma. Ela destampou o pano que cobria o rosto para eu ver. O rosto era roxo, a boca era roxa. Por que a morte é roxa?" Ele não demora a responder: "Quando as pessoas ressuscitarem não serão mais roxas, mas iguaizinhas como eram". Contemplo minha avó servindo o chá. "Vovó Elisa vai ficar igual ao que é agora ou igual ao retrato da sala?" Dom Serafim diz: "A alma não tem idade. Vão todos enxergar com os olhos da alma". Meus olhos procuram os dele, que se desviam dos meus. Pensei: "Ele também não entende nada de morte." Minha avó diz: "Crianças não vão a velórios". Como um pedaço de bolo de chocolate.

Chego em casa vindo do velório de minha mãe. Ninguém para me receber, é folga da empregada. Pouso a mala em cima da escrivaninha do quarto, sem coragem de retirar dela a roupa. Sei que daqui a pouco farei isso diligentemente, não gosto de deixar tarefas para o dia seguinte. Movimento-me com naturalidade como se, ao entrar em casa, fosse liberada dos acontecimentos exteriores, e minha mãe ainda estivesse viva, habitando a Vila Elisa. Meu pai morto, minha mãe morta. Eu estava esvaziada de um passado que me conduzia a um lugar fixo, determinado, em cuja composição entravam, além de laços de sangue, uma arquitetura que se nos assemelhava feita de casas, esquinas, jardins, sons e perfumes que cada um de nós podia reconhecer. Os seres que haviam permanecido em Palmas me interessavam, agora, muito pouco. A cidade existiria sem mim, se afastaria cada vez mais de mim, se tornaria diferente de mim. As pessoas de meu sangue seriam cada vez menos responsáveis por ela. Minha mãe, enquanto viva, me fazia ligada a um lugar especial, que me dizia particularmente respeito, único no mundo. Sentia-me, naquele momento em que voltava a minha casa, como que expropriada de parte do passado e isso não me provocou, naquele momento, nenhum sofrimento. Era como se a dor ressoasse no oco do vazio: batia de encontro a esse oco e não doía. Sentia-me leve, esvaziada, pois o passado é para o espírito o mesmo que a parte aquosa é para o corpo: a parte mais pesada. Sabia que pouco a pouco esta sensação de vazio terminaria e que o passado de algum lugar secreto, uma glândula qualquer do cérebro, uma artéria do coração, irromperia, pronto a ser deflagrado por mecanismos que eu mesma não podia controlar. Estava aliviada por não haver ninguém à minha espera, ninguém com que tivesse de dividir meu sofrimento. Há muito não queria espectadores, testemunhas, e me sentia com plena competência para dar conta, sozinha, de minha vida. Isso exigiu de mim, no princípio, uma disciplina um tanto rígida. Vigiava minhas frestas, punha minha mesa com dura geometria, os pratos, os talheres, o copo, e aliviava tudo com flores que eu mesma adquiria. Descobri, em mim, recursos insuspeitados e me comprazia, cada minuto, nessa descoberta.

Não dividi minha mãe morta nem com filhos, nem com marido ou amantes, nem com amigos. Meus filhos pouco conheciam de Palmas, tinham estado muito tempo na Europa e Pierre, a única pessoa com quem poderia partilhá-la, tinha se distanciado de mim de tal maneira que de nada adiantaria procurá-lo. Pela janela da sala, no meu atual apartamento, não mais entrava o mar, e o que eu via eram telhados, contornos de morros a se destacarem contra o céu, uma árvore que, ao cair da noite, espalhava pássaros noturnos. Deitei-me no sofá com a cabeça voltada para o céu e pensei que minha solidão me fazia enxergar detalhes imperceptíveis, miudezas. Minha solidão me outorgava o tempo, para que eu pudesse pousar meu olhar em cada coisa, esgotando sua forma, seu tamanho. Minha solidão me fazia ver, naquela hora do crepúsculo, o desenho de cada folha das árvores, a incidência da luz sobre cada uma, e como se comportavam no espaço, imóveis, agitando-se levemente, deixando entre si pequenas diferenças preenchidas pela luz. Eu tinha aprendido a concentrar a vida em coisas tão imperceptíveis que, sabia, era assim que viria a dor pela morte de minha mãe:

fragmentada em estilhaços. E pensei, subitamente, que dona Elisa, de uma forma completamente diferente de mim, também passara a maior parte de sua vida em solidão e que seu rosto ia refletindo, cada vez mais, uma expressão de atenção e concentração em coisas que não pareciam estar à vista. Meus caminhos para chegar até isso foram diferentes. Eu tivera um marido de quem me separara, vários casos amorosos, uma profissão e, por fim, uma carreira de escritora. Era uma mulher famosa, convidada, assediada, que cada vez mais recusava esses convites e que, depois de escrever vários livros buscando recuperar aquilo que pensara ter sido um tempo perdido, agora já não tinha nenhuma pressa de escrever e o fazia vagarosamente, caprichando nas palavras, tendo com elas um contato preguiçoso, destituído de avidez. Descobrira que não gostava do meio literário, que não gostava de conviver com escritores e, aos poucos, fora perdendo o contato com toda gente do *métier*, enviando meus originais pelo correio às editoras e recebendo seus contatos também pelo correio. Compromissos, contatos em função da carreira, tudo isso fora sendo abandonado e não me faziam a menor falta. Meus livros vendiam-se por si mesmos, sem exigirem a minha colaboração. Eu me engajara numa competição exaustiva que retirava minha seiva. Rompi com tudo, como fez dona Elisa em certo momento de sua vida. Só que eu conhecera pessoas em muito maior número, encetara muitas aventuras, rompera o casco de toda a proteção e me lançara no mundo. Quando me separei de Pierre, foi como se estivesse sendo obrigada a nascer de novo. Estava tudo gasto, amorfo, apagado e cheguei a pensar, por um tempo, que tinha de ser assim, que não havia solução, que eu precisava prosseguir, havia ligações impossíveis de serem desfeitas, a casa, os filhos, e tudo era conseqüência de uma longa história, um longo passado, gestos, palavras, objetos em comum. Uma ligação tão íntima não podia se perder. Queria ser fiel a tudo isso, avidamente fiel àquelas imagens que se desenrolavam de forma obsessiva, diante de meus olhos. O que eu chorava, que queria teimosamente conservar, eram aquelas projeções, assemelhadas a nós, de nós mesmos. Habituara-me, como todo o mundo, a contar o tempo como se fosse uma linha reta na qual caminhávamos para frente, o passado ficando para trás, como uma perda irrecuperável. Não descobrira ainda que o tempo é composto de círculos interligados dentro dos quais giramos, que não nos foi dada faculdade de perder nada, de abandonar nada, e que isso pode ser tanto uma vitória quanto uma maldição. Eu me agarrava insanamente ao passado sem saber que, na verdade, ele nunca me abandonaria e que nem estaria em mim poder me libertar dele. Pensava que Pierre e eu estávamos ligados de forma inexorável e, ao mesmo tempo, via que aquela íntima amalgamação não existia, não existira nunca, cada um de nós incorporara sua vida à sua maneira, minhas lembranças e as de Pierre não eram de maneira alguma as mesmas e que o amor, em nome do qual tínhamos decidido a viver daquela forma, era uma redoma de vidro finíssimo, prestes a se romper com a realidade. Temia as palavras, as cenas, as imagens que iriam marcar a nossa separação, temia que elas interferissem no passado, o destruíssem, o aviltassem. Não queria perder o passado, como se só ele fosse real, como se só ele tivesse direito, como se fosse ele a minha única conquista. Não era Pierre que eu queria avaramente preservar, tudo que eu não queria perder era o tempo vivido juntos, era o tempo já empenhado, como um negociante mesquinho que não deseja nada arriscar.

Nunca mais, no futuro, viveria em comum com nenhuma outra pessoa; aprendi a romper as ligações, como um maestro que abaixa a batuta e interrompe a partitura. Passei a procurar cada vez mais o real nos seres humanos e isso, no amor, é impossível pois, quando acontece, deixamos de amar. Esgotei minhas paixões, gastei-as até o fim, não empenhei nelas meu passado. Nunca mais me apeguei com tal força às imagens que eu própria projetava. Agora sim. Quando escrevo, disponho a meu gosto dessas imagens e as recupero. Sofri com o término das paixões em que me envolvi. Mas a quebra do meu casamento me fez sofrer mais pois me parecia que renunciar a ele era renunciar a minha juventude, era deixar para sempre de ser jovem, como se a juventude fosse uma idade lendária, feita de maravilhas, a própria viagem de Argos. Não tentei, na minha idade madura, prolongar em mim, por artifícios, a mocidade. Enfrentei com brio minha imagem desgastada no espelho. Não renunciei à beleza, procurei sim, uma forma estética adequada às marcas que o tempo ia deixando em mim, não disfarcei rugas, não quis um rosto de cera em cima de meu corpo envelhecido. Ainda com o sentido estético que dominou minha mocidade, busquei não ter o aspecto lamentável das mulheres que procuram, infantilmente e com recursos primários, esconder a idade. Minha imagem hoje me satisfaz porque se parece com o que sou ou com o que, todos os dias, vou descobrindo ser. Isso hoje. Mas no momento da minha separação de Pierre, minha figura jovem, associada à dele, ambos em pleno esplendor físico, era algo que eu queria, à força, preservar. Como dois cavaleiros esplendorosos nas suas armaduras, tínhamos partido procurando o Graal e me parecia que renunciar a ele era renunciar, também, às nossas imagens. Repetia para mim mesma frases feitas, como a do "primeiro amor", embora já sentisse no meu íntimo que o primeiro amor só é o mais feliz porque o mais enganoso e que se não foi seguido de outros, à medida que amadurecemos, nos transforma em bonecos mentirosos, em crianças pueris. Pierre, também, resistia à separação porque ela em nada lhe convinha. Nossos interesses eram comuns, filhos, patrimônio, tínhamos carreiras que não se chocavam, éramos, juntos, harmoniosos. Não me falou em amor nem uma vez, e nisso foi honesto. Sua forma de amar era fazer-se harmonioso com o outro ser e foi o que procurou, nas suas relações amorosas, por toda a vida. Ao mesmo tempo que nosso cotidiano nos sufocava, com a obrigação que nos impunha de termos todos os hábitos em comum, nos prendia. Imaginar a mesa sem o prato de Pierre, sem seu guardanapo dobrado, sem seus talheres alinhados, me perturbava. O café da manhã sem Pierre me parecia uma tarefa irrealizável. Não consultei dona Elisa a respeito de minhas intenções. Ela nunca me falara a respeito do seu próprio casamento e, entre nós, hoje sei disso muito bem, não havia necessidade de palavras. Tivemos formas diferentes de coragem, nossas rupturas se procederam de formas diferentes.

Pierre não mudou apenas de ala, como meu pai, mas saiu de casa, a meu pedido. Foi um domingo. Queria começar a semana sem ele. Despedimo-nos na soleira da porta e nos vimos projetados no espelho da entrada.

Vi pouco Lúcia no enterro de minha mãe. Seus cabelos não tinham quase embranquecido, ainda eram pretos, puxados para trás, salientando o amendoado dos olhos. Sempre achei que se parecia com Josefina de Beauharnais e cada vez que a via, vestia-a com roupas do Diretório. Foi a única amiga que dona Elisa conservou até o fim. Era mais moça que minha mãe e tinham se conhecido quando esta ficara noiva. Dona Elisa se casou antes dela e protegeu seu noivado, que durou oito anos, para grande escândalo de Palmas. Lembro-me dos desenhos do vestido de noiva de Lúcia feitos por minha mãe, minhas memórias seguem seu traçado até o dia do casamento, transformados num tecido branco leitoso, parecido com os lírios que a noiva levara na mão e, depois, nas fotografias em tom de sépia que adornavam os porta-retratos em cima do piano. Vejo-me de vestido de tafetá azul, levando as alianças. Lúcia também se casou na capela do solar, era como uma sombra de minha mãe, sua trajetória rastreava a dela.

Minhas recordações dessa prima, suas idas à Vila, se marcavam no quarto de costura, pelos moldes que se dispunham em cima da mesa, pela profusão de linhas que acompanhavam os riscos de bordados e, na cozinha, por certas especialidades que eram segredos seus e de dona Elisa. As balas de leite de coco, nas suas mãos, rio translúcido que ambas pegavam nas mãos, esticando, puxando, e que depois se transformava numa superfície coagulada, cortada em pequenos blocos leitosos, como minúsculos *icebergs*. E nas amêndoas trituradas e amassadas que, misturadas ao açúcar e aos ovos, depois serviam para ligar hóstias não-consagradas, nas quais era feito um pequeno orifício, onde aparecia, como um pecado, o capitoso amarelo dos ovos. E nas nozes que se transmutavam numa massa marrom, depois comprimida dentro do invólucro enrugado da fruta, invólucro cuidadosamente reservado, como um casco de navio a aguardar as velas e os mastros. Essas especialidades vinham à mesa na hora do lanche ou aguardavam a hora do jantar, para serem servidas depois do café. Enquanto entretinham suas mãos, Elisa e Lúcia conversavam. Lembro-me do eco de suas palavras acompanhando seus movimentos e estas eram para mim tão misteriosas quanto as técnicas que empregavam na feitura daquelas maravilhas, misteriosas e veladas, exprimindo coisas de cuja existência eu apenas suspeitava. Havia uma frase volta e meia repetida que, às vezes, soava no meu ouvido, de noite, quando me deitava: "Fulana não é feliz no seu casamento" ou, "Fulana é feliz no seu casamento!" Eu pensava, com terror, que se o casamento era o único outorgante da felicidade, eu teria que me submeter a ele, inflexivelmente, e que disto teria de resultar a minha felicidade. Pensava, também, na possibilidade de não encontrar uma pessoa para se casar comigo e que, neste caso, estaria condenada. E ocorria também pensar que devia haver para mim outro destino, um caminho que eu mesma inaugurasse, com uma felicidade que eu mesma inventasse. À maneira dos hereges, que no começo de suas contestações deviam se sentir como que tentados pelo demônio ou possuídos de um poder maligno, também eu me encolhia na cama, virando o rosto para o travesseiro, como para me proteger de tais visões. Só depois soube que o casamento não outorgara à minha mãe a felicidade, e espantara-me com o fato de não senti-la, por isso, condenada ao infortúnio. E Lúcia? Conheci pouco o seu parceiro, aquele a quem chamavam seu marido. Tinha a impressão de que a felicidade dela se fazia apenas ao lado de minha mãe, naquelas incursões na cozinha ou durante sua permanência no quarto de costura. Nesses momentos, era inteiramente senhora de si mesma, portadora de atributos que só a ela era dado possuir. Minha mãe e ela partilhavam segredos e dividiam irmanamente seus poderios. Ao lado do marido, Lúcia ocupava o segundo plano, eu mal reconhecia a mulher que, segura, manejava a máquina e que, como um engenheiro, riscava a fazenda, recortando depois os pedaços com a tesoura, transformando-os em mangas, golas, pregas, numa perfeita construção. Agora, iniciando meu bordado, a figura de Lúcia jovem aparecia insistente diante de meus olhos e eu queria ouvi-la para dar segmento àquelas frases entrecortadas que escutara, gostaria de chamá-la para junto de mim, interrogá-la e conhecer do seu destino depois que eu deixara a cidade, acompanhar com ela, passo a passo, o desenrolar da vida de minha mãe. Queria conhecer o cotidiano daquelas existências, desde o despertar até a hora de dormir. Deste cotidiano sabia que iria descobrir trilhas que me ajudariam a responder a perguntas que eu vinha me fazendo durante todos aqueles anos, perguntas sobre as imposturas a que nos submetemos desde que nascemos e as imposturas às quais submetemos as pessoas com quem vivemos. Dentro dos meandros da minha China exótica, os rostos de minha mãe e o de Lúcia me apareciam agora interligados, os olhos oblíquos desta, com faíscas brilhantes, os de minha mãe, verdes, velados pelo mistério. Escolhi esses dois rostos femininos no meio de tantos outros. Eles me parecem hoje mais reais, mais verdadeiros, mais portadores de sabedorias, do que aqueles que me circundam. Proust, que também no fim da vida se cansou de tudo, salvou do naufrágio as figuras de sua mãe e de sua avó e foram elas que acabaram lhe abrindo os caminhos, como fez Virgílio com Dante, para ir de encontro aos seus personagens. A relação entre minha mãe e Lúcia, que propiciava a ambas tantas descobertas, não era selada pelo domínio masculino. Aprenderam certamente mais, uma com a outra, do que com todas as pessoas com quem conviveram, do que com os homens com quem foram casadas. Queria poder ouvir, neste momento, as palavras de minha mãe e Lúcia no gineceu, agora que procuro verdades para poder armar meu jogo, agora que procuro encontrar um fio ainda que frágil, ligando tantas vidas, tantos lugares. Marcarei ainda um encontro com Lúcia. Voltarei logo a Vila Elisa.

Uma das frases que ouvi no quarto de costura foi: "disseram que ele a leva para casa de baratinha". Meu pai não fizera da construção da Vila Elisa sua única extravagância. Continuou a usar depois de casado, mesmo depois do meu nascimento, a baratinha Buick, amarelo-claro, que comprara quando ainda noivo de minha mãe e que, para mim, era o símbolo da sua liberdade masculina. Dirigia-a às vezes de chapéu com terno, às vezes de boné xadrez, de roupa esporte.

Minha mãe usava o outro carro preto, comprado só para ela. Quando noivos, e nos primeiros anos de casamento, saíam de baratinha, expostos aos olhares de toda a cidade, vistos como seres alados, detentores de uma velocidade que não era dada aos mortais. Meu pai conduziu, depois, outra mulher na baratinha. Seria aquela com quem foi viver, num daqueles blocos de concreto que construiu na parte central da cidade? Nada sei dessa história aparentemente banal. Meu pai era orgulhoso e a opinião alheia nunca lhe importou. Tinha direitos, como homem, dos quais era cioso. Talvez pensasse que a Vila Elisa protegesse minha mãe dos mexericos ou talvez se achasse muito acima deles. A história devia ser igual a tantas outras — meu bisavô com as escravas, meu avô com as empregadas, meu pai com a secretária. Simples demais, singelo, fórmulas de viver bem. Para minha mãe fora, certamente, o desmonte de uma verdade para a qual tinha sido criada: a vida a dois, o casal, como único papel adequado e desejável. E sobretudo aquele casal, "o que tinha tudo para ser feliz". Para meu pai, não sei, nunca saberei, nunca terei dados para saber. Distanciamo-nos ao longo da vida. Nunca descuidou do seu papel de pai: atencioso, cumpridor de todos os seus deveres. Olhava-me nos olhos com inquietação ou desviava os olhos. Suas origens sempre me foram obscuras, as marcas da sua família na cidade começaram com ele. Seus pais eram filhos de italianos, nada tinham a ver com a nossa família, fechada em si mesma, marcada pelos casamentos consangüíneos. Dona Elisa e eu fizemos casamentos fora dos padrões, mas Pierre em tudo procurou se assemelhar a minha família. Meu pai, não. Era vital, forte e sensual, ao contrário dos homens de aspecto monacal da família Avellar. Tinha maneiras requintadas, talvez mais do que as dos habitantes de Palmas, porque provinham da Europa. A delicadeza dele era de uma espécie diferente da de minha mãe. Os requintes de meu pai se faziam visíveis, da mesma forma que sua rebeldia. Os de minha mãe eram invisíveis e a sua rebeldia, nem ela mesma conhecia. Ele instalou sua outra mulher, viveu sua vida, mesmo assim estava dentro dos padrões e representava seu papel de homem. Minha mãe, não. Tirou, sem barulho, meu pai do seu quarto, do seu lado da casa, aboliu-o de sua vida e buscou a si mesma, sua própria florescência, seu ser. Viajou sozinha pelo mundo, para espanto de todos, sem seguir roteiros turísticos mas, quando achou que já era o bastante, dispensou viagens, companhias, quem sabe amores, permaneceu na casa, escolheu seus objetos, ignorou os genros, viu quando quis as filhas, os netos, as pessoas com quem não tinha afinidades e foi chamada excêntrica. A mim sempre recebeu com o olhar brilhante, sem precisar me interrogar muito, pois muito do que me dizia respeito estava nos meus livros. O que ela era também estava ali, em tudo o que a cercava. Não precisávamos de palavras e, desdenhosamente, as dispensávamos. Hoje lamento isso. Aos mortos é dado não falar, aos vivos não. Talvez tivéssemos querido preservar nosso próprio mistério, como se ele também não estivesse no bojo das palavras. Minha mãe escolheu uma liberdade que a quase todos passou despercebida e sua solidão foi considerada suicida. Mas nunca inspirou piedade, nem nunca foi vista como uma mulher abandonada. Sei que chegou sozinha a tudo isso, sem ter outros recursos senão os de seu próprio ser. Ao contrário de mim, com uma carreira, uma profissão, sempre cercada de gente, tirando do mundo, e não apenas de mim mesma, minha experiência. Enquanto as mãos de dona Elisa prendiam o bordado, sua cabeça trabalhava, seu espírito liberava-se. Seus pontos adquiriram com o tempo uma perfeição tal, que provocaram espanto. Bordava monogramas que ela mesma desenhava nos lençóis de linho da família, misturando as letras com flores, folhas, abelhas, borboletas. Quisera eu ter podido ter também esse dom, poder aproveitar desta forma o silêncio, pois essa porfia de palavras, às vezes, esvazia a mente. Bordando, minha mãe caminhou, quem sabe, mais longe do que eu. Trabalhou, também com suas nozes, suas amêndoas, suas balas de café enroladas em papel franjado que cortava, tarefas que aguçam a sensibilidade. No fim de sua vida, era pura transparência. Pudessem todas as mulheres desenvolver sua delicadeza a esse ponto, pois os misteres dos homens são brutos, não requintam o mundo. Essa delicadeza é que torna as mulheres inquebráveis, lâminas de puro aço. Resistiram assim, durante séculos, à opressão, ocupando as mãos e aguçando sua inteligência. Assim Penélope resistiu à brutalidade de seus pretendentes. Nossa maneira de viver, hoje, é outra. Nossa resistência não se faz em casa, mas lado a lado do homem, disputando o seu papel. É preciso não esquecer que possuímos esses dons superiores, essa delicadeza quase pueril, que só a nós foi dada ou a poucos homens, como Mozart, que com ela transfigurou o mundo. Podemos ser guerreiras ao lado do homem, mas nossa finura é especial, atributo nosso, dom feminino.

Meu primeiro conto foi considerado "feminino" e logo me compararam a duas escritoras inglesas, menos "femininas" do que Proust. Foi publicado, entretanto, com destaque, e a revista exaltava as qualidades do trabalho. Eu tinha acabado de me separar de Pierre, escrevera o conto na escrivaninha do nosso próprio quarto, a janela aberta para o mar, numa tarde de domingo. A partir daí, alguma coisa se esclareceu para mim mesma. Havia em meu ser uma zona indefinida, estranha, uma forma incompleta de estar no mundo, como se eu, na verdade, não tivesse território. Minha vida se resumia numa série de exteriorizações, eu observava as coisas, preenchia vagamente o seu sentido, mas não me punha verdadeiramente em nada, continuava espectadora. Mesmo o fim de meu casamento com Pierre, mesmo o meu gesto corajoso de romper nossa relação permaneciam nebulosos em mim, e eu sofria pela metade, pois meu ser não estava nunca inteiro. Trabalhava no escritório de advocacia de meus primos e revelara muita habilidade no jogo mental, nos exercícios de inteligência, capaz de ver, no texto aparentemente inconsútil da lei, nuances e poros. Meu primo Luís estava contente com meu trabalho, tinha orgulho em me apresentar aos amigos, convidava-me para jantarmos juntos depois do trabalho, embora fosse casado e, segundo dizia, feliz no casamento. Sua mulher era uma prima nossa, do gênero submissa. Aprendi logo a dizer não, a recusar os convites seguidos, não queria me envolver no segundo plano de esquemas matrimoniais. Minha naturalidade em resistir às investidas masculinas e saber o que me agradava ou não me deram um sentido de segurança que me foi útil na carreira.

A primeira vez que desejei um homem, muito tempo depois de separada de Pierre, manifestei claramente esse desejo, com um desembaraço que também me surpreendeu. Preferia tomar a dianteira do que parecer desamparada. No primeiro ano de separação trabalhei muito, pois queria me sentir apta a me sustentar. Conhecer a cidade, sentir-me livre na cidade, dona de mim mesma, era mais apaixonante que ter um caso amoroso. O escritório ficava na avenida Rio Branco, eu almoçava sozinha em restaurantes na hora do almoço, pagando, pela primeira vez na vida, minha própria despesa. Saía do trabalho às seis horas e andava pelo centro da cidade vendo o comércio fechar, as pessoas andando apressadas pelas ruas estreitas, carregando cada um seu destino. Deliciava-me ver os pequenos prédios adornados com os detalhes mais surpreendentes, rostos mitológicos esculpidos no gesso, gradis, floreios *art noveau,* pequenos vitrais inesperados, uma profusão de épocas e estilos amalgamados, tudo muito livre, desprovido de rigidez, um convite sedutor à imaginação. Sentava-me nos bares da Cinelândia para assistir ao resto do crepúsculo, tomando chope e comendo batatas, sem querer outra companhia que a minha própria, esperando com um encantamento de criança o último momento de claridade na cúpula do Teatro Municipal onde ainda se podia ver, nítida contra o céu azul, a enorme águia de asas abertas. Foi o meu tempo de namoro com a cidade, o meu tempo de intimidade com ela, a descoberta de coisas secretas, ocultas, lugares, trechos de ruas, portas, janelas, fachadas, adornos, reentrâncias. Ia para casa de ônibus, passando pelos jardins franceses da Glória com sua iluminação baixa pondo mistério nas árvores, pelas mansões de Botafogo e Flamengo. O mar batia contra a amurada de pedra, deixando em tudo um cheiro salgado. Os anúncios luminosos projetavam suas luzes vermelhas, verdes, alaranjadas, nas águas marítimas. Percorríamos o caminho como um navio vagando no mar. Chegava em casa cansada e feliz, dominada por um estado poético que era preciso extravasar em alguma coisa. Ainda me sentia espectadora em relação à vida, mas a cidade entranhava-se em mim, sentia-a pulsar em minhas artérias, transpirar nos meus poros durante o verão. Minha intimidade com ela era maior que minha intimidade comigo mesma, compensava-me nela do meu próprio vazio. Encontrava meus filhos brincando no terraço com a babá, já vestidos para dormir e eu mesma os punha na cama. Palmas parecia-me estar do outro lado do mundo. Aparecia diante de mim como que envolta num nevoeiro, sem ruídos, estática, parada no ar. Ainda hoje, assim me aparece muitas vezes. Creio que essa foi a fase de maior intensidade de minha vida, por coincidência a fase de maior solidão. Conhecia muitas pessoas, mas não me ligava a ninguém, queria estar só com meus movimentos, minha liberdade, minhas descobertas. Não comunicava minhas sensações, elas pareciam não caber mais em mim e foi por isso que me vi, num domingo, sentada em minha mesa a escrever frases quase compulsivamente, tecendo uma história sobre aquelas figuras que eu via andando apressadas depois do trabalho, buscando um lugar que lhes pertencesse, como se estivessem fugindo de grandes perigos, e sobre os lugares que deixavam, os quais, transformados pelo crepúsculo e pela noite, nada tinham mais a ver com a paisagem deixada para trás. Na manhã seguinte, tudo voltava ao seu aspecto diurno e familiar. Depois, seres noturnos que nada tinham a ver com os diurnos invadiam aqueles lugares e essa espécie dessemelhante jamais se encontrava, embora vivesse na mesma cidade, pisasse o mesmo chão. O conto se chamava "Os habitantes da noite", título inspirado no filme de Marcel Carné, "Os visitantes da noite", e ainda hoje faz o seu sucesso, sendo obrigatório no estudo da minha obra. Ao contrário da maioria das pessoas, não tive nenhuma dificuldade em publicar meu primeiro livro: o editor da revista onde eu publicara meus contos apresentou-o à editora, tendo sido imediatamente aceito. Meu encantamento não foi decorrente do sucesso. Foi de ter conseguido descobrir minha forma de expressão. Nunca me imaginara escritora, embora isso fosse fácil de suspeitar, pela maneira com que, desde criança, procurava palavras que aprisionassem a vida. Ou pela minha forma peculiar de transformar tudo em literatura. Mas tão natural me parecia isso, que não os sentia como um dom especial outorgado a mim, como uma maneira especial de ver o mundo, mas imaginava-o como um atributo comum a muitos, uma forma trivial de ser. Só mais tarde descobri o quanto isso nos isola do mundo pois exige de nós uma vida paralela, fazendo-nos viver com a atenção dividida. Descobri, também, com o tempo, que nossa linguagem, para nós tão importante, interessa a pouquíssimos seres no mundo, que a forma como escrevemos e o que temos a dizer têm, na verdade, pouquíssima repercussão. Pensava que ser escritor era a maravilha das maravilhas e não me julgava digna. Hoje sei que fazemos um grande esforço para muito pouco, mas temos que continuar a fazê-lo, porque não podemos ser diferentes. E, também, esse poder que tem a palavra de aclarar a vida, me faz prosseguir teimosamente, porque sei que esta é a forma de que disponho para alcançar alguma verdade. Como agora que, ao repassar minha vida e a de outras pessoas, fagulhas de verdade vão se desprendendo, como aquelas que saíam do pesado ferro de engomar quando a passadeira o soprava, deixando a roupa, no fim de tudo, em condições de ser usada. Não é minha intenção, neste momento, repassar intimamente a vida de cada um de nós. Quero, apenas, fazer aparecerem as áscuas. Elas bastam para me fazer enxergar o que a poeira e o tempo encobriam. Substituo o sopro da passadeira pelas palavras, repetindo o gesto de Deus no dia da criação. Ao frágil barro foi incutida a linguagem, da mesma forma que, aos apóstolos, foi concedido o dom das línguas, através do sopro do Espírito, para que eles espalhassem também algumas fagulhas de verdade.

Ao descobrir meu poder de manipular as palavras e, ao mesmo tempo, minha forma de expressão no mundo, meu vazio preencheu-se. E descobri logo, também, que o sucesso e a glória me interessavam muito pouco, justamente porque eu tinha, dentro de mim, instrumentos que permitiam a minha própria sustentação, independente deles. Podia prescindir. E como minha mãe, que encheu sua ala da Vila Elisa com objetos e coisas à sua semelhança, ampliando-se ela própria no espaço de que dispunha, também eu preencho o meu espaço com palavras que escolho e que se me assemelham. Toda a nossa faina no mundo está nisso — encher o vazio. A maioria das pessoas jamais descobre como fazê-lo e, dessa forma, perde sua vida. Não compreendo como aqueles que possuem poder político, aqueles que conduzem as nações continuem a fazer disso um exercício de vazio, manipulando palavras gastas e sem sentido, que não aclaram em nada a condição humana. Tudo se transforma numa grande abstração, por falta de uma linguagem verdadeira. Um homem é um homem e não o Homem. Mas isso interessa pouquíssimo aos políticos. Proust, Balzac, Thomas Mann souberam conhecer esse homem, transformando-o em personagens. Mas os políticos nunca leram essas coisas; se dizem que leram estão mentindo ou não perceberam nada. Por isso prossigo na minha porfia do homem e de mim mesma. Quero algumas verdades, não todas e também não acredito na Verdade. Até Cristo, que se confundiu tanto, sabia disso. Ele conferiu vida eterna aos que conhecessem a palavra: provavelmente sabia o que estava dizendo. Fiz-me escritora aos trinta anos, numa tarde de domingo, em pleno verão, numa hora muito delicada, dezoito horas, em que o crepúsculo transfigurava as coisas. Momentos depois, o mar se fez negro. Era outra forma de realidade. Temos que estar preparados para tudo.

Meu primeiro livro chamou-se O *percurso do vento* e já tinha as características que depois passaram a constituir a marca de minha obra: o curso da narrativa e as próprias palavras eram jogadas ao sabor do vento, se juntavam e se afastavam como se fossem nuvens, compondo quadros que se esvaneciam, mas que se incorporavam à memória. A liberdade, que eu agora experimentava e saboreava até as últimas conseqüências, era composta de detalhes ínfimos que eu assimilava e degustava, com um encantamento de miniaturista medieval, fazendo suas vinhetas. Essa liberdade, para mim, era representada pelas nuvens, que só obedecem ao vento, àquele que a si próprio se conduz, sem nenhum limite. Minha narrativa passou a exprimir, sem que eu mesma a isso me propusesse, esse sentido de liberdade. Todos aqueles anos de leitura e o meu senso estético me levaram a estrear com o que os críticos consideraram um texto pronto, um estilo já definido, sem os tropeços dos estreantes. Nem todos gostavam do estilo, dos temas, que não eram "brasileiros" mas, eu mesma reconhecia, havia no texto algo de encantatório, de envolvente, de verdadeiro, que acaba tornando a leitura irresistível. O cotidiano de todos os seres humanos estava ali, naquelas palavras jogadas no vento e, no fim, descobria-se que, por trás da aparente desagregação, havia uma trilha traçada e sempre retomada. Embora não se percebesse logo, existia uma história contada, havia até várias histórias, que acabavam sendo uma só, a mesma que comecei a contar desde o primeiro livro. Não existia, no princípio, muita expectativa de sucesso com o público, tanto a narrativa era pouco convencional, mas isso acabou acontecendo, e eu recebia cartas, cada vez em maior número, às quais eu respondia com dificuldade, porque exigiam de mim um envolvimento que, fui percebendo, podia ser perigoso. Eu não queria ser responsável por vidas e carreiras e isso me era exigido o tempo todo, às vezes com uma avidez e um egoísmo insuspeitáveis. Com algumas exceções, todos queriam falar de si mesmos e exigiam despoticamente que os ouvisse como se eu fosse um padre, que faz isso em função de um contrato com Deus, ou como um analista que o faz por profissão e é bem remunerado. Para escrever sobre si mesmo é preciso ter talento. Algumas daquelas pessoas o tinham e pincei entre elas algumas originais que, até por senso de dever, procurei fazer editar, fazendo aparecer escritores que seguiram suas próprias carreiras. Recebi, também, críticas e considerações sobre o meu texto por parte do leitor, muito mais sábias e verdadeiras do que todas as que foram publicadas. Isso, de certa forma, compensava o enxame de cartas autistas, com as quais o leitor brinda o escritor, e o cerco dos interesseiros. Recebi telefonemas, em meio da noite, de pessoas que queriam apenas ler seus próprios textos e o número de telefonemas ávidos foi crescendo tanto, que acabei por desligar o aparelho permanentemente, possuída de horror pelo ruído da campainha. Também mensagens comoventes me foram enviadas, palavras que me fizeram bem e conheci, desta forma, algumas poucas pessoas de rara qualidade que se incorporaram à minha vida. Fui tocada com gestos, como me enviarem flores, objetos que, segundo os seus remetentes, se pareciam comigo e com o meu texto. Isso me ajudou no conhecimento de mim mesma e da minha obra. Adquiri também uma grande capacidade de apreender o ser humano. Dificilmente me engano: quer pela palavra, quer pelas inflexões da voz, quer pelo olhar direto ou velado, sou capaz de conhecer pessoas. Mesmo assim, às vezes, embora sabendo o que me esperava, deixava por fragilidade me envolver, sem coragem de resistir, sem forças para magoar. Paguei preços altos por isso. Hoje sou dura. O contato humano é, em geral, empobrecedor, o que se colhe dele são banalidades. Já não tenho mais tempo a perder. Um pouco mais de solidão para cada um, e o direito a esta por quem a conquistou, parece, cada vez mais ser impossível. Somos todos coletivos, banais, iguais. Estou ficando velha. Para onde irei? Preciso ir para algum lugar especial? É a pergunta que me faço muitas vezes. Tenho ainda de escrever e quero pensar, refletir com lucidez. Já abri mão dos compromissos. Meu ritmo agora é lento. Para onde vou? Uma falésia na Bretanha, um presbitério inglês, como o de Emily Brontë? Meu espírito me conduz, este é meu dom e meu poder. Minha geografia é obra minha. Mas, mesmo assim, quero achar um lugar, não para morrer, mas para estar viva até o fim. A Bretanha, às vezes, me tenta. Sou tão universal! Quero um bom café da manhã, sem interrupções. É isso pedir muito? Quero andar a pé portando uma bengala na hora que escolher, de manhã ou de tarde. De Illiers alguém me telefonou: "Elisa estou aqui por você, no seu lugar". Seria? A literatura ampliou meu espaço, meu tempo, de forma insuportável. Sou grega com Homero, francesa com Balzac. Na verdade, nunca viajei, estive. Quase todos, apenas viajam. Vou ter meu lugar, em solidão. Conheci a China muito jovem e depois disso familiarizei-me com os lugares. Estou bordando agora, na minha própria sala e vejo minha mãe na Vila Elisa, há muitos anos. Essa faculdade do espírito ainda me assombra. Aprendi a escrever. Aprisiono o tempo com isso? Ainda é pouco. O que quero é mais — liberta do tempo, um dia aprisioná-lo.

O que hoje sou? Pouso o bordado ao lado no sofá. A sala começa a ficar repleta com a presença dos mortos. Minha própria presença se dilui e me forço a retomá-la. Busquei a mim mesma na trilha do bordado, de repente, perdi-me nos meandros. Sou tantas que não me reconheço. O verão do Rio me abrasa, eu, afeita às delicadezas do clima de Palmas. Ao acordar de manhã, a vida me chama com toques vermelhos de clarim. Não posso ficar na cama e esperar o café, pois me alago em suor. Experimento pela primeira vez o jato do chuveiro frio sobre o corpo incandescente e saio para a rua com os cabelos encharcados. Invado a água, em movimento no mar, estática na banheira, vertical no chuveiro. Descubro o elemento líquido, até então secundário. Cubro minha nudez com água, meu corpo adquire uma nova sensualidade. Não sinto em Pierre, o mesmo apelo aos sentidos, o verão não invade seus poros da mesma forma que invade os meus. Simplesmente, ignora a estação. Há reservas de frio no seu corpo que minoram o calor. Eu, não, queimo. E tudo isso era novo, não conhecia essa debilidade minha, essa impossibilidade orgânica de defesa. No verão no Rio segui a trilha ardente dos sentidos e me vi, um dia, num quarto de hotel, com um quase desconhecido de pele queimada, a consumir-me. Saí para a rua com o corpo ainda úmido do chuveiro, os cabelos molhados, refrescada. Não experimentei nenhum remorso e, se meu corpo passou mais tarde a repelir essas aventuras, foi porque retomou seu depuramento natural, sua exigência de refinamento voltou a prevalecer sobre aquelas urgências de verão. Ter podido sentir, como um jato, minha própria sensualidade foi, contudo, uma experiência revigorante.

Não creio que minha mãe tenha jamais experimentado sensações violentas. Terá odiado meu pai alguma vez? Terá sentido seus sentidos queimando alguma vez? É bom consumir-se nos sentidos, mas a vida não é para ser consumida. Prefiro degustá-la, prová-la em porções menores, saborosas. Minha mãe parecia vivê-la desta forma. Que idade teria quando tirou meu pai da sua ala? Trinta creio, a mesma que tinha quando me separei de Pierre. No meu caso, não havia outra mulher, mas o casal que compúnhamos deixara de existir Talvez não tivesse existido nunca e não o percebêssemos, tão pouco sabíamos de nós mesmos. Nossa vida em comum não fazia sentido, se é que qualquer vida em comum faz sentido. Podemos comungar de lugares, espaços, até de tempos. Mas vidas caminham paralelas e juntá-las é circunstância. No meu caso com Pierre, apenas, abri mão de ter um espectador. Ele se casou, um ano depois, com uma mulher tão oposta a mim que fiquei sem saber qual dos dois casamentos lhe era assemelhado. Sua mulher passou a dirigir com ele o colégio, francesa como ele. A vida programada, férias de dezembro, férias de julho, o verão passado nas montanhas com os filhos. Essa vocação para a solidão, quase para o marginal que sempre me plasmou, Pierre não a conheceu jamais. Como minha mãe, não encontrei parceiro para a vida. Não sei se ela teve casos amorosos. Sua vida com meu pai deve ter sido o que foi a minha com Pierre: uma sucessão de imagens belas, quase todas felizes, aureoladas pela juventude, todas refletidas num espelho de mil faces: o amor. Repeti, muitas vezes, os gestos e as imagens do amor, sabendo que eram imagens, sem me importar com isso. Sempre me preocupei com a verdade, não com o real. O fato de ter existido outra mulher na vida de meu pai, o fato de ter tido outra casa, outra família, com o tempo devem ter deixado de importar a minha mãe.

Não creio que tenha se sentido, jamais, abandonada. Nunca deu essa impressão. A forma convencional com que seu casamento fora rompido, a infidelidade conjugal do homem como causa do rompimento foi, nela, uma maneira, especial, de romper as convenções. Não se tornou a heroína que tudo suporta com dignidade e finge de nada saber, nem a mártir suspirosa. Tornou-se ela própria e porfiou por ser sempre mais, a vida inteira. Não é dado muito aos homens e às mulheres o privilégio de serem o que são. Sobretudo, às mulheres, gatas acomodadas. Minha mãe, segundo muitos, tresvariou de solidão na Vila Elisa, cercada por jardins e portões que a tornavam incomunicável. "Dias de visitas", como a princesa de Parma, cada vez mais distanciados. Seu escritório, sua escrivaninha, suas estantes, sua vitrola, seu quarto de costura, sua pequena sala com mesinha e poltronas, seu quarto, seu banheiro. Derrubou algumas paredes. No fim não percorria muito a casa e a comandava ao longe, apertando botões para chamar os empregados. Comparecia à sala de jantar quando havia convidados, para o cotidiano dispunha de sua própria mesa. No quarto de costura quando eu era criança, muitas vezes a ouvia falar com Lúcia, sobre sonhadas viagens que não incluíam meu pai. Não sei se teria viajado com ele. Quando, por fim, decidiu-se a viajar, avisou a família e foi sozinha. Dispunha de suas próprias rendas, não precisou pedir nada a ninguém. Quis ir só, e nos enviava cartões-postais, não mais do que isso, que nos davam notícias vagas do seu trajeto. Demorou muito tempo fora e quando voltou, não espalhou brindes, pouco falou e não mostrava fotografias. Voltou das viagens um pouco mudada, mais senhora de si, menos contida. A mim enviou uma carta de Florença. Dizia: "Você me contou que comera cerejas aqui e, para mim, o gosto dessas frutas sempre esteve associado à cidade. Sentei-me no terraço de um café e pedi cerejas com vinho branco. O garçom me olhou espantado, mas me atendeu. Molhei, no vinho, as cerejas. Realmente, este é o gosto de Florença". Quando recebeu meu primeiro livro também enviou-me um cartão: "O percurso do vento é o único percurso possível. Que bom que você sabe disso". Nunca me enviou outras cartas, apenas me telefonava nos aniversários, pois partilhava do meu horror por conversas telefônicas. Eu lhe mandava meus livros e ela falava um pouco deles quando estávamos juntas. Lúcia colecionou para ela minhas entrevistas, meus retratos nos jornais, críticas que saíam. Sempre achei que minha vocação de escritora tinha vindo dela, pois que, à sua maneira, transfigurou também seu cotidiano, o que é uma forma de fazer literatura. Passou a defender seu próprio ser com uma teimosia quase insana. Aprendera em Florença, comendo cerejas, a se maravilhar com o secreto dos seres e quis se locupletar de si mesma.

As viagens de minha mãe deixaram marcas na Vila Elisa. Pequenas jarras de Lalique e de Gallé, porta-retratos, quadros com paisagens européias, uma visível preferência pela *belle époque.* Causou certo impacto, soube por Germana, a empregada, quando um mensageiro se apresentou à porta com um grande caixote, o nome de Elisa Avellar Salles escrito no frontispício. Esperaram que ela voltasse para abri-lo. Eram cadeiras de tamanho pequeno, estofadas de brocado amarelo envelhecido, trabalhadas com *marqueterie,* tendo em cima do encosto duas letras incrustadas em madrepérola: E A, suas iniciais de solteira, e as minhas. Ela as comprara num antiquário belga. Brindou também a cozinha da Vila, com formas e travessas em cobre e estanho, modelos diferentes e as iguarias passaram a vir à mesa em formas absolutamente imprevisíveis. Seu quarto, suas dependências, passou a enchê-los cada vez mais com as coisas que amava, sem se preocupar muito com estilos e combinações, dando apenas vazão ao seu desejo. Movia-se no meio de tudo como se os objetos adornassem suas roupas. Minha aléia européia nunca teve os toques europeus da de dona Elisa, pois ela sabia levar consigo os lugares. Uma jarra delicada de vidro italiano em forma de tulipa era a nota de Florença. Havia, muitas vezes, saindo da boca da flor, um lírio branco dos jardins, fazendo com que, jarra e flor, parecessem uma coisa só. Um estranho quadro francês, de um pintor chamado A. Osbert, cheio de rochedos azuis, irradiava uma luz crepuscular que parecia banhar todo o cômodo. A Vila assimilava muito bem essas mudanças e florescia com elas. A casa nunca demonstrou envelhecer e tinha um viço que revelava sua satisfação consigo mesma. Sentia-a hostil a mim na minha saída, mas sempre me recebeu bem, com certa alacridade que não me passava despercebida, sempre que voltei lá. Meu quarto de criança transformou-se num quarto de hóspedes e, como era pouco usado, preservou-se. Não sei que impulso guiou a mão de meu pai ao traçar o desenho da Vila. Ela foi feita para conter muitos mundos, muitos estilos, muitas visões. Foi se ampliando, diversificando-se mas, apesar disso, conseguiu conservar-se sempre a mesma. Meu pai fez dela um lugar onde cabiam todos os sonhos e todas as realidades. Cabia também o sofrimento, mas este soube adaptar-se à sua arquitetura, não pesando demais, não se transformando em tragédia. Havia em nós, em minha mãe e em mim, certo ceticismo que afugentava a tragédia. E, ali, só nós duas possuíamos envergadura para a tragédia. Havia, também, em nós, uma procura de sabedoria e de verdade que nos fez incorporar bem o sofrimento. Serviu para aguçar nosso espírito e o incluímos no nosso próprio cotidiano, facetado cristal, em cujo interior procurávamos ver a nós mesmas e o mundo. Meu próprio texto foi se depurando com o sofrimento. O humor que se incorporou à minha obra foi resultando dele. E a finura de minha mãe, a delicadeza que punha em tudo eram um pouco resultado, pois a alegria é pesada e ruidosa. Não soubemos, jamais, rir muito. Mas a alegria que experimento ouvindo Mozart, esta, é puro refinamento. Tenho diante de mim, neste momento, o quarto de minha mãe marcado por um estilo que é também o meu estilo de escrever. Que mais herdei de minha mãe? Fico pensando. Voltarei à Vila Elisa antes de terminar este bordado. Meu tempo agora é lento, estou ficando velha, a vida fragmenta-se em pedaços que busco degustar. Nenhuma pressa a limitar minhas ações. As mortes que tenho visto acontecer dilatam o meu tempo. Começo a viver agora mais o tempo da morte que o tempo da vida. Não sei como meu pai se comportou ao morrer, mas imagino que pôs no morrer seu próprio estilo, aquele que foi o de sua vida. Era um homem sem meandros, aberto, e se teve um lado oculto, este não existia dentro de si, mas fora. O lado oculto de sua vida era conseqüência da forma com que dividia e organizava os acontecimentos. O Dr. Bernardo dirigiu construções e sua firma adquiriu fama em outras cidades. Tinha sua marca própria: a limpidez que caracterizava suas fachadas, a parcimônia dos materiais empregados, a madeira sempre prevalecendo. E a solidez que emanava de tudo. Suas moradias eram feitas para abrigar o lado comum das pessoas. Mesmo assim construiu a Vila Elisa, como para demonstrar que as formas, sem controle, chegavam àquilo. No comer e no beber, os requintes dele eram visíveis. Nunca se satisfez com vinho pobre, medindo com olhar exigente a espessura do líquido. Viveu na Vila Elisa, mas não a escolheu para morrer. Ao contrário de minha mãe, que procurou o solar onde tinham morrido seus antepassados, buscou o hospital que ele mesmo construíra, e ali terminou de forma impessoal, o quarto arejado, a janela aberta, a limpeza do branco. Já o encontrei de terno escuro, no caixão preto, onde não parecia à vontade. Seus ternos eram claros, usou-os escuros muito poucas vezes. Velaram-no na prefeitura, onde toda a cidade desfilou em condolências. Nenhuma mulher estranha apareceu para exibir seu sofrimento ao público. Se a vida do Dr. Bernardo tivera dualidades, estas não foram visíveis na morte. Minha mãe sentou-se ao lado do caixão, os pés repousando num escabelo. Meu pai morrera em três dias, internara-se quando seu mal cardíaco se agravara. Eu estava em Nova York, consegui chegar apenas a tempo para o enterro. Fiz poucas perguntas. Tudo parecia medido e no lugar. Abracei minha mãe com pouca emoção. Estava cansada da viagem, e tudo soava esmaecido. Nem as pessoas nem os lugares me eram mais familiares. A vida de meu pai não emprestava realidade à sua morte. Seu enterro, na prefeitura, a transformava num acontecimento oficial. Não havia lugar para lágrimas. Quando chorarei meu pai? Ainda não. Há tempo para isso.

Recebi a herança que me coube e ninguém, afora a família, veio reclamar algum quinhão. Meu pai era construtor, podia ter dado seus imóveis a quem quisesse apesar de seus bens e os de minha mãe serem comuns pelo casamento. Morreu ainda belo sem ter conhecido muito a decadência. Sempre pretendi falar com dona Elisa sobre ele, procurar compensar, desta forma, minha incompetência em tê-lo sabido. Não cheguei nunca a fazer isso. Procurei na vida outros conhecimentos, percorrendo curvas e me deixando prender por redes, nas quais me debati, aprisionada. Comportei-me em relação a meu pai como coisa minha já ganha e de antemão sabida. Mas minha mãe o amou e ele infligiu-lhe sofrimento. Em menina, parecia-me senhor de tudo, imune à dor. Considerava-o o senhor da rua e seu chapéu como que lhe conferia todos os privilégios do seu sexo. Que sabia eu da rua? A casa e os seus segredos me bastavam. O mundo de meu pai era outro, feito de certezas. O Dr. Bernardo, como os prédios que construía, me parecia revestido de concreto, desprovido de fendas. Não fiz dele a imagem matriz de outros homens com quem me liguei, todos marcados pela fragilidade física, distanciados dos padrões de beleza masculina que meu pai encarnava. Não sei o que ele pensou da minha vida ou se chegou a se preocupar muito com ela. O sucesso de meus livros deve ter-lhe parecido um aval à minha felicidade. Fui primeiro brilhante advogada e depois escritora afamada. Não creio que o fracasso do meu casamento o tenha abalado muito. Sentia que admirava a minha independência e a liberdade dos meus passos. Fomos parceiros no sucesso, ele construindo cidades e eu, livros. Sua inquietação era mais fácil de ser apaziguada do que a minha, os instrumentos de que dispunha para minorá-la, bem mais fáceis de serem manipulados. O pai de meu pai comprazia-se, construindo janelas ao longo do casarão recém-adquirido que, durante as tempestades, batiam desabaladas. Terá vindo daí, no sangue, essa paixão que tenho por abrir janelas com o intuito de experimentar, no rosto, rajadas de vento destinadas a minorar minha angústia, quando se torna insuportável? Meu pai construiu prédios, meu avô janelas, eu alinho palavras fazendo delas o material aparentemente frágil de minhas construções. Aos homens era dado construir, às mulheres bordar. Eles dispunham do espaço vazio do mundo, elas do espaço vazio da casa. O trabalho delas tinha um resultado menos perceptível, mas sei que, enquanto cobriam os tecidos com suas mãos diligentes, sua realidade era repassada e suas fantasias desencadeadas. Sei que dos seus serões silenciosos resultou matéria armazenada ao longo dos tempos que, transformada em sangue, foi sendo transmitida. Não sou feita da raça daqueles construtores que usavam instrumentos pesados e predatórios para com eles investir contra o espaço indefeso. Meus instrumentos são delicados como os de meu avô relojoeiro que manipulava o tempo incorpóreo, e os de minha mãe, feitos de metal fino e liso que feriam, de leve, tecidos delicados. O ofício de escrever, creio, é herança feminina, embora possa ser tão bem exercido pelos homens, em estilos chamados masculinos. A herança de escrever é feminina, trabalho de infinita paciência, aprendido no ventre da mulher. Às mulheres não foi dado durante séculos escrever. Elas traçavam sinais de criação usando linhas enfiadas em finos orifícios, em teares, manipulando pequenos instrumentos de fabricação caseira. Com isso transfiguravam o mundo, escrevendo signos que substituíam as palavras. Eram signos criadores, os homens deles se apropriaram. Elas enfeitavam as casas com vasos de barro de sua própria fabricação e os pintavam, transfigurando, dessa forma, as tendas dos guerreiros. Dos seus trabalhos domésticos fizeram maravilhas. Souberam usar a cor antes dos homens, tingindo seus tecidos, e suas combinações de tons anteciparam ousadias que a arte de pintar, mais tarde, consagrou. Essas coisas vieram no sangue, transmitidas pelo gene feminino, usadas pelos homens com o denodo que lhes é peculiar, pois foram eles que herdaram a terra, eles que exerceram o poder político, o mando, que conduziram as caravelas para as conquistas. Mesmo assim, Circe dominou o astucioso Ulisses e transformou seus companheiros em bichos. É pena que a astúcia, atributo feminino, não tenha transformado as mulheres em grandes estadistas, em hábeis políticos, deixando-as na retaguarda, companheiras em geral parvas, desses espécimens masculinos. Tanta foi, durante séculos, a emasculação feminina, a crença de que as tarefas domésticas, a que se dedicavam, eram tarefas inferiores. Aprendi a bordar com cinco anos e minha escritura não pode ignorar isso. Fiz primeiro, ponto de haste e, depois, ponto de cruz. Minha cabeça não podia ignorar o que minha mão fazia. Meu estilo de escrever, nasceu quem sabe, aí, pois o pensamento acompanhava a mão. Nunca tinha, antes, pensado nisso. Estou começando a afirmá-lo agora que minha mão volta a adestrar-se na arte de bordar. Minha cabeça, enquanto isso, divaga, como a de minha mãe fazia. Não é só a mão que borda. A cabeça também.

Meu sucesso aconteceu rápido demais e sem que estivesse preparada para ele. O primeiro livro também fora escrito de forma inesperada, antes do café da manhã, eu apoiada à cabeceira da cama, usando para escrever um velho caderno que me servia de apoio. Nem quando o trabalho tomou corpo e mais de 100 páginas foram preenchidas, consegui mudar-me para a escrivaninha, onde teria as condições de conforto apropriadas. Escrevi quase deitada, as pernas debaixo do lençol, dobradas uma sobre a outra, as costas doendo com o esforço. Começava a escrever às cinco da manhã e parava quando a empregada entrava no quarto com a bandeja de café, só retomando ao trabalho na manhã do dia seguinte. Não podia imaginar escrever de outra forma aquele texto, tão ligado a mim como os lençóis e os travesseiros da cama, recôndito e íntimo como o próprio leito. Ao terminar o trabalho enviei-o à datilógrafa e ao vê-lo em letra de fôrma quase me assustei, pois só o concebia saído de minha mão. Entreguei-o sem fé ao editor da revista em que publicara meus contos e quando este me telefonou entusiasmado, considerei-o um tanto perturbado. Entregue à editora, a maior do país, esta rompeu os cronogramas da programação e o livro foi publicado imediatamente. Até então, minha vida no Rio se revestia ainda do caráter de descoberta. Não estava integrada à cidade e à sua gente, limitava-me a observá-las. Eu não era dali, era o que sentia o tempo todo, e isso como que me aumentava a liberdade. Gozava, às últimas conseqüências, ser uma total desconhecida, eu, vinda de Palmas, onde tudo ligado a mim e a minha família interessava como um fato histórico. Quando me separei de Pierre, meus parentes no Rio apiedados de minha condição acercaram-se de mim, convidando-me não só a freqüentar suas casas mas para sair em sua companhia, ir com eles a teatros, cinemas, restaurantes. Nada tinha a ver com essa gente, com esses primos, que formavam um grupo de casais em ascensão econômica, com dias certos para sair juntos: as sexta-feiras da semana eram dedicadas a jantar fora e pareciam se divertir muito uns com os outros. Eu ia sozinha e todos ficavam preocupados em me dispensar gestos de proteção, alguns até me aconselhando, e com isso se considerando pessoas muito avançadas, a procurar logo outro marido. Aos poucos fui conseguindo me afastar, retomando a condição de espectadora, que tanto me agradava. Quando o livro foi publicado e passei a freqüentar as páginas dos jornais, uma nova frente de convivência se abriu. De um dia para o outro vi-me às voltas com a inteligência jovem da cidade, numa época em que esta acreditava muito em si mesma e se reunia em determinados pontos. Estávamos em 1960, época de grande liberdade sexual e política. As mulheres começaram a romper seus casamentos e, num grupo avançado que passei a freqüentar, grassava uma total liberdade sexual. As mulheres tinham rompido com suas famílias, seus maridos e homens diversos freqüentavam a cama do casal ainda presente nos quartos, sem que se preocupassem em escondê-los da visão dos filhos. Leila Diniz, uma mocinha de dezesseis anos, saía de casa e, sustentando-se com seu modesto salário de professora num jardim de infância, começava, com determinação, a perseguir sua própria vida. Liliane Lacerda de Menezes, musa daquela geração ávida da beleza feminina, vivia um pouco tardiamente e até as últimas conseqüências, o desespero sartriano, criando uma expressão que viria a ser uma espécie de sinete dessa geração ipanemense: fossa. Tudo ainda muito confuso, mas o estandarte da liberdade sexual desfraldado pelas mulheres, abriu caminho para o da liberdade política, logo a seguir levantado. Eram estágios diferentes de liberdade e sentia-se o gosto dela até no vinho que enchia os copos altos de bacará da mesa de Liliane, os quais, depois de esvaziados, eram quebrados simbólica e ritualisticamente por Lúcio Cardoso. No rastro da liberdade sexual feminina, os oprimidos homossexuais masculinos da zona sul começaram a se mostrar em bares e pontos de encontro que surgiram fervilhantes. Em toda a parte sentia-se a respiração livre da cidade como um vento forte. Quase todos vinham de uma classe social elevada, de modo que tudo se fazia sem vulgaridade, dentro da mais completa boa educação, apesar dos palavrões que começavam a ficar em moda e a integrar, quase como uma sofisticação, a linguagem. Todos muito engraçados, apesar da angústia latente, solidários. O fato de eu trabalhar num escritório de advocacia famoso e ser considerada uma profissional competente causava certo espanto. Os que ali não viviam de mesada, do dinheiro de suas famílias ou do produto ainda incipiente da venda de seus trabalhos artísticos, eram jornalistas, atores de teatro e nenhum exercia o que era considerado "uma profissão liberal". Eram quase todos mais moços do que eu, sobretudo os homens, pois muitas mulheres desquitadas, na minha faixa de idade, freqüentavam o grupo. Conheci Otávio, um bom poeta, oito anos mais moço do que eu, com quem passei a viver. Uma geração em disponibilidade, que se engajou depois de corpo e alma ao combate à revolução de 64, testada brutalmente em sua coragem e dispersa sem que pudesse ter dado frutos. Quando conheci essas pessoas, ainda não eram politicamente engajadas e gozavam da mais absoluta liberdade, liberdade que não vi, em outras gerações, ser repetida. Não estavam interessados em seguir carreiras ou a se adaptarem ao mundo, razão pela qual ainda não grassara entre eles o hábito da análise. Alguns procuravam como uma trilha de liberação, e nesse ponto, penso, estavam equivocados. Lembro-me do gesto de olhar o relógio, de certas mulheres, quando nos reuníamos na hora do almoço, dizendo que tinham de sair para a análise. Havia uma atmosfera cálida que se podia sentir a todo instante, um calor solidário em nossas reuniões: dividíamos não só os nossos corpos mas nossa coragem ainda incipiente, nosso medo diante de uma liberdade recente demais. No começo, o país ainda não tinha entrado em convulsões e se falava sobre ele sem sofreguidão, todos animados com as reformas políticas que viriam. Não pairavam dúvidas sobre isso. Não havia engajamento político porque não havia ainda em que se engajar — o destino político da nação parecia claro, irreversível, sedimentado. Com o suicídio de Getúlio, o Brasil parecia ter purgado também os seus pecados e ter-se encaminhado, depois dos naturais abalos, para o caminho certo, a classe média abalada, desestruturada com a renúncia de Jânio Quadros, a admitir novos sopros, a necessidade de mudanças. De repente, a roda passou a girar rápido demais, animada por redemoinhos imprevistos, que a faziam parecer descontrolada. Uma expressão de surpresa e perplexidade começou a sombrear o rosto daqueles jovens, até então desavisados e sorridentes. Quando estourou o golpe, um silêncio de final de mundo pareceu baixar pela cidade. Lembrava-me os dias de Sexta-Feira Santa em Palmas, em que um horror ancestral, vindo das entranhas do mundo, pairava sobre as ruas. O golpe deixou a cidade muda. Meus amigos intelectuais primeiro se esconderam, movidos por um instinto de defesa, depois começaram a reaparecer e a articular aquilo que, até então, se constituía muito mais num estado de espírito do que num movimento concreto. Otávio conseguiu partir para a casa de seus pais em Santa Catarina e depois voltou ainda sem saber o que fazer, inconformado com sua própria impotência. Eu, levada pelo meu natural ceticismo, não conseguia acreditar que a situação fosse reversível. Havia um abismo entre aquela geração e a que estava no poder, gente anacrônica, arraigada às idéias políticas estreitas, para quem a nossa liberdade significava um atentado moral. Aqueles que podiam ter salvo o país do anacronismo de seus políticos, quer civis, quer militares, tiveram seu trajeto abortado. Ficamos nas mãos de tudo que havia de pior. Aquela aragem de inteligência, de liberdade, de pureza, se perdeu. Foi um momento único da vida do país, breve, que tive ocasião de registrar. Não digo que tenha participado dele. Tinha iniciado uma carreira de escritora com outras inquietações que não aquelas do grupo que freqüentava. Aquela não era minha geração. Eu tinha problemas com o tempo, com a morte, com a existência de Deus e com o ser. Minha juventude fora marcada por Sartre, não pelo Sartre político, mas pelo Sartre filósofo niilista, que considerava a trajetória humana uma experiência sem solução. Otávio me dizia que eu estava certa, que a trajetória humana não tinha solução, mas que, naquele momento, era a nossa própria respiração que estava em jogo. Mas eu queria poder ter tempo, procurar minhas verdades através das palavras, pacientemente. Essa era a minha arma e a minha luta, querer alargar o espírito dos homens, arrastando-os ao pensamento, tecendo para eles uma rede na qual eles próprios se apanhassem. Achava que aqueles jovens deviam ter tido tempo para viver, amadurecer, educar seus filhos e então, quem sabe, uma nova espécie de políticos aparecesse, liberta dos jargões, lidando com a vida e suas infinitas riquezas, não corrompida pela estreiteza das visões, da comezinha ambição pessoal, da atrofia interior. Que fazer com aqueles bonecos que se propunham a dirigir o país, como se ele não fosse a soma de nossas próprias vidas, como se isso só a eles dissesse respeito? Aquela geração que podia, quem sabe, ter salvo o Brasil, pela sua pureza e descomprometimento, aquela geração pagou caro o preço de sua inocência: trancada em masmorras, assassinada e no fim mandada embora para outras culturas, outros povos, de onde voltaria irrecuperavelmente modificada, a um país que andara de cócoras, para trás. Eu já não tinha idade para ir à luta, para pegar em armas e não saberia fazê-lo. Nem me sentia com direito a isso. Vi meus amigos serem presos, torturados, massacrados, sabendo que um dia isso seria faturado por políticos e que eles próprios não resgatariam o país ao qual estavam dando sua mocidade, sua vida, sua saúde. Encontrei-me algumas vezes, em Paris, com Otávio, bebendo vinho no Deux Magots, jantando na Coupole. Tudo me parecia absurdo. Não tivera nem chance de dedicar ao país sua brilhante inteligência e a própria língua, seu instrumento, lhe fora sonegada. Nossos militares, despreparados para o governo e preocupados apenas em reprimir o surto dos comportamentos inovadores, saíram das casernas e começaram por se permitir tudo, abolindo toda e qualquer ameaça a sua própria expansão. Vimos nossos filhos emasculados, alheios, acostumando-se à degradação existente. Esse foi o maior dos males. Eu conhecia aquela geração de elite, ainda inebriada com sua própria liberdade, que se transformou subitamente, e sem nenhuma transição, nos jovens que se organizaram para libertar não mais a si próprios, mas o país, abrindo mão das delícias conquistadas. Eu prossegui na minha própria luta solitária e cada vez essa época me parece mais distante e mais irreal, apartada de mim. Neste momento a estou sentindo na pele e me vejo com Otávio, sua magreza longa e seus bigodes, tomando vinho e ouvindo suas poesias, nas tardes de domingo, em Santa Teresa. Nada disso parece ter muito a ver com o que aconteceu depois com o país e comigo. O mais estranho é estar aqui a escrever tudo isso, em função de um bordado encontrado em Palmas, iniciado na infância, quando fui enterrar minha mãe.

Minha mãe mostra o meu bordado a Lúcia, no quarto de costura. Eu estou parada, as duas sentadas no sofazinho verde.

Lúcia sorri para mim animadoramente. "Vai ficar lindo, Elisa, você vai ver. Já pensou como sua mãe vai ficar linda vestindo isso? Vamos começar a capitonar a gola e os punhos". Mostram-me o algodão comprado para o capitonado, os riscos alosangados em cima da talagarça. Lembro-me de ter visto, prontos, essa gola e esses punhos, forrados de rosa, da cor das flores de cerejeira que tecíamos. Aonde estão eles? Só encontrei, no baú, as duas partes do bordado. Tenho que interrogar a Lúcia sobre isso, talvez a Germana.

Minha mãe diz que vai aparecer de noite num comício organizado para meu pai. "Ele vai falar de improviso, mas escreveu o discurso e o leu para mim", diz ela, rindo. Lúcia fala: "Bernardo tem uma bela voz, fala muito bem". Minha mãe responde: "O Reis é advogado, fala melhor do que ele. Foi bom Bernardo ter aceito candidatar-se pela oposição. Dizem que, como somos donos da cidade, temos que fazer oposição a nós mesmos..." Era verdade: todos entrelaçados pelos casamentos, todos parentes, menos meu pai, descendente de emigrantes, batizado e registrado, entretanto, com o sobrenome Salles por meu tio que fora seu padrinho: Bernardo Salles, em homenagem ao fundador da cidade. Nome que foi, na verdade, um destino, pois o Dr. Bernardo a reconstruíra, à sua maneira, traçando para ela largas avenidas onde se alinhavam confortáveis e sólidos edifícios. Pelas fotografias que vi, depois, de Palmas, a teria desejado como antes, crescendo de acordo com a vontade de seus moradores em vez de seguir os desejos de um homem que procurava fazê-la limpa, asséptica e ordenada, como se a vida assim se processasse. A cidade que meu pai construiu pouco tinha a ver com sua história, dela ficando apenas marcos que ele conservou, como os casarões da família Avellar. Escutei muitas vezes dizer que meu pai urbanizara Palmas. Isso lhe dava estatutos de grande homem e afastava dele a imagem de construtor voraz, apenas interessado no lucro. Na verdade o traçado do lugar obedecia a um plano, o primeiro plano urbanístico a existir por aquelas plagas. Muitos lugarejos vizinhos tentaram imitá-lo, mas o Dr. Bernardo dispunha de poder absoluto em Palmas, o que lhe facilitou muito o trabalho. O próprio país louvou meu pai, seu nome apareceu em revistas de arquitetura, ele saía da cidade para fazer conferências e palestras. "Uma cidade do interior totalmente urbanizada", diziam os títulos das matérias jornalísticas. Dona Elisa conservava alguns retratos do lugar antes das mudanças. Casinhas encarapitadas pelo morro, pequenas ruas, postes baixos cuja luz dava mistério ao rosto das pessoas. No parque, caramanchões, riachos com peixinhos que ainda conheci, e grutas artificiais. Nada disso ficou, e uma grande praça aberta, com um anfiteatro no meio, apareceu. Meu pai teve o sentido urbanístico da cidade, mas o sentido poético lhe faltou. Uma cidade é feita para abrigar não só o cotidiano de seus habitantes, mas, também, seus sonhos, seus delírios, seu lado sombrio e tortuoso. A Palmas de meu pai queria obrigar todos os seus moradores a serem felizes. Não sei o que foi feito daqueles que não o conseguiram. Provavelmente se mudaram de lá. Voltarão, talvez, quando o tempo se encarregar de deteriorar um pouco as fachadas imaculadas, fazendo com que a fragilidade humana nelas se espelhe.

Eu perguntei à minha mãe: "Nós também vamos assistir ao comício?" Ela disse: "Vamos ficar no palanque, Germana vai levar vocês." Vi meu pai de terno cinza, enquanto todos os outros vestiam azul-marinho. Falavam fazendo grandes gestos, que me davam vontade de rir. O Dr. Bernardo era apontado como grande herói, o salvador da cidade, merecedor de governá-la. Em Palmas não havia mais, segundo diziam, doenças, mazelas, epidemias mortais. Tudo estava saneado, limpo e claro, invadido pelo sol. Também a pobreza tinha sido beneficiada, pois meu pai também construíra confortáveis conjuntos populares nos arredores. Morar, parecia, de repente, ser o único problema humano. Minha mãe me disse baixinho: "São todos uns tolos". Depois, meu pai, em meio a grandes aplausos, aproximou-se do microfone e falou num tom baixo, medido, inteiramente diferente do usado pelos seus companheiros. Tinha um rosto que inspirava confiança. Era belo e a multidão devorava sua beleza. Olhei para ele com orgulho. Não me parecia desprezível como os outros que falaram antes dele. Não fazia gestos, as inflexões de sua voz os substituíam. Eu sempre vira minha família mandando na cidade e o fato de meu pai ser prefeito não me fazia diferença. Um homem me levantou no colo após o discurso. Dona Elisa me arrancou dele. "Agora chega", disse. "Vamos todos para casa". Subimos de carro a alameda que nos levava à Vila, apenas nós quatro e o chofer, pois meu pai viera em outro carro. A casa não tinha nada a ver com aquilo, era como se tivéssemos vindo de um outro mundo. Não havíamos jantado, mas o farto lanche, com que fôramos brindados antes, nos impedia de ter fome. Na copa, foi servido um chá com biscoitos, geléia e torradas. Eu disse à minha mãe: "Por que aqueles homens falam daquele jeito?" Ela me respondeu: "Eles são atrasados". Falei: "As pessoas que ouviam estavam gostando?" Minha mãe: "Eles também são atrasados". Eu: "Mas meu pai não é". Dona Elisa ficou pensativa. "Algumas pessoas são atrasadas em umas coisas e não são em outras. O povo sabe muitas coisas que seu pai não sabe". "E que é o povo?", perguntei. "Aquelas pessoas que estavam ali? E como você sabe o que eles sabem? São uma porção de gente e falam junto". Dona Elisa suspirou, não respondeu e o nosso chá terminou. Fui para o quarto e pensei: "Meu pai manda na cidade, mas a Vila Elisa não está na cidade e todo mundo sabe disso. Meu pai não é prefeito da Vila Elisa". Escutei os passos dele no corredor, em direção ao seu quarto. Tive vontade de sair do meu e ir falar com ele. O que significava ser um pai? Era como ser um prefeito de dentro de casa? Ele dava ordens, fazia discursos, metido com gente tão esquisita. Comandava um mundo que me era desconhecido. Tinha uma vida que me era desconhecida. Vivia agora num quarto separado de minha mãe. Eu sabia disso, embora pouca gente ainda o soubesse. O mundo em que se moviam aquelas duas pessoas, meu pai e minha mãe, me parecia muito misterioso. Que tinha eu, verdadeiramente, a ver com ele?

Meu pai não seguiu carreira política, embora pudesse ter sido facilmente deputado, senador ou até governador. No tempo em que ocupou a prefeitura, meu tio Gabriel substituiu-o na firma mas, segundo ouvi dizer, a presença do Dr. Bernardo era indispensável ao seu bom andamento. Nunca a vida social e política de Palmas se revestiu de tanto brilho como nessa época. Os acontecimentos sociais que acompanharam sua posse até hoje são motivo de conversa. O presidente de Minas pessoalmente veio empossá-lo, tendo sido recebido com um grande jantar, seguido de baile, na Vila Elisa. Descobri ser um gesto comum dos políticos levantar as crianças ao colo, porque o presidente também me tomou nos braços quando minha mãe a ele me apresentou e depois do primeiro comício de meu pai, em outros que se seguiram, muitas vezes fui alçada no ar. O jantar, para cinqüenta pessoas, foi servido na sala de jantar e depois dele as portas se abriram para o grande baile a rigor, com orquestra tocando num tablado especialmente montado no salão. Minha mãe cercara a mesa da sala de jantar, coberta com uma toalha branca que ia até o chão, com a famosa jardineira da avó Elisa, constituída de retângulos em cristal lavrado que se encaixavam e acompanhavam a quadratura da mesa em sua extensão. Para mim era uma espécie nova de jogo de armar, e fui autorizada a montá-lo ao longo da mesa. Lembro-me de que usei oitenta quadrados e guardei outros tantos. Depois de arrumados, eu mesma os enchi com água, trazida por Germana numa jarra e então mamãe foi colocando neles violetas, algumas do próprio jardim da Vila, outras encomendadas do florista. Os cristais da mesa eram lilás e o presidente, homem finíssimo, disse rindo que somente dona Elisa era capaz de arrumar uma mesa para os políticos em tons de roxo, e dar a ela um tom de vitória. O presidente tinha razão: minha mãe usara o aparelho de jantar branco com flores verdes, e o verde dava ao roxo uma nota alegre exaltada.

A própria dona Elisa servira o jantar, à maneira das casas mineiras, deixando às copeiras, treinadíssimas, apenas a tarefa de servir as bebidas e de passar os pratos; isso também provocava comentários da parte do presidente, que lhe fora beijar as mãos em gratidão por ter sido servido por ela. Soube também que ele comentara nunca ter visto um par tão talhado para o Palácio da Liberdade como o casal Avellar, querendo insinuar com isso que meu pai poderia pensar em vir a ser presidente. Mas ele era apenas um passageiro da política, não lhe tendo, jamais, tomado o gosto. O que queria mesmo era construir, traçar projetos na prancheta e se, segundo dizem, foi um bom prefeito, isso deve ter sido em função da sua capacidade de administrar e organizar, adquirida em sua própria firma. Nas mãos do Dr. Bernardo, Palmas ia se transformando, diziam todos, numa cidade moderna, com um traçado que a fazia décadas avançada sobre os outros municípios. Assim, o Dr. Bernardo a colocou no mapa e muitas vezes, no Rio, urbanistas e arquitetos que sabiam ter eu ali nascido, me falavam dela com admiração. No meu próprio currículo, nas apresentações que faziam de mim quando eu ia fazer palestras e participar de encontros literários, esse fato era, muitas vezes, mencionado. Mas a minha cidade, aquela a quem eu verdadeiramente pertencia, não era a Palmas de meu pai. Era a Vila Elisa, onde o Dr. Bernardo pusera a sua fantasia da qual os moradores, na verdade, se orgulhavam mais do que de sua própria cidade urbanizada. Ela permanecera no alto, encarapitada em sua colina, seu torreão continuava a se destacar por cima dos edifícios, por onde quer que olhássemos. Ficava iluminado de noite e, tenho certeza, todos os olhares se voltavam para ele, quando as pessoas regressavam às suas casas, vindo do trabalho, ou de suas incursões noturnas. Não sei se alguém o conserva ainda aceso, luz mortiça velando o mistério da casa. Vejo-o agora contra o azul, cercado das nuvens baixas e grossas do céu mineiro, lembrando outras cidades em outros países, e alertando Palmas sobre a existência dessas terras. O torreão da Vila era como um sinal do mundo e sempre fiz dele uma estação da qual eu pudesse, um dia, partir. Não eram as ruas de traçado perfeito que, vistas ali, me chamavam a atenção. O que atraía eram as luzes que, quando se acendiam, pareciam misturadas e confusas, saindo de dentro das janelas por trás das quais sombras se moviam. Nestes momentos, eu encontrava a minha cidade e dela participava, incorporando-me ao mistério que, apesar de tudo, guardava. Ao mesmo tempo eu pensava que aquelas luzes prosseguiam pelo mundo e que estavam, naquele momento, acesas em muitas partes, em distâncias infinitas. Na minha infância e na minha juventude, o torreão foi o lugar onde eu fui capaz de sonhar todos os sonhos. Poucos terão partido como eu, mas a torre, arabesco no ar, os conduzia, no traço de seu desenho, a lugares que não estavam nos mapas e que prosseguiam pelo azul no rastro das nuvens. A cidade urbanizada de meu pai não deixou à mostra as montanhas que a cercavam. Sua visão era agora obstruída pelos altos edifícios e delas só aparecia, em cima dos prédios, os picos. Muito mais tarde o Dr. Bernardo se deu conta disso e lamentou não tê-las deixado a descoberto. Mas o torreão da Vila Elisa continuou bem visível, não como um desafio ao sonho, como eram as montanhas, mas como uma indução a ele. O pára-raio nele instalado mostrava os pontos cardeais, explicava as direções da cidade: o norte, o sul, o leste e o oeste. Mas para o povo, essas direções se alongavam além dos limites do lugar e serviam de ponto de referência para outras regiões mais perigosas. Pois a Vila não inspirava muita confiança no terreno do concreto, embora o povo não a pudesse dispensar como um dado real, absorvendo tudo o que se passava dentro dela, exibindo-a aos forasteiros da cidade como se participassem de sua vida. Ao contrário dos habitantes de Palmas eu podia me colocar no alto do torreão e dele contemplar a cidade. Quando voltava a cabeça para cima as nuvens pareciam próximas de mim, constituindo um lugar mais concreto do que aquele que se descortinava a meus pés, no qual sempre me senti um pouco visitante. Nunca dispensei, depois, ao longo da vida, o hábito de conviver com as nuvens e sempre procurei janelas que se abrissem para elas. Tirava delas o sentido de evanescência tão necessário à composição dos meus textos e à minha própria vida. Também me davam o sentido de liberdade que, cada vez mais, norteia meus passos. Assim, o pára-raio do torreão, que para a cidade apontava os pontos cardeais, para mim, através da sua haste voltada para o céu, enfeitada de flores, apontava as nuvens. E de noite, se as luzes de baixo me pareciam confusas e distantes, as estrelas em cima me pareciam nítidas e próximas. Nunca me senti muito habitante da cidade governada por meu pai, e sim da Vila Elisa, governada por minha mãe. Esgotei logo a cidade nos meus percursos sobre ela, mas a Vila nunca foi inteiramente devassada. E era ela que, de repente, vislumbrava em ruas que ficavam muito longe dos pontos cardeais da nossa torre, e vielas, esquinas e cantos, a mil léguas dali. E nem precisava morar nela para que pudesse habitá-la. Ouvi muitas vezes dizer que minha mãe se afastara da realidade dentro da casa, mas tudo o que ela fez foi concentrar sua realidade, para que pudesse transpô-la a seu bel-prazer. Meu pai, habitante do real, não teve nem esse poder nem esse privilégio.

A parafernália da comunicação desencadeou-se com a publicação de O *percurso do vento.* Dei-me conta, cedo, do enorme equívoco de tudo isso. Era entrevistada por pessoas que jamais tinham lido o livro, criticada por outros que haviam se detido em suas orelhas e, sobretudo na televisão, a banalidade dos comunicadores me assombrava. A linguagem de televisão, para mim, nada tinha a ver com linguagem do escritor, o qual via-se obrigado no vídeo a ela se adaptar ou a ela se ater, dando de si mesmo uma visão canhestra e limitada. Até aqueles que eram fluentes, que falavam bem, comunicavam um lado de si próprios que pouco tinha a ver com a sua condição de escritor e com a sua real forma de expressão. Além disso, os tímidos e introvertidos, freqüentemente melhores do que os desinibidos, ficavam prejudicados, tartamudeando em público, eles, que tinham por ofício o domínio da palavra. A trivialidade da palavra televisionada, que a emascula como forma de expressar o pensamento humano como fonte geradora de beleza e de idéias, fazia com que parecesse uma traição ao meu ofício submetê-la àqueles padrões. Mas os livros tinham que ser vendidos e, segundo me diziam, não havia outra forma de cotá-los no mercado. Acabei me convencendo de que aquelas aparições na televisão não ajudavam a vender o livro, e sim, ajudavam a difundir o nome do escritor a um público que estava apenas interessado numa imagem de sucesso, não na obra. Ah, a violência que tive de fazer contra mim mesma, as vezes em que fui convocada e aceitava o convite acreditando que, assim, ajudaria a vender minha obra e que poderia, falando, esclarecer meu texto! Cheguei a sugerir à editora propiciar ao escritor um treinamento para a televisão, ministrado por técnicos, como no início do cinema mudo, para que ele aprendesse aquela tarefa nova que lhe era cometida: falar. Mas não podia deixar de pensar que estava armando uma armadilha para o leitor incauto, o qual, ao ver aquela mulher se expressar sobre assuntos que interessavam a ele, fosse comprar o livro mencionado e lá se deparasse com coisas que lhe parecessem esotéricas, alheias a sua realidade. Aprisionada, também, em seminários, congressos, encontros, descobri que a maioria das pessoas que os freqüenta lê livros apenas como objeto de trabalhos, teses, aulas, debruçando-se com autoridade sobre os textos dos escritores como material de laboratório faltando, entretanto, à maioria deles, a paixão e até o gosto pela literatura. Absorvida nessa tarefa, a legião dos especialistas em Letras lê, na verdade, pouquíssimo. O meu próprio livro era transformado em frases bem elaboradas, totalmente idiotas e concluí que os meus leitores se constituíam nos raros amantes da literatura, um número reduzido, e era a eles que eu devia atingir. Portanto podia continuar seguindo minha vocação de liberdade, abandonando os canais de comunicação, os encontros de escritores, e entregar meus textos diretamente aos leitores, para seu prazer ou repúdio. Se eu tivesse de sacrificar minha liberdade à literatura, preferia abandonar esse ofício o qual, para mim, só teria sentido se eu pudesse continuar seguindo, a meu prazer, o percurso do vento, o rumo das nuvens. Minha profissão era a advocacia, a literatura, meu ofício. Um ofício não precisa se subordinar às regras do mercado. Tenho que vagar ao sabor da minha criação pois o Espírito sopra onde quer. Elisa Avellar se apresenta, na literatura, como dona Olympia Cotta, em Ouro Preto. Ela, vestida de roupas de baú, com resquícios de fausto, boás, chapéus de flores, na cabeça branca, e tendo nas mãos um cajado, vagueava pelas ruas de Ouro Preto, dizendo: "Sou Olympia Cotta, pobre porém nobre". Era de nobre estirpe decaída, mas não aderiu à decadência, opondo a ela sua liberdade e seus andrajos orgulhosos. Não se transformou em parente pobre em casa dos ricos, ganhava seu próprio sustento, estendendo a mão em troca da imagem que oferecia às máquinas fotográficas dos visitantes. Não usou as roupas relegadas, de parentes distantes, mas as tirou do baú da sua estirpe, exibindo-as segundo seu próprio gosto. Vagava pelas ruas no percurso do vento, transformando-se num elemento da própria cidade, exibindo uma teimosia que, se não se transformava nos contornos barrocos do Aleijadinho, construía no ar imagens que, interpondo-se ao casario colonial e às igrejas severas, desarticulavam a sua arquitetura, colocando uma ponte entre o delírio barroco e os estilos mais sutis e mais leves, voltados para o homem e não para Deus, que a ele se seguiram. Assim, Ouro Preto, em vez de exibir apenas os fantasmas dos mártires da Inconfidência, exibia a imagem colorida e ubíqua de dona Olympia

Cotta, que parecia estar em vários lugares ao mesmo tempo, tal era a agilidade com que se movia. E dessa forma, a cidade era fiel a si mesma, insubmissa que fora, prestando mais contas a Deus do que aos homens, ouvindo os conselhos dos santos inconformados criados por Antônio Francisco Lisboa. Elisa Avellar, a escritora, é da raça de Olympia Cotta, a vagante, e presta contas apenas a si mesma, sentindo um tédio mortal da vida moderna, seus aviões feitos à medida dos executivos (ah, os navios, os grandes transatlânticos, na esteira do mar!), sua eficiência, sua comida congelada, seus jantares americanos. Tudo isso acabará estiolando a alma humana. Como fazer Homero ao alcance de todos? O computador encontrará a fórmula certa. Temos que prosseguir iguais, triviais, perseguindo as recompensas que nos são anunciadas. Não permitirei que a raça de minha mãe seja estiolada. Quero escrever aqui esse nome: Olympia Cotta. Herdo seus andrajos, as palavras. Apanho seu cajado e prossigo, airosa, sem pesos na indumentária ou outros pesos na alma, senão aqueles que me foram agregados no ventre materno, inerentes à minha condição humana. Quero o corpo leve e a alma sem atavios, vestida com sua própria essência. Isso persigo. Enfarei-me cedo com o sucesso, flor de estufa. Sempre preferi flores do campo, selvagens urzes que florescem ao vento uivante. Não corro atrás de imagens construídas, o que procuro são figurações que, desenquadradas da órbita do olho, são capazes de dilatar a pupila da alma. O sucesso é pouco, cáctus que devora carne, nutrindo-se de mau cheiro e não de seiva. A glória sim. A glória de Byron, sua legenda espalhada pelo mundo no pólen das flores. A glória que faz dos poetas, heróis. Que cria mitos, no rastro dos quais caminhamos. O sucesso é mercenário, a glória não. Não quero ser esvaziada de mistério e vendida, trocada por pratos de lentilhas. Ser reles na vida, eis a chamada, escrita em letras coloridas.

A realidade me entra em casa pelo telefone, razão pela qual resisto sempre em atendê-lo. O homem do banco diz que preenchi o cheque errado. Meus dois filhos, com suas vidas próprias, pedindo socorro, espojando-se ainda no meu ventre materno já estéril. Meu ofício de escrever relegado à mais ínfima condição. Ele dá poucos lucros, poucos dividendos, não merece o mesmo respeito que o dos executivos, protegidos por secretárias e salas acolchoadas. Se sou convidada e digo: "estou escrevendo", as pessoas riem, insistem, e se recuso, se sentem desprezadas. "Depois que fez sucesso, deu de ser original". Respeitam-me, um pouco, pelo retrato no jornal. Quem lê meus livros? Nunca os antigos amigos, as pessoas da família, capazes de ir apenas às dez primeiras linhas. Digo a uma velha amiga que jogo no lixo os convites de casamento que recebo, sem abri-los. Ela fala ao marido: "Viu como são os intelectuais?" Há lugar na minha vida para envergar roupas cujo estilo há muito desprezei, sentar-me em mesas para comer comida sem gosto, observar a prosperidade estampada nos rostos? Não lêem o que escrevo, ou não me convidariam. Se me chamassem para um baile de vampiros, iria, mesmo que me chupassem o sangue e me transformassem em habitante da morte. Minha porta esteve muito tempo aberta, procurei ter em casa seres de elite, espécimens raros, que se deleitassem com a boa comida que fazia. Como uma Virginia Woolf desprovida dos trezentos quartos, e Vita dispondo apenas de três e uma sala, ofereci repastos a um grupo de Bloonsbury, o qual se comprimia num cômodo com poucas medidas, os pratos mal equilibrados nos joelhos. Pensava que o meu toque pessoal de elegância e de delicadeza dispensava maiores espaços. Pura ilusão. O cotovelo não deve ser atropelado. Além do mais, havia muito joio no trigo, e eu mesma me encantei por pérolas falsas. Hoje quero sossego. A campainha muda, econômica, meus ouvidos, atentos a outros sons. Já tive espaços maiores, terraços dando para o mar. Agora me recolho, e a janela aberta para as nuvens, o café da manhã, de frente para os contrafortes, dimensionam a casa. Desejo poucas pessoas na soleira da porta, quando eu mesma chamar. E estas já conheço, não apenas pelo nome, mas pelo que são. Os seres foram ficando triviais. Poucos, os que têm mistérios. Os outros são decifráveis à mesa de jantar. E muitos não desistem, ignorando a aspereza do meu tom. Que querem de mim? Sou de pouca valia, o melhor de mim mesma consumi em palavras. Por que não lêem os meus livros? É doação bastante e espremi meu sumo neles. Mesmo assim, espremida, me convocam, contentes com o meu bagaço. Mas por que haviam de ler o que escrevo, se podem me digerir à mesa? Nunca abriram um livro meu e, não sou eu mesma, um livro aberto. Em que posso, então, servi-los? Os que me leram, leram, e pronto. Não precisa mais. Além de escrever livros, sou obrigada a falar neles, como se não bastasse. Pensam que estamos sempre engendrando textos, prontos a irromper da cabeça. "Que está escrevendo agora?" "Nada, meu senhor, minha senhora, no momento estou jantando". Quando não posso evitar, escrevo. Às vezes, penso que me livrei do mal. Meses e meses sem vomitar nenhum verbo. E, de repente, o mal assoma, eis-me a gestar no vazio. Pensam que é fácil. Enviam-me questionários: "quando foi que começou a escrever?" Começo sempre e quando acabo um livro, digo: "nunca mais". Mas que interessa isso? Acabam me obrigando a me levar a sério e Deus me livre desse mal, comum entre escritores. Ah, quando consigo caminhar sem percalços, sem me deter, o silêncio em volta, eu embalada no ritmo das palavras! Quando sinto que derrubei a camada espessa de barro, lama, cimento compacto, que me separa do cristal translúcido, transparente, onde se aninha a criação! Por momentos, sinto-me tocando-o e eis que ressoa. As palavras caminham como um rio onde flutuo. Já não sou sem elas. Se um quarto de lua se enquadra na janela do meu quarto ou se no ar a primavera se pressente, tudo flui nas palavras. Tamanha leveza não é dada aos humanos nem aos pássaros. Nem sinto o respirar. Quanto tempo passou? Deparo-me com a página preenchida de letras, traço dos mortais.

Devo encontrar Lúcia. Preciso telefonar para a Vila Elisa e perguntar a Germana seu endereço, certamente num daqueles prédios construídos por meu pai, com gramados na frente. Lembro-me que, quando se casou, minha mãe lhe deu de presente esse apartamento. Ouvi conversas no quarto de costura sobre a arrumação da casa, enquanto paninhos de crochê eram fabricados e colocados em chá forte para adquirirem uma coloração especial. Mamãe encarregara-se do enxoval, encomendando parte dele no Asilo Bom Pastor, como fez comigo anos mais tarde, e bordando ela própria, junto com a noiva, outra parte. Aprendi, nessa época, a distinguir o linho belga do linho irlandês, um usado para os lençóis, outro para as toalhas. Mamãe desenhou ela própria os monogramas, preenchendo-os com ponto de sombra, entremeado com ponto cheio, ou ponto *richelieu.* Havia muitos lençóis enfeitados com bainhas de laçada; decorei os gestos de desfiar o linho, para depois apreender os fios com pontos delicados. Uma toalha branca com *muguets* estava sendo bordada por Lúcia, enquanto mamãe encarregava-se de outra em que lírios com hastes verdes iam aparecendo, nítidos, com linha brilhante. Vi um dia surgir um roupão branco de lã, com alamares dourados, fechado como um casaco militar. E comecei depois a ver a elaboração do vestido de noiva para cuja confecção uma costureira fora contratada. Vi os moldes serem armados na mesa, traçados com giz e depois se encaixarem formando mangas, costas, cavas. O tecido era um cetim *duchesse* liso e mole, escorregando em drapeados como água despejada. O linho para a roupa era encomendado em partidas e minha mãe o desdobrava com gestos geométricos para cortá-lo, separando as peças e depois tornando a dobrá-lo cuidadosamente, seguindo os sulcos que nele permaneciam. Havia, também, peças de cambraia suíça destinadas a pontos delicados, principalmente ao *pois* e ao *festoné* e, também, à confecção de blusas fechadas por botõezinhos encapados que se aninhavam em casas imperceptíveis, construídas a mão. O anel de noivado de Lúcia, chamado Romeu e Julieta, pérola e diamante, reluzia sobre o linho enquanto bordava, dando como que continuidade à brancura do tecido. Naqueles meses que antecederam o casamento, o quarto vestia-se de branco, os retalhos, espalhados pelo chão e depois guardados na cesta, não eram mais multicoloridos e se diferenciavam pela consistência, pelas variações do branco, que iam do azulado ao leitoso ou, como no caso do cetim, apresentavam um brilho translúcido, perolado, dando uma nota preciosa ao espólio. Elisa e Lúcia pareciam felizes naqueles dias azafamados, tinham os olhos brilhantes e as inflexões de voz, que eu escutava por detrás da porta, soavam tão cristalinas quanto os risos que eu já vinha ouvindo no caminho, quando me dirigia para o quarto. Meu enxoval e o de minhas irmãs não exigiram de minha mãe tantos cuidados. O bragal, a *lingerie,* foram encomendados no asilo e, as roupas, adquiridas no Rio, para onde viajávamos de carro, passando dias no afã de comprá-las, dona Elisa no comando. Mesmo eu, não escapei ao ritual. Dona Elisa bordou pouco meu enxoval, contentando-se em dirigi-lo, selecionando os riscos e os tecidos, já que eu preferia ser surpreendida do que participar da escolha. Não a vi, nem por um momento, tão concentrada e tão alegre como na época do casamento de Lúcia, que foi para ela, creio, quase uma repetição do seu. Mesmo quando se isolou de tudo, marcando dias, cada vez mais espaçados, de visita, permaneceu ligada à prima, a qual, não tendo tido filhos, não precisava permanecer na própria casa, e continuava incorporada à Vila. Lucas, seu marido, tornara-se o secretário de meu pai, pessoa indispensável ao seu trabalho. Mas ele só freqüentava a ala do patrão raramente saindo dela, para o lado oposto. Lúcia, na verdade, era prima de meu pai, não tendo com Elisa laços de sangue. Quando criança eu não sabia disso, e quando soube, mal acreditei, tanto as duas pareciam semelhantes, oriundas do mesmo tronco. Lúcia transferiu-se para o solar quando minha mãe ali se instalou para morrer. A doença, lenta, se tornara irreversível, mas ninguém, nem mesmo o médico, revira um final tão rápido. Dona Elisa anunciara a sua mudança dizendo que queria poupar a Vila do cheiro dos remédios aos quais o solar já devia estar acostumado, tantas doenças haviam lá ocorrido. Tio Gustavo o habitava agora, sozinho com a criadagem. Havia espaço de sobra para morrer, e a capela tinha, sem dúvida, as condições ideais para o velório. A família interpretou a mudança de minha mãe como um desejo de se reaproximar dela, e, como sempre, se equivocou. Lúcia não podia deixar de estar presente, exercendo uma cumplicidade cedo iniciada e nunca interrompida.

Não presenciei a agonia de minha mãe, mas ainda a encontrei vivendo e, seguindo um movimento de Lúcia, cerrei seus olhos. O gesto era um convite para que eu tomasse o seu lugar, substituindo-a no papel que lhe cabia até então. Meu movimento não foi suave, antes brusco: não podia ceder lugar, sem resistência, à morte. Cerrando os olhos de dona Elisa, estava afastando deles, de vez, as imagens da vida; não podia me conformar com isso, antes queria abri-los mais. Sabia, no entanto, que tinha de cumprir o meu papel. Dona Elisa não me teria perdoado nenhuma impropriedade. Lúcia acompanhou meu gesto e, imediatamente, cruzou as mãos da amiga. Estava, então, selada a morte, preparado o despojo e a morta não mais pertencia a si mesma. Vi Lúcia esgueirar-se para dentro da casa, enquanto a família se vergava sobre o corpo inerme de minha mãe que, em vida, preservara tanto a sua solidão e agora estava à mercê, cercada por todos os lados, pranteada como uma companheira inseparável, até que a pusessem, enfim, no túmulo, onde não teria de cumprir mais nenhum papel, nem o de amar, nem o de ser amada. Pensei: "Não é aqui que ela está, é na Vila Elisa, feita à sua imagem e semelhança e de material mais permanente. Tenho onde encontrá-la". Mas a dor de saber que ela própria não estaria presente para me receber, atingiu-me tão fundo, que caí numa cadeira sem conseguir manter-me em pé. Só fui encontrar Lúcia, novamente, no velório, enchendo o caixão de lírios e, de repente, a enxerguei de branco, no dia de seu casamento, carregando os lírios apanhados como aqueles, dos jardins da Vila. Ela percebeu que eu notara isso e me disse: "Foi ela que os plantou, quando você era criança". Os olhos oblíquos, já agora baços, tinham tanta expressão de sofrimento quanto naqueles dias que antecederam ao casamento, de felicidade. E vi minha mãe sentada no quarto de costura, dobrando o linho, ouvi sua voz sussurrando coisas para Lúcia, o nome de meu pai pronunciado baixo. Eu me sentia alijada daquela fase de sua vida, seu mistério vindo a mim apenas através das palavras furtadas por detrás da porta. Sentia o olhar de Lúcia me seguir, mas logo a sala foi se tornando repleta e a perdi de vista. Recuperei-a no cemitério e só então vi seu marido, que se dirigiu para mim, mão estendida. Ficamos juntos os três quando o corpo desceu ao túmulo e lá se encerrou. Quis ir para a Vila imediatamente. Lá encontrei o bordado e voltei para casa, sem me deter.

Gosto, ainda hoje, de remexer na "caixa do tempo", como chamo o estojo de instrumentos de relojoaria de Herr Rommel, a mim entregue, um dia, por minha mãe. É uma caixa retangular de ébano, com uma cercadura de madeira clara, forrada de veludo vermelho. Presos em alças estão os instrumentos de relojoaria, todos em prata, peças da melhor ourivesaria. Sempre me fascinou a pequena tesoura de pontas finas, espantosamente delicada, semelhante a duas outras, um pouco maiores, cuja serventia em relação à cronometração do tempo não cheguei a deslindar. Herr Rommel não exerceu no Brasil sua profissão de relojoeiro. Chegando de Hamburgo comprou terras em Palmas, criou gado, montou uma fábrica de manteiga e queijos e ali ficou, tornando-se um dos maiores fazendeiros da região. Nas horas de folga voltava-se para os relógios e pude vê-lo muitas vezes, de luneta, a remexer complicadas engrenagens com uma paciência que não combinava com a arrogância germânica a ele atribuída. Casou-se com uma brasileira e não tendo gerado filhos, mas apenas Elisa, minha bisavó, seu sobrenome se extinguira. Procurei em Hamburgo, os rastros da família e os encontrei com facilidade. A grande relojoaria de onde tinham procedido as jóias requintadíssimas de minha mãe ali estava ainda, pertencendo agora a primos que usavam o mesmo sobrenome. Moravam numa casa de tijolos vermelhos, de dois andares com grandes jardins e, através de fotografias, de quadros, pude acompanhar os traços familiares, o queixo quadrado que nos acompanhou a todos. Joachim, segundo as lendas, abandonara a cidade aos vinte e dois anos, em direção ao Brasil, em conseqüência de um noivado desfeito e, juntando o quinhão que lhe sobrara da herança materna, comprara terras numa região montanhosa, de grandes pastos, cuja extensão escapava à compreensão daqueles pacientes e parcimoniosos manipuladores do tempo, acostumados a cultivar pequenas lavouras. As fotografias das imensas boiadas de Herr Rommel deviam perturbar-lhes a alma. Segundo eles, Joachim gostava do mar e, quando criança, acompanhava o avô ao porto quando alguma mercadoria era trazida de navio para a grande relojoaria. Afirmara, certa vez, que se tornaria marinheiro, profissão desconhecida na família, constituída há algumas centenas de anos de negociantes prósperos. Assim, não causou muita estranheza que o moço desiludido se fizesse ao mar e viesse a cultivar terras que para os hamburgueses pareciam ter extensão do oceano. Pude ler as cartas de Joachim dando notícias suas à família, e o seu convite de casamento com dona Elisa, impresso com letras em relevo, o monograma dos noivos a encimá-lo. Vi também, num envelope, um rótulo das latas de manteiga de Herr Rommel, a vaca holandesa pastando em campo verde, e em letras douradas a marca "Laticínios Rommel", exatamente como permanece até hoje. Vi também uma carta de minha bisavó anunciando a morte do marido e, a partir daí, nada mais, a não ser o convite de casamento da avó Elisa e, bem recentemente, carta de minha mãe, anunciando sua visita para o mês de setembro de 1960. De fato, dona Elisa ali estivera quando da sua permanência na Europa e todos ainda se lembravam dela, bem como do seu alemão perfeitamente audível, transmitido a todos os descendentes de Herr Rommel. Um cartão-postal da Vila Elisa estava num porta-retrato em cima do piano, perto de uma fotografia da própria Elisa e um daguerreótipo do casamento de Joachim Rommel, a mesma pose que vi muitas vezes reproduzida no solar e na Vila. Nem meu pai nem minha mãe conservaram seus nomes europeus, ela de forma natural, ele, por adoção ao nome Salles. Das origens européias paternas, sempre soube muito pouco. Imagino que tenham vindo como imigrantes da Itália. Creio que nem meu pai sabia muito a respeito disso. Nunca poderia imaginá-lo usando outro nome que não o de Bernardo Salles. A Itália nunca esteve na nossa geografia familiar. Ao passo que Hamburgo, sempre nos pareceu estar muito perto de Palmas.

Levanto-me para remexer na "caixa do tempo", abandonando o bordado. Ocorreu-me subitamente que poderia usar alguns instrumentos de relojoaria: a pequena tesoura para cortar a linha, a espátula para estofar a cauda do pavão. Experimento: a tesoura é ainda afiada e a espátula, passada no avesso da fazenda, infla um pouco a cauda do animal. Os instrumentos de Herr Rommel e os meus são todos elementos do mesmo universo, exigem, no seu manuseio, delicadeza, meticulosidade, precisão. Não sei por que a profissão de relojoeiro não foi, nunca, atributo das mulheres. Consideradas exímias em tarefas delicadas, nunca dividiram essa com os homens. Suas mãos, menores e mais leves, talvez manejassem melhor esses instrumentos delicados, que pareciam desaparecer entre os dedos de Herr Rommel, exigindo dele um adestramento a que seu ofício de fazendeiro não o predispunha. Talvez a necessidade de fazer gestos largos o tenha estimulado a abandonar aquela primeira profissão, a qual não cogitou nunca de exercer em Palmas, usando-a apenas para uso doméstico e como forma de apaziguar o seu temperamento. Se teve alguma derrota sentimental em Hamburgo, Palmas o compensou largamente, enriquecendo-o e tornando-o respeitável em todo o território. Via-o, já bem velho de botas e chicote na mão, apear-se do cavalo, com uma energia que parecia não combinar com sua antiga profissão. Mas o método e a disciplina que imprimiu a seus negócios, esses eram hamburgueses e foram aprendidos na relojoaria Rommel. Olhando agora seu estojo, associo-o à caixa de costuras de minha mãe. E penso que, ao manusear seus instrumentos para ajustar o tempo, o bisavô tinha de se submeter a grande concentração mental. Ao passo que os instrumentos de costura proporcionavam maior liberdade, pois enquanto a mão os comandava, a cabeça podia estar longe, e até desencadear imagens que desaprisionavam o tempo. Essa era a diferença entre o estojo de Herr Rommel e a caixa de costura de minha mãe. É que a segunda, quando a abríamos e dela retirávamos seus apetrechos, nos liberava, através das imagens que perpassavam em nossas cabeças, o tempo. Ao passo que os instrumentos de Joachim Rommel serviam para milimetrá-lo, exigindo uma concentração que não permitia nenhum devaneio. Nesse momento, depois de retirar da caixa do tempo os aparelhos de relojoaria, volto a bordar. E logo substituo as figurações que até então perpassavam, por outras, vindas sem que eu mesma as convocasse. É Álvaro que aparece diante de mim. Meu morto mais amado.

Quando morreu, pensei: "Não quero nunca mais ter um amigo. Não preciso. A amizade selada com este me satisfez". E senti um certo alívio em pensar que, dali por diante, poderia exigir pouco da amizade, liberando seres de tal sentimento em relação a mim, e me poupando dela. Em certas manhãs, porém, ao despertar, penso: ele não vive. E isso me paralisa a vontade de viver. Abro a cortina, mas o sol não altera a escuridão. Sua ausência é isso: uma nota a menos nas coisas. Dividia com ele meus prazeres da alma, o último livro, o concerto perfeito. Quem velará, agora, a alma comigo? É esforço demais. Minha existência no mundo teve duas testemunhas: Álvaro e dona Elisa. Agora, prossigo sem espectador. Cada vez mais é ao passado que presto contas e só através dele tenho a visão unívoca de minha vida. Penso, às vezes, que não é para frente que caminhamos. É para trás que prosseguimos, carregando as imagens do presente, o futuro um acréscimo que se esgota na órbita do dia. Álvaro teria sofrido junto comigo a morte de minha mãe, única pessoa com quem eu seria capaz de partilhá-la. Entrou um dia, comigo, na Vila e pareceu ali natural, como se aquele tivesse sido, sempre, o seu lugar no mundo. Sentou-se ao piano de minha mãe e tocou *Pour Élise*, enquanto nós duas o contemplávamos em silêncio sentadas no sofá. Eu não o tinha conhecido em minha juventude mas parecia que, naquele momento, ele se apossava dela. Ficou sendo uma espécie de elo entre minha mãe, a Vila e a vida fora dali. Quando o conheci no escritório de advocacia, tinha acabado de se desquitar e eu ainda estava casada com Pierre. Não voltou a se casar e eu me separei poucos anos depois. Aprendi com ele a dissecar as leis, torcê-las, interpretá-las ou, às vezes, cumpri-las rigorosamente, exercendo um jogo de inteligência que me seduzia. A minha visão anárquica das coisas sempre conviveu com a idéia de que o mundo tinha que ser um lugar ordenado, para que vivessem nele seres particulares. As leis, para mim, eram como as notas de música, que precisavam primeiro ser ordenadas para que depois delas jorrasse a criação, a transfiguração do mundo. Jamais admitiria um mundo sem leis e cuidar delas me parecia uma tarefa importante. Gostava dos advogados com suas matreirices, mas não gostava daqueles que exerciam a Justiça: graves, solenes, sem senso de humor ou visão do mundo, equivocados. Aprendi a estudar leis e a receitá-las, como os médicos fazem com os remédios. Guardei, dessa época, um caderno: era quase um receituário, com o nome do cliente escrito em cima, a "doença" diagnosticada e a lei a ser aplicada como remédio ao mal. Álvaro achava graça no meu método e, quando comecei a escrever, aconselhou-me a transformar aquele receituário num livro, transformando a linguagem jurídica em literatura. Idéia que eu considerei muito boa, mas que não se adaptava ao meu estilo. Ele concordou com isso, depois de ler meu primeiro trabalho. Ganhei dinheiro com a advocacia, ainda ganharia hoje se o quisesse, mas deixei de praticá-la. Álvaro continuou a exercê-la, até morrer, com um refinamento cada vez maior. Tivemos, ele e eu, uma vida quase em comum, encontrando-nos todos os dias no trabalho e fora dele, viajando juntos, sem que o amor nunca tivesse se introduzido entre nós para quebrar a harmonia de nossas relações. Tínhamos nossos casos amorosos, mas nunca dispensamos a companhia um do outro. Talvez o nosso relacionamento tenha impedido uma entrega nossa mais profunda a quem quer que fosse. Ou, talvez, tenha nos livrado dela. Otávio me dizia que vivia a três comigo, que eu nunca vivia a dois com ninguém e sim a três, por causa do Álvaro. Acabei ficando exigente em relação ao parceiro amoroso, pois tinha meu amigo como parâmetro. O que foi bom. Em geral a figura deles se esfacelava, ficando aquém das minhas exigências. Posso hoje concluir que nenhum dos meus amantes saiu íntegro da relação amorosa. Pelo menos para mim. Sofria o final do amor com grande impacto e, logo em seguida, o amado se esvaziava como as bolas de soprar que, ao serem estouradas, fazem grande barulho mas depois se transformam em frangalhos. Consegui amar alguns seres reles, eu, cujas duas profissões, a de advogada e a de escritora, faziam com que me debruçasse sobre a alma humana. Vejo, porém, hoje, que isso não tem a menor importância. Faz tudo parte da mesma farândola. A relação amorosa prescinde de qualquer realidade. E nem o sofrimento que se retira dela é real. Há muito aprendi a não partilhar a minha vida. Álvaro foi a última pessoa com quem fiz isso, pois entre dona Elisa e eu não se fazia necessária a presença física. Não pensei que ele morreria antes dela. Sei que os dois se correspondiam, mas nenhum dos dois me mostrou, jamais, essas cartas. Muitas vezes esteve na Vila, sem que eu estivesse presente. Escolhia dádivas a serem enviadas a minha mãe quando viajava comigo, pelo mundo. Penso recuperar esses objetos, elo palpável entre os dois. Álvaro morreu num domingo, em casa, sem adoecer. Fazia tanto silêncio quando soube da notícia! Como se só o silêncio lhe sobrevivesse. Feito minha mãe, ele é também personagem do meu bordado chinês. Tinha que ser assim. Eu sobrevivi para bordar.

Amanhã vou telefonar a Lúcia. Descobri o endereço dela num cartão que me foi enviado quando recebi meu último prêmio. A telefonista fará, facilmente, a ligação. Não sei por que não o faço imediatamente, ou por que estou há tantos dias adiando isso. São cinco horas, Lúcia deve estar em casa, mas não pego o telefone. Retardo minha ida a Palmas. Não compareci à missa de sétimo dia rezada, na igreja, certamente repleta. (Há muito deixáramos de freqüentar igrejas, eu e dona Elisa, e de fazer orações.) Os que não tinham participado da vida de minha mãe teriam, ali, sua oportunidade. Mas preciso ir à Vila, antes que desmontem o seu interior. Não, não terão coragem de fazer isso sem me consultarem. Sou temida. Uma mulher que fez uma carreira deve possuir armas insuspeitadas. Pensam que sou poderosa e não investem muito na minha compaixão. Sei ser implacável quando é preciso. Interrompo agora o bordado para tomar chá. Faz um dia raro de frio no Rio e é preciso brindá-lo por sua exceção. Não posso mais suportar o calor desta cidade, deve ser meu gene alemão aflorado. A campainha toca e entra Marie. Tão bonita! Produto de uma raça apurada, refinadíssima. Às voltas com seus figurinos de teatro. Sentamo-nos juntas para o chá. Nem ela nem Manuel foram ao enterro da avó, nem consegui avisá-los, pois não sabia onde encontrá-los. Conviveram pouco com dona Elisa. Marie diz que gostaria de ir à casa comigo. Irei primeiro sozinha, depois a chamarei. Manuel é músico, vive tocando pelo mundo. Não falo com ele há um mês. Está fora da cidade. Somos parecidos e, ao mesmo tempo, dessemelhantes. Vivem sozinhos, cada qual em sua casa, depois de terem morado comigo muito tempo. Nem jantares de família, nem almoços de domingo. Às vezes aparecem assim, sem avisar, mas, em geral, não procuram me surpreender, pois não gosto disso. Viemos ao mundo em épocas diferentes, é preciso deixá-los viver seu tempo. Manuel toca rock e eu ainda não me habituei ao gênero. Marie está adquirindo renome como figurinista. Gosto do trabalho dela. Manuel não lê o que escrevo; Marie, sim. Ama as escritoras inglesas, Virgínia Woolf, Katherine Mansfield, Emily Brontë. Lê mais inglês que português mas, ainda assim, me lê. Acho difícil ser mãe mas, neste momento, me parece fácil. Marie não tenta me consolar. Pouco sabe da minha vida em Palmas, pouco a freqüentou, a vida no Rio lhe exigiu demais. Pierre talvez tenha se dedicado mais aos filhos do que eu. Estudaram no colégio dele, diretamente sob sua orientação. Dona Elisa nunca se dedicou muito aos netos. Sempre pensei que eu precisava me deter mais nos filhos, conhecê-los melhor, mas o tempo não me deu trégua.Talvez ainda possa fazer isso, agora que parei de trabalhar. Essa luta com as palavras, essa procura persistente e meticulosa do verbo para com ele desvendar, um pouco, a vida, exigiu demais de mim. É um trabalho insano, e nele empenhei a alma. Às vezes, ia tudo de rojão. Distraía-me de tudo, atenta apenas aos enredos que ia traçando no papel. Mas, pensando bem, Marie e Manuel estarão mesmo interessados em se fazer conhecer por mim? Até que ponto desejam saber a meu respeito, até que ponto interessa a eles a história de uma mulher mais velha, em grande parte desenrolada antes que estivessem no mundo? Fomos educados na crença de sermos os seres mais importantes da terra para os nossos filhos e que o contrário também é verdadeiro; não será isso um equívoco? Nunca surpreendi em meus filhos a avidez que eu sentia em criança para apreender segredos. Buscava os cantos, os corredores, atenta aos sussurros e às palavras ditas em voz baixa. Minha mãe parecia concentrar todos os mistérios, era a esfinge que eu procurava avidamente devorar. Descobri sempre muito menos do que queria, contentando-me em juntar os sinais para serem desvendados ao longo da vida. Não é agora que meus filhos saberão de mim, nem me cabe exigir sua atenção. Quanto a eles, tenho que me contentar com o que desejam revelar. A cada um, seu mistério, e uma família tem mistérios entrelaçados, transmissíveis, carregamos uns os enigmas dos outros, legados no sangue. Nenhum de nós pode ser desvendado isoladamente e talvez não o possamos ser nunca. O gesto de Marie segurar agora a xícara de chá, conheço-o muito bem. Sei de onde vem. Apenas um movimento imperceptível no ar e a sala é preenchida com outra presença. Ela pede para ver meu bordado e me diz que no seu próximo figurino usará um penhoar chinês, pois a peça gira em torno de uma mulher dos anos 20. Pede detalhes sobre o penhoar de dona Elisa. Descrevo-o como imagino que ficaria depois de pronto e a imagem de minha mãe na sua beleza de deusa, aparece diante de mim. Marie tira o *passe-partout* oval de cima do dunquerque e diz: "ela devia ficar linda com essas roupas..." Novamente o mesmo gesto, no ar. "Por que você não escreve uma peça sobre vovó Elisa? Ela é uma grande personagem, não é?" As mãos de uma finura irreal perpassam nas flores de cerejeira. "Seria engraçado se eu fizesse os figurinos da peça sobre minha avó. Eu a vestiria com o penhoar que ela não chegou a usar em vida... Dona Elisa ficaria feliz com isso. Quem sabe se, algum dia, escrevo a peça." Ninguém mais poderia devolver a minha mãe sua imagem, travestida de uma China gloriosa, senão eu e Marie. Penso de novo: em que momento de sua vida ela abriu mão daquela imagem? Por que não chegou nunca a compô-la? Marie ama tomar chá na minha casa, a enorme bandeja carregada de sequilhos, broa de milho quente, torradas e geléias. "Você não deixa de conservar, engomados, os panos de bandeja e os guardanapos..." Pela primeira vez, desde que cheguei de Palmas, estou feliz, nesta intimidade com Marie. "Você ainda usa vela ralada para dar brilho ao linho? Quando eu era criança você fazia isso com meus vestidos. Outro dia pedi à passadeira do teatro que fizesse isso com a blusa da heroína. Sabe que deu certo?" Retoma ao bordado: "Engraçado como você borda bem... Uma escritora!... Quem sabe se você poderia me ajudar com esses figurinos dos anos 20? É por isso, também, que estou querendo ir à Vila, para pegar fotografias de vovó Elisa! O cenógrafo ficaria louco se visse a casa." "Sim, iremos, mas não agora." Preciso primeiro ir sozinha, antes que a casa seja devassada. "Sabe, mãe, as minhas recordações de infância são quase todas daquela cobertura, de onde se avistava o mar inteiro. Manuel e eu passávamos os dias no terraço, enquanto você trabalhava. Lembro-me do farol de noite. Parecia pequeno, desamparado no meio do mar... Em criança o imaginava cheio de sereias... Eu vivia sonhando com uma baleia imaginária, inventada por mim e por Manuel". As recordações de minha infância não incluem o mar. Nunca tive intimidade com ele, apesar dos anos passados na cobertura. A casa dos meus filhos era clara, sem meandros, invadida pelo sol. Eles não se preocupavam em desvendar segredos, tudo estava à mostra. Lembro-me, de repente, de Marie me apontando no céu, uma enorme lua vermelha, de verão: "Mamãe, a lua arrebentou..." Havia cheiro de maresia no ar. Nunca poderia transferir aos filhos minha infância, minha juventude, e isso me pareceu, subitamente, doloroso, resultado de um mal inevitável. Acompanhei pouco essa fase da vida deles. O que se passava no terraço enquanto eu trabalhava? "Sabe, mãe, até hoje quando eu acordo, parece que ouço gritos de gaivotas..." Eu não imaginava que aquela fase da vida de meus filhos os tivesse marcado tanto, não registrara todas aquelas pequenas sensações, sons, luzes, cheiros, que os tinham impregnado. Amo Marie, amo cada gesto seu. "Que pena não podermos recuperar a cobertura, não é?" "Não tem importância, mãe. Sabe que ela é um segredo entre Manuel e mim? Às vezes andamos juntos naquele trecho do Arpoador, passamos em frente à casa do nosso velho jardim-da-infância... Lembro-me de quando você chegava do trabalho. Nós esperávamos você de banho tomado no terraço..." Vejo os dois, vestidos de marinheiro. E agora me parece tudo tão remoto, mais distante do que a Vila Elisa. Percorro, em segundos, lugares diferentes. Estou à mercê do espaço e do tempo fabricados pela minha própria memória. Não é no cérebro que se localiza o centro nervoso de onde se irradia essa memória e, sim, no coração. Sinto que é dali que ela se desprende, pois o órgão dói ao liberá-la. Ah, teria tanto o que chorar, se começasse! Marie está rindo: "Mamãe, você ainda tem aquelas inacreditáveis balas de violeta?" Levanto-me e vou buscar a caixa em minha mesinha-de-cabeceira. "O gosto deve ser bem mais sutil que o das *madeleines*, não é? Será que Proust as conhecia?" Estamos, ambas, rindo. Temos mais em comum do que nós próprias sabemos. Gosto de bala de violeta, quem o conhecerá?

Pego o telefone, logo após o café da manhã. A voz de Lúcia soa perto. "Elisa, estava esperando que você telefonasse". "Como é, Lúcia, já apareceu alguém na casa?" "Não, Elisa, apenas eu tenho passado lá". "E dinheiro para as despesas?" "Sua mãe deixou tudo no banco, em meu nome. A casa funciona normalmente". "Você foi à missa?" "Sim, a cidade inteira estava lá". "Houve algum sermão de padre?" "Não, ninguém se atreveu, mas o bispo celebrou a missa. Foi bonito". "É, deve ter sido". "Quando você vem, Elisa?" "Amanhã, está bom? Você avisa a Germana, ficarei na Vila". "Seu quarto está arrumado, pode vir". "Irei, Lúcia. Até amanhã. Ah, ia me esquecendo. Mande o Seu Nogueira me apanhar. Ele vem hoje e saímos amanhã". "Está bem, vou providenciar". "Até amanhã, Lúcia".

Recomeço o bordado e inicio, imediatamente, a viagem de carro, tão conhecida. Não gosto da estrada nova, embora ela encurte o caminho. A antiga fazia vislumbrar, do alto, cidades mortas onde, mesmo sob a luz clara do sol do meio-dia, jamais consegui perceber um só vivente nas ruas. Quem será Simão Pereira que deu o nome a um desses lugares, habitados por fantasmas? A nova rota é ascética, não tem curvas, nem mistérios. Mesmo assim, em certo trecho do caminho pode-se avistar o rio com suas grandes pedras e os casarões antigos em ruínas que o margeiam. Pobre Vale do Paraíba, cultivado com o trabalho escravo! Pagou por isso o preço da decadência. Terão os escravos libertados presenciado em vida a ruína daquelas casas orgulhosas e dos campos que lavraram de sol a sol? Ao se passar pela estrada, antigamente, podia-se surpreender um pouco da história e da vida do vale. Hoje o que vemos são casas de campo, sítios, lugares felizes que apagaram as marcas da tragédia. Perto de Palmas as montanhas são blocos gigantes de pura pedra, estacadas. A solidez dessas pedras me confortava em criança e, ao mesmo tempo, me amedrontava. Sua presença não convidava a entrar, mas como que estimulava a coragem dos viajantes. Todo o tempo, durante todas as viagens a Palmas, eu aguardava o surgimento daquelas montanhas, guardiãs da minha realidade. A Vila Elisa me concedia a fantasia, fantasia que carregava comigo por onde estivesse, no mundo. Mas as montanhas plasmavam a minha condição de mineira, condição que também sempre carreguei para onde quer que fosse. Em Palmas se avistavam antigamente todas as montanhas circundantes. Com a construção dos prédios de concreto de meu pai, cada vez mais altos, passei depois a enxergar apenas o seu cume em cima dos edifícios, como um curioso adorno ali inserido artificialmente. Mesmo assim, as buscava cada vez que abria a janela, contentando-me com aquele pouco oferecido. Sempre procurei pretextos para sair da cidade, apenas para ver aquelas duas pedras guardiãs. A elas se seguiam, no caminho, o cemitério, e a fábrica de manteiga de Herr Rommel, construída à moda industrial alemã, de tijolos vermelhos, e esses três elementos, o cemitério, a fábrica e as pedras, harmonizavam-se, ligados por um elo que, mesmo invisível, era perceptível. Era ali, naquele trecho, que eu sentia bater em mim os ventos de Minas. Eles vinham por cima das montanhas e tangiam as gordas nuvens do céu baixo. Sempre os reconheci logo ao me aproximar da cidade, pareciam ali ficar concentrados a nos esperar. Não eram nem ameaçadores nem tranqüilizadores. Surgiam, apenas, como uma espécie de aviso de que estávamos chegando ao nosso território. Ali tínhamos de incorporar tudo o que ficava embutido no tempo, restrito numa geografia nossa, escolhida por nossos antepassados, na qual aninháramos nossa alma. Minas o que era? As montanhas e o que estava além delas, o mar, fosse lá o que fosse. Dentro daquele útero nos construíamos e nos tornávamos inconfundíveis por peculiaridades de espírito, não muito visíveis a olho nu, mas que atestavam nossa procedência, onde estivéssemos. Usamos em qualquer parte um estilo pessoal, que é nosso. Somos poetas, grandes escritores, políticos, estadistas, financistas. Somos mineiros. Porque ali, em Minas, rodeados de montanhas, engordávamos, primeiro, a alma. E cada vez que eu penetrava em Palmas, vinda de tão longe, um arrepio me perpassava, mesmo se eu tivesse ficado muito tempo sem vir e não pensasse nela há muito tempo, esquecida de seus contornos. Mesmo inserida no contexto da Vila, que parecia tão especial e tão isolada de Palmas, minha identidade mineira era sensível, era reconhecível, e quando chegava à cidade, também eu, recebia o chamado do vento. Sabia de onde tinha tirado o título do meu primeiro livro: *O percurso do vento.* Assim, antes mesmo que Seu Nogueira aparecesse, já iniciara eu a minha viagem e me deixara penetrar por tais sensações.

Germana e Lúcia me receberam na escada. Quando eu abandonara Palmas, há muitos anos, fora daquele mesmo lugar que minha mãe me acenara, sob a neblina da manhã, fundindo-se com a casa, dentro do seu robe de veludo azul. Era a primeira vez que eu não a encontraria e isso me parecia ser uma fantasia, um enredo dos meus livros.

Meu antigo quarto de infância conservara-se quase igual, na ala de dona Elisa. Ele nunca tivera elementos infantis, a escrivaninha com seus escaninhos ainda estava lá, bem como a arca que ficava aos pés da cama. Apenas esta mudara, e a que fora colocada depois tinha tornos, pinhas e colunas, combinando com os criados-mudos de tampo de mármore. Eram seis horas da tarde, o inverno já deixava a casa às escuras e, no meu quarto, os lampiões de opalina estavam acesos, mostrando a cama já aberta para dormir, a dobra do lençol impecável de linho com seu monograma caprichado, aparecendo em cima do cobertor. Sei que minha mãe arrumava ela mesma as flores que adornavam a escrivaninha, quando eu ia de visita. Reparara, na última vez em que ali estivera, a perfeita combinação das rosas cor de chá tiradas da estufa, com as violetas brancas do jardim, tão raras, e as pequenas orquídeas, colhidas das árvores. Lúcia conseguira reproduzir agora, quase o mesmo arranjo. Pensei imediatamente em tomar um banho tépido na banheira inglesa com os pés em garra de bronze sempre polidos, tanto precisava de reconforto. Queria, também, percorrer a casa despida de impurezas. Germana preparou o banho com gotas de lavanda. Ali fiquei eu, mergulhada no líquido morno, a atenção detida no friso dos azulejos roxos com lírios impressos em alto relevo, e no pequeno quadrado de céu já estrelado que penetrava pela janela, sem escutar nenhum som, a casa emudecida. Tinha a sensação de que poderia ficar ali durante séculos sem que nada acontecesse, sem que ninguém se atrevesse a bater na minha porta, a água tendo o poder de me isolar do mundo. Pensei subitamente: pena que morrer não pudesse ser apenas isso, esse apaziguamento indolor antes de penetrar no nada... Por que temos de morrer em agonia, o corpo se debatendo, como se a morte não fosse o seu destino natural? Lembrei-me da agonia de minha mãe, de seu estertor final, quebrando o silêncio do quarto. E a imagem me foi tão adversa que deixei imediatamente a banheira, como se não tivesse direito àquele apaziguamento. Vesti-me e desci para o jantar, encontrando Lúcia à minha espera. "Ela fez um testamento antes de morrer, deixou todas as suas vontades expressas", disse-me, na mesa. "Isso combina com ela. E quando vão abri-lo?" "Pediu que fizessem isso um mês depois de sua morte, quando já tivessem se esgotado todos os rituais. Disse-me que os testamentos têm muito mais a ver com a vida do que com a morte". "Deve, então, estar por dias". Tenho que participar da abertura desse testamento. Não há como escapar. "Quando ela soube que ia morrer?" "Há muito tempo, na primeira vez em que esteve na Europa, o médico diagnosticou câncer no útero, mas disse que ela poderia viver muito tempo. Não queriam operá-la, pois ela estava começando a ficar diabética. Correspondeu-se todos esses anos com o médico. Uma vez ele esteve no Brasil, hospedou-se na Vila e jantou aqui com o Dr. Virgílio, que tratou dela nos últimos tempos, guardando silêncio a seu pedido. Era um alemão, simpático, conversavam em alemão. Ela não sofreu muito. Só que no fim estava muito fraca e não podia ficar de pé". "Só você e o Dr. Virgílio sabiam, Lúcia?" "É, ela quis assim. Dizia que morrer era um assunto pessoal e que devíamos envolver nele o menor número de pessoas possível". "Você sempre soube de tudo, não é, Lúcia?" "É, estive sempre por perto". Com que então minha mãe dividira apenas com Lúcia o segredo de seu câncer e com dois médicos, um do outro lado do Atlântico... Eu também tivera segredos para ela, nunca lhe falara de minha vida amorosa, movida não sei por que pudor. Dos meus amigos, apenas Álvaro penetrava na Vila. Ela conhecera pouco os lugares em que eu vivera, as casas que habitara. E éramos contudo próximas, nossa cumplicidade estabelecera-se muito cedo, além dos laços de sangue, além das palavras. Palavras, entretanto, que quando eu ordenava para compor meus textos, me conduziam a ela, como se eu tivesse encontrado, afinal, a maneira de lhe comunicar meus segredos, de lhe mostrar, de forma concreta, o que realmente era. Que estranha forma de comunicação existia entre nós, expressa por sinais, sinais que reconhecíamos, onde quer que estivéssemos, como as flores colocadas no meu quarto e a toalha da mesa escolhida para o dia da minha chegada. Minha mãe se comunicava com Lúcia pelos códigos estabelecidos entre os seres humanos.

Os nossos não eram convencionais, ainda que não difíceis de desvendar, exigindo apenas um pouco mais de atenção. No entanto, não se pode negar a força da realidade concreta e o limite estabelecido entre as duas realidades, a concreta e a inconcreta é, às vezes, muito tênue. Tentamos, nós duas, escapar desta realidade, como se ela fosse demais e pudesse ser continuamente isolada. Antes pudéssemos! Eu estava agora diante de Lúcia que conhecera de minha mãe o seu lado claro, enquanto o que me fora revelado escondia-se em meias-luzes. E perguntava a mim mesma qual de nós duas a soubera melhor, ou se nenhuma de nós se apercebera inteiramente dela. Era bom que Lúcia estivesse ali na minha frente e fosse testemunha de uma dona Elisa que ambas, provavelmente, não saberiam sozinhas desvendar. A morte permitia agora todas as indagações, pois a vida exige segredos, obedece a uma política traçada pelos homens, através da qual os seres se revelam pouco, por prudência. Quem deseja ficar à mercê de seus semelhantes? Nem os amantes, que dividem a carne. "Lúcia, com que idade você conheceu minha mãe?" "Quando ela ficou noiva de Bernardo, eu tinha quatorze anos, ela dezoito. Vim ajudar a bordar o enxoval e nunca mais nos separamos. Ela teve poucas amigas, eu também". "Não precisavam de mais, Lúcia". Ela se cala, me olha na defensiva, não querendo ser alvo das minhas perguntas. Germana traz um prato de cristal redondo vermelho, onde pousa trêmula, em dois tons de rosa, um opaco e outro translúcido, um gelado feito de coco em forma gomada, oferta da Vila a seus visitantes queridos. "Oh, Germana, há quanto tempo não via isso! Mamãe sempre o fazia nos meus aniversários!" E o gosto da infância aflora à boca. Pouco tinha, na verdade, mudado, tão impregnadas estavam as coisas da presença de minha mãe. "Parece que ela está ainda lá dentro, diz Germana. Era de lá que dirigia a casa, não vinha a esta sala há muito tempo, só quando havia gente para jantar. Só passeava no jardim atrás da casa, nunca aparecia na frente". "Minhas irmãs vinham muito aqui, Germana?" "Uma vez por semana, e os netos vinham, às vezes, jantar. No Natal ela juntava todos, fazia um grande jantar, e saía cansada. Você não vinha há muito tempo a esses jantares, nem você nem seus filhos". "Somos ovelhas desgarradas, Germana, minha mãe nunca tentou nos pôr no rebanho..." Minhas irmãs são bem casadas, segundo os padrões, o marido de uma é médico, o outro, que é diretor do banco do qual meu pai era o maior acionista, dirige uma parte dos negócios da família. Tenho a impressão de que o mundo sempre lhes chegou amordaçado. Desde criança tive muito pouco a ver com elas, mas me comovo agora, ao pensar em suas silhuetas infantis, portando largos aventais e fitas no cabelo. A beleza nunca faltou a nenhum de nós, e, desde a infância, sobejava nos detalhes. Elas se casaram muito cedo, abandonando a Vila onde, penso, nunca se sentiram à vontade. A casa as espicaçava demais e elas tinham nascido para o segundo plano. "Lúcia", digo, "hoje estou muito cansada. Quero conversar com você amanhã". Ela concorda, também está cansada. O chofer vai levá-la em casa. De repente, pergunto: "Lúcia, você se lembra do bordado de um penhoar chinês?" Ela se volta. "Sua mãe escreveu sobre isto para você". "Onde está, Lúcia? O que ela escreveu?" "Na escrivaninha dela". Tira da bolsa uma pequena chave e me entrega. "Está na gaveta do lado direito". Subi, correndo, as escadas em direção à ala de dona Elisa. A porta de seu quarto está fechada, ponho a mão na maçaneta e paro. Não, ainda não. É na manhã, intacta, inaugurando a casa, que tenho de fazer isto. Quero encontrar minha mãe sem luzes mortiças. Volto para meu quarto e mergulho nos lençóis frescos, protegendo o rosto com a dobra bordada. Durmo em paz, sem sonhos.

Acordo cedo e permaneço um pouco no escuro à procura dos sons vindos do jardim, antes de me levantar. São quase imperceptíveis, um ligeiro farfalhar e finos pios de pássaros. Mesmo assim os reconheço um a um. Pulo da cama e entro no chuveiro, novamente premida pela necessidade de expor meu corpo à água. Molho os cabelos, torço-os com a toalha e, depois, visto-me com capricho, dobrando, vagaro-samente, as largas mangas de minha roupa solta. Abaixo-me para calçar as sandálias, vendo minha imagem reproduzir-se no espelho. Não era na mesa de café que iria, agora, encontrar minha mãe. Sempre soube que, voltando à Vila, teria que buscá-la, pacientemente, atenta aos sinais dos nossos códigos. Não importava o tempo que tivesse de ficar na Vila. E, agora, com a revelação de Lúcia, tudo se precipitava. Os sinais de que minha mãe lançara mão tinham deixado de ser obscuros, e ela usara a forma de expressão que me dizia respeito, iria falar a mim empregando minha própria linguagem. Isso me aliviava e, ao mesmo tempo, me frustrava. Eu me preparara para uma busca paciente, para um esquadrinhar moroso e me via abrindo gavetas, armários, baús, buscando obter pedaços de revelações, tal como obtivera as partes do penhoar chinês inacabado. E antegozava tais momentos como um arqueólogo que, lidando com signos remotíssimos, estivesse mais interessado na procura desses sinais interligados do que na sua revelação final, porque cada um deles o fazia penetrar num mistério próprio, inacabado. Ainda assim me sentia alvo de um privilégio, de uma regalia especial, pois minha mãe a mim se dirigira (ela que tão ciosamente se guardava) para romper o silêncio, silêncio com que cada vez mais se recobria, comprazendo-se nele como num reino conquistado, para buscar as palavras que eram o elemento do meu reino. Era assim que ela a mim, agora, se dirigia. Eu, que conhecia tão bem o som e o ritmo das palavras escritas, diferentes dos que regem a linguagem falada. Entrei na ala de dona Elisa não vagarosamente como antes, mas com determinação, indo direto à escrivaninha, sem olhar para os lados. Buquês de violeta emergiam de um copo de opalina azul, como se tivessem acabado de serem colhidos. Quem teria estado ali antes de mim? Lúcia, Germana? Os objetos que eu tão bem conhecia, o tinteiro de prata, encimado por um pássaro, a minúscula espátula com cabo de madrepérola que servia também de marcador, os pequenos livros com poemas de Heine, encapados de algodão estampadinho, a caixinha de balas com tampa de esmalte, não tinham mudado de lugar e estavam irrepreensivelmente limpos. Ponho a chave na fechadura da gaveta à direita e me deparo com um grande envelope branco, o meu nome escrito em cima, ao lado de uma pilha de lenços imaculados de cambraia e renda, as letras EAS bordadas em ponto cheio. Viro o pacote, desfaço o lacre, e eis que um caderno azul-marinho, pequeno, se desprende. Sento-me na escrivaninha e o abro. "Querida Elisa", no alto da página. Não, não era ali que eu devia ler. Quero ficar perto da janela, sentir os perfumes do jardim penetrando. É na própria poltrona de minha mãe que sento. Inicio a leitura.

Querida Elisa

As palavras desta carta que lacrarei sem reler, antes de se incorporarem ao papel muitas vezes enfileiram-se diante de mim, sem que tivesse ânimo de aprisioná-las. Há muito tempo venho sentindo a necessidade de escrever a você. Depois que li seu primeiro livro, descobri que essa forma de expressão também me dizia respeito, já que me sentia, muitas vezes, co-autora do seu texto, como se as palavras pudessem ter saído de minha própria pena ou se eu, por um processo biológico, as tivesse transmitido a você. Li e reli seus livros, e descobri que nós duas carregávamos em nós as sementes de uma linguagem que seria a nossa forma de expressão no mundo. A mim não foi dado ser escritora, mas passei grande parte de minha vida tentando desvendar o mundo através da palavra escrita. A pobreza da articulação verbal sempre me incomodou, como se, através dela, apenas se pudesse arranhar a substância de que são feitos os seres. Digo a você: aprendi muito mais dos livros do que da vida e foi ficando difícil, com o tempo, aceitar a trivialidade das relações humanas, pautadas quase sempre por fórmulas rasas e tão grande economia. Foi através das formas que a mim, como mulher, me foram legadas as artes domésticas, que comecei a desenvolver meu espírito. Encontrei sempre enorme prazer em bordar, em fazer pequenos orifícios na fazenda, por onde a linha passava deixando suas marcas, criando formas e cores. Consegui manipular a agulha de várias serventias, com rara perfeição. A arte da cozinha também foi sempre, para mim, pura alquimia. As transformações que me era dado fazer com os ovos sempre me assombraram. E a própria arrumação da casa me estimulava, pôr a mesa com as mais variadas combinações, sentir o tato do linho das toalhas, alisar as reentrâncias das lavraturas dos cristais. Passei com Lúcia alguns dos momentos mais felizes de minha vida exercendo tais tarefas. Nessas horas, nosso espírito como que se liberava e se refinava, conduzindo-nos a conversas intermináveis, nas quais nosso cotidiano era esquadrinhado, fazendo-nos donas de uma cumplicidade que só a nós dizia respeito. Nossas confidências restringiam-me quase sempre ao mundo dos acontecimentos, dos fatos, que analisávamos e comentávamos. Esses comentários, como ajudaram a clarear os caminhos de nossas vidas, como foram importantes para que não perdêssemos nossas próprias trilhas! Durante anos, Lúcia foi minha única interlocutora. O resto era comigo mesma. Quando a porta se fechava à saída dela, era no silêncio que as palavras sem som se agrupavam. Custei para conseguir um lugar só para mim, meu próprio quarto, depois minha própria ala. Ampliando meu chão era como se eu mesma me ampliasse e me preenchesse. A luz do meu quarto destacava-se acesa, na casa, quando descobri que podia manipular o interruptor à minha vontade. Prossegui meu caminho de liberdade tendo como limite um espaço físico que eu mesma demarcara. Saí dele duas vezes para percorrer o mundo, sabendo que ele estaria ali na minha volta. Não era isso que tinha sido oferecido à criança de rara beleza, tratada como uma boneca, à moça frágil como porcelana. Meu casamento com seu pai era inevitável, já que habitamos a cidade na mesma época, ambos aureolados pelo esplendor físico, minha fragilidade contrapondo-se à força dele e nossas famílias como que alçando-se acima de todas, a minha pela tradição, a dele pela fortuna. Palmas acompanhava, sem respirar, a nossa trajetória em direção um do outro, vivendo em nós todos os seus sonhos. Quase não tínhamos escolha, e como éramos jovens, nossos próprios sentidos nos impeliam. Eu era mais culta do que as moças da cidade. Fraülein Gertrude me ensinava o alemão, francês, inglês, e também o piano. Poemas românticos de Heine, Elizabeth Browning e Victor Hugo eram lidos no original. Minha sensibilidade me reportava a um mundo de sonhos, que a própria realidade estimulava. Seu pai iniciou logo a reconstrução da cidade e isso lhe dava grande prestígio. Bairros inteiros apareceram, onde outrora existiam casas cercadas de jardins, chácaras cercadas por muros vetustos. Aquela devastação me incomodava, mas, como mulher, não me cabia opinar. Seu pai estivera nos Estados Unidos e de lá trouxera os modelos das cidades. Eu mal saíra de Palmas, meu mapa era limitado ao solar, às casas e às fazendas da família Avellar e

Salles, as quais, seu pai, no seu traçado novo, respeitou, pois, segundo ele, nossas construções familiares testemunhavam a fundação da cidade. As novas ruas e avenidas foram traçadas em torno delas. Ficaram isoladas como marcos, na cidade reedificada. Meu noivado foi selado no solar, onde a família de Bernardo entrara pela primeira vez. Para assombro de todos, o noivo exibiu o croqui da futura Vila Elisa, suas linhas sinuosas expressas em desenho caprichado feito com a pena mais fina. Adquirira um terreno de enormes dimensões em cima da colina, onde ficava o cruzeiro, e informava a todos que a casa ficaria eternamente no alto, tendo a cidade a seus pés. Assinei a escritura do terreno na presença de todos, sem me deter no texto que informava o preço da venda. Foi um tempo feliz este, em que acompanhei a construção da casa, escolhendo eu mesmo os detalhes, como os vitrais da sala, em catálogos vindos da Europa. Conheci Lúcia nesta época, filha de um primo distante de Bernardo e ela partilhava de tudo. A avó Elisa supervisionava o enxoval, encomendado no asilo, mas eu mesma bordei grande parte dele, ajudada por Lúcia, cuja habilidade me assombrava. Ao terminar a construção da casa, parei deslumbrada diante dela, como se fosse uma aparição tornada realidade. Seu pai me conduziu ao torreão e lá tomamos champanhe, o que seria repetido muitas vezes depois de casados. A Vila que, segundo Bernardo, era esguia, leve e graciosa como eu própria, nunca chegou a ter sua construção encerrada, a qual seguiu ao longo do tempo, com adendos e puxados habilmente inse-

ridos, que jamais comprometeram sua beleza original. Incorporei-me à casa desde o primeiro momento em que a vi, quase terminada, no alto da colina. Escapava dela certa aura mágica que extrapolava o desenho original de seu pai, como se ali estivesse um lugar em que tudo pudesse acontecer. Nunca foi uma casa frívola, apesar do traçado. Exibia um fausto que nada tinha a ver com pompa, era destituída de solenidade, suas torres uma nota fina de humor e ironia sobre a cidade em progresso. Com o tempo, a casa e eu fomos ficando cada vez mais parecidas. Como eu, ela não envelheceu mal, mas apurou-se. Isolou-se cada vez mais de Palmas, tão pouco tinha a ver com o resto, e bastou-se a si mesma. Deixou de ser apenas esguia, leve e graciosa, como seu pai a quisera, para ser um toque de espírito imponderável, na cidade em concreto. Por isso digo que ela, cada vez mais, foi ficando parecida comigo, tomando nós duas, cada qual à sua maneira, a forma espiritual da outra. Seu pai, dando-a de presente a mim, estava sem saber quitando-se de qualquer dívida que pudesse vir a ter comigo, posteriormente. Eu recebera, já, a minha garantia e meu aval. Casamo-nos, como você sabe, em grande estilo, na capela do Solar, sendo servido depois no jardim um grande almoço na mesa enguirlandada. Estávamos intimados a ser felizes e de fato, nos primeiros tempos, nos sentíamos assim. Tomar intimidade com a casa demandou tempo e eu não tinha pressa alguma. Queria fazer isso devagar, apossar-me, aos poucos, de cada canto, cada escaninho. Vivíamos momentos de paixão, nossos corpos belos, um apelo vivo. Engravidei quatro vezes e cumpri minhas tarefas de mãe. Tínhamos papéis definidos: seu pai construía sua vida na rua, eu, dentro de casa. Minha gravidez repetida esfriou um pouco nosso arrebatamento na cama. Eu considerava isso natural, os próprios afazeres da maternidade não me deixavam muito propensa à sexualidade. Conversávamos pouco seu pai e eu, mas tínhamos amigos, recebíamos para jantares, encabeçando uma vida social da qual éramos a principal atração. O Dr. Bernardo expandia seus negócios: banco, jornal, e cinema novo que tinha o seu nome. Cumpríamos papéis, já disse eu, cada qual o seu. Aninhava-me nessa tepidez, protegida de tudo. Que sabia eu de mim? Que pensava saber? Era feliz, eis tudo.

Você tinha oito anos e estava no colégio. Nunca foi uma menina comum, sua presença punha inquietação na casa. Exigiu sempre mais do que os outros e fazia estranhas perguntas. Seu pai começou a sair toda noite para o clube, onde era diretor. Eu começara a me cansar da vida social a que a carreira de seu pai me obrigava, até então. Preferia ficar em casa. Você perguntava: "Onde papai vai?" Eu dizia: "Ao clube" e você queria saber o que ele fazia lá, com quem conversava e o que conversava. Perguntou se no clube se ganhava dinheiro. Andava sozinha pelos cantos da casa e quando aprendeu a ler, não deixava suas irmãs dormirem, mantendo a luz acesa, envolvida com livros. Obrigou-me a lhe dar um quarto próprio e eu a ouvia, freqüentemente, levantar-se e passear pela casa sem medo nenhum, no meio da noite. Você deve se lembrar de tudo isso. Mas, sua bravura, desde menina, me espantava, fazendo-me sentir tíbia em sua presença. Olhava as pessoas nos olhos, sem medo. Tinha oito anos, repito, quando comprei, com Lúcia, uma seda azul para fazermos um penhoar chinês. Desenhei o modelo: ia ser azul, forrado de rosa, com a gola e a parte baixa das mangas capitonadas, o forro aparecendo quando dobradas. Falamos, Lúcia e eu, vários dias, sobre o risco. E conseguimos arranjar revistas antigas no solar, onde havia desenhos de pavões e flores de cerejeira. Traçamos nós mesmas o risco na fazenda, reproduzindo-o com papel carbono, pois devia figurar nas duas partes do quimono. Saímos para comprar as meadas em linhas matizadas, escolhendo, caprichosamente, as cores. Azul-anil e azul-hortênsia para a cauda do pavão, contra o fundo azul-claro da seda. Levamos nisso muito tempo e, quando finalmente terminamos tais tarefas, tive a idéia de ensinar a você a bordar. Não era difícil. Você já estava aprendendo a bordar na escola. Chamei-a um dia depois das aulas e mostrei-lhe o risco. Você se interessou imediatamente, tomada por um entusiasmo que me fazia feliz. Dei-lhe retalhos para praticar e se saiu muito bem. Finalmente, considerei-a apta. E, um dia, depois do jantar, quando seu pai pôs o chapéu e saiu, nós sentamos lado a lado no sofá e iniciamos nosso trabalho. Estou a ver o seu olhar atento e sua mãozinha segurando o bastidor. Germana já tinha vindo trabalhar comigo, tudo corria à perfeição, a vida parecia, de repente, ter retomado o seu ritmo de felicidade, alterado por um certo respirar opresso que ultimamente vinha se instalando. O relógio batia badaladas longínquas que chegavam à sala amortecidas, mesclando-se com sons noturnos que a casa começava a desprender. Eu me senti orgulhosa de você, de mim, da casa, de seu pai, de tudo. Ao tecer o bordado era como se tecesse a malha de minha própria felicidade, minha própria sorte construída em pontos mínimos, perfeitos, apertados com mestria. Sentia, nesse momento, que todos os meus pressentimentos podiam ser dissipados, todas as dissidências vencidas, toda a deterioração abolida. Bordamos, assim, quase uma semana, até que você, uma noite, chegou a mim triunfante: "Veja, mamãe, a surpresa que eu fiz, acabei a minha parte no colégio! Terminei antes de você. Agora quero ajudar na sua parte!" Queria surpreender Bernardo com o penhoar, ele gostava de me ver de azul, já me via vestindo-o de manhã na mesa do café. "Que bom, Elisa, a sua parte está ótima, agora vamos poder acabar depressa". Sentamo-nos no sofá, enfiamos a agulha e iniciamos nosso trabalho, a casa em volta a se desobrigar de suas tarefas noturnas, preparando-se para a longa noite. Foi quando o telefone tocou e Germana veio me chamar dizendo que era da parte de seu pai. Levantei-me um pouco assustada. Uma mulher do outro lado da linha. Dizia-se funcionária da firma de construção de seu pai. Achava que eu devia tomar providências. Seu pai vivia há dois anos, com uma ex-secretária, agora instalada por ele num de seus apartamentos no bairro novo de Cruzes. Deu-me o número da casa. A moça se chamava Helena Dias e tinha vinte anos. Seu pai não fazia mistério disso e admirava-se de eu ainda ignorar o fato. Deixei-a falar sem interrompê-la. Despede-se e desligo o telefone. Germana pergunta se estou passando mal. Ao entrar na sala, vejo você voltada para o bordado. "Elisa, vamos deixar para amanhã, não estou me sentindo muito bem". Você me olha espantada, querendo perguntar alguma coisa. Detenho sua pergunta, recolho o bordado na cesta de costura e peço a Germana que o leve para dentro. É estranho, penso, se esta mulher não tivesse telefonado, nunca saberia disso e, no entanto, não tenho a menor dúvida de que seja verdade. Por que não tenho dúvida, e que me autoriza a isso? Olhei para a sala, o sofá, as cadeiras, escutei de novo os ruídos noturnos da casa. Tudo aquilo que, minutos antes, me parecia ser uma garantia à minha felicidade, agora me revelava sua intrínseca fragilidade. Eram parte de uma vida, de uma verdade só minhas e que, na realidade, não compartilhava com ninguém. A casa e seus ruídos, que tinha Bernardo a ver com aquilo? Que espécie de vida eu dividia com ele? Tínhamos, ambos, vidas secretas. A dele, com sua mulher, fora de casa. A minha, com aquela felicidade que eu atribuía a ele mas que, na verdade, era minha, pois a sentia quando não estava presente. Conversava mais com Lúcia, no quarto de costura, do que com ele. O que vivíamos juntos, em comum, eram detalhes sem nenhuma importância, eram os acontecimentos. O que eu ia fazer da minha vida a partir daquele instante, instante em que percebera ser tudo um equívoco, minha felicidade, o amor que até então pensava estar vivendo? Podia fingir, sim, que não tinha percebido nada e me empenhar num jogo de reconquistar Bernardo. Terminaria o penhoar chinês, o vestiria para ele, me tornaria sedutora, eu era ainda bonita e dispunha dos meus próprios recursos. Podia me empenhar naquele jogo e fingir que acreditava nele. Isso me tomaria tempo, eu dispunha de muito, não trabalhava fora, não tinha profissão, não precisava ganhar a vida. Tinha mesmo empregados para tudo, precisava apenas comandá-los e reconquistar Bernardo podia ser, meu Deus, uma boa distração. Mas reconquistar o quê? Eu ouvira muitas vezes essa frase aplicada a outras mulheres. Reconquistar o marido. Primeiro eu precisava saber o que era Bernardo, aquele homem a quem devia reconquistar. Segundo, o que significava ser um marido. Conhecera Bernardo há mais de dez anos antes e continuava a viver com ele como se o tempo não tivesse passado, aceitando o papel que me tinham atribuído ao aceitar ser mulher: o de ser meeira de sua vida. Que significava ser meeira? Que sabia eu de seus negócios, de sua vida fora de casa, da outra mulher que tinha? Que sabia eu dele próprio e como podia exigir um amor selado dez anos antes? Nossos ritmos de vida obedeciam a compassos diferentes. Eu era uma mulher preservada, vivendo no gineceu. Fazia gestos lentos e delicados, abastecia não só a casa, mas, também, sem o saber, a alma, pois as tarefas que cumpria assim o exigiam. Bernardo jogava-se em ritmo acelerado, seu mundo era brutal, eu sentia isso no seu cenho carregado, embora ele nunca me falasse a respeito. Como eu podia ser meeira de uma vida que desconhecia? Por um momento me pareceu natural que Bernardo tivesse uma mulher fora de casa e que eu nada soubesse disso, porque, na verdade, eu sabia muito pouco a seu respeito. Mas estava tão acostumada a amá-lo, a viver em função dele, que minha vida me pareceu, de repente, um vazio, como se tudo que a movesse tivesse deixado de existir. Repassava nossos gestos, nossas palavras, sobretudo as de Bernardo e não via neles nenhuma diferença que pudesse revelar qualquer mendacidade, a expressão de seus olhos continuava certamente a mesma, suas pupilas azuis revelavam a mesma transparência. Aquela mulher, que se chamava Helena Dias, vivia numa outra casa com seu pai, casa que devia ter uma sala com a mesa de jantar, onde comiam, um quarto, onde dormiam, um banheiro e uma cozinha, como a Vila Elisa. E tudo isso, que fazia parte da intimidade de Bernardo, nada tinha a ver comigo e sim com aquela outra mulher que tinha um nome. Podiam chamar a isso de aventura, podiam dar o nome que quisessem. A aventura de Bernardo podia ser a Vila Elisa, eu, podia ser a aventura de Bernardo, enquanto a outra, sua secretária, meeira de um mundo desconhecido por mim, podia ser a sua realidade. Deixa-se de amar uma pessoa de um momento para o outro? Acho que sim. A dor que me tomou era mortífera, letal. O amor não deve ter a ela sobrevivido, mas como a cauda das lagartas que se movimentam depois de cortadas, continuou a doer dentro de mim. Dói até hoje, nunca deixou de doer. E o pior é que eu tinha de continuar vivendo como se aquilo não tivesse acontecido, como se aquela revelação não me tivesse sido feita. Era forçada a participar da mentira de seu pai e isso me parecia o mais terrível de tudo. Não tinha com quem falar a não ser com Lúcia e embora meu primeiro impulso tenha sido poupá-la, já que a revelação a fazia participar de uma mentira, contei-lhe toda a verdade. Tinha acabado de se casar, seu marido trabalhava com Bernardo, devia saber de tudo, mas nada lhe revelara. Lúcia não tentou me consolar, nem dizer palavras piedosas. Sabia que eu não suportaria isso. Ela aprendera, como eu, que os homens têm aventuras fora dos muros, mas que só existe uma casa — aquela em que vive sua mulher. Observou, porém, muito sabiamente, que a Vila era grande e que eu podia, ali dentro, separar a minha vida de Bernardo. Não tentou me induzir a continuar a viver com ele ou a fazer aquilo que as mulheres muito nobremente faziam em tais circunstâncias — perdoar seu pai. Não havia o que perdoar, não havia o que recomeçar junto com ele. Perdão era uma tola palavra. A vida era mais do que aquilo, tinha de ser. Tínhamos filhos em comum, gerados para fazerem parte daquele mundo, daquele pacto, concluído a dois. Mas a outra mulher também podia gerar filhos, que tinha isso a ver com o casamento? No entanto, por um processo novamente abstrato e mentiroso, só o casamento legitimava até então os filhos, e até hoje só o homem os legitima por uma declaração sua, unilateral, quando não é casado. Não queria em nome de meus filhos, em nome de nada, prosseguir com uma vida onde só existiam figurações, desprovida de verdade, da qual só participava uma parte minha, reles, in-

significante. Bernardo estava no fim de sua campanha para prefeito, chegava em casa toda noite muito tarde. Isso facilitava minha vida com ele, já que eu me envolvia, também, na campanha, e todas as nossas conversas giravam em torno disso. Foi quando lhe propus instalar-se do outro lado da casa, onde havia seu escritório, seu banheiro, construindo para ele um apartamento, onde pudesse entrar e sair à hora que quisesse e receber seus amigos sem perturbar o ritmo da casa. Concordou imediatamente, providenciando as obras necessárias. Durante todo esse tempo observava-o e a distância entre nós se tornava, dia a dia, mais patente. Quando foi, finalmente, eleito prefeito, chamei-o uma noite no escritório depois do jantar, e lhe comuniquei, com voz calma, minha decisão de ocupar sozinha o meu quarto, de querer cindir nossas vidas, colocando-as em alas diferentes. Disse-me que estava se descuidando de mim com sua campanha para prefeito, que eu tinha razão, que tudo voltaria a ser como antes. "Não quero que nada seja como antes, Bernardo". Expliquei-lhe que precisava de solidão para me descobrir a mim mesma, para procurar entender alguma coisa do mundo, que tinha sido até agora uma criança, que estava com trinta anos de idade, não me restava mais muito tempo, era necessário andar depressa. Ele estava espantado. Perguntou se continuaria a participar da vida dele, como mulher de prefeito. "Só o estritamente necessário", respondi. "E o que fará na Vila Elisa, todo esse tempo?" "O mesmo de sempre", respondi. "Só que agora com mais tempo para mim". Quis saber se deixara de amá-lo. Olhei para ele como se fosse uma criança e disse: "Nosso amor foi coisa de jovens, Bernardo, agora estamos adultos". Não falei sobre a outra mulher, abstive-me de questioná-lo sobre qualquer assunto. Tinha imaginado uma longa conversa com ele em que toda a nossa vida seria repassada. Mas como ia eu fazer isto, se estava agora tentando desmontar tudo e se ele, nem por um só instante, mencionou ou tentou mencionar sua relação amorosa? A verdade, para Bernardo não tinha importância no que dizia respeito a mim. Mentir para as mulheres legítimas é para os homens um gesto moral, um tributo de respeito. "Eu não tenho queixas", disse. "Estou vivendo exatamente como quero." "Você tem outra casa", podia ter-lhe dito. Ele me imaginava tão fora da sua realidade que não me achava capaz de saber disso. E nesse caso, não adiantava nenhuma referência ao fato. Era apenas um detalhe naquela vida com a qual se dizia tão satisfeito, com o qual se dizia comprazer. Tudo era permitido, tudo estava salvo, desde que eu não soubesse da verdade. Eu não era meeira da verdade. A verdade era singela. A mim cabiam as pompas da mentira, incluídas no contrato e nos ritos matrimoniais. Mas, que sabia eu da própria fragilidade dele? Que sabia ele próprio de si mesmo? Disse-me que pensava ser um bom marido. Sim, cumpria com perfeição esse papel. Bom marido, bom pai, atento ao nosso conforto, detentor da nossa felicidade. O que significava ser marido? Fórmulas inventadas, fórmulas para que os seres, através delas, se possam esconder. "Aceita, como seu legítimo mari-

do?" Numa simples frase empenhamos nossa vida. Não se pode tornar legítima uma abstração, pois ser marido e mulher são apenas um acessório do homem e da mulher, um capuz colocado em suas indumentárias, dentro do qual seus verdadeiros rostos podem se ocultar. Para tornar legítima a palavra marido, mesmo uma outra casa, uma outra mulher, têm de passar despercebidos, podem não ter existência real. Eu bem o sei, temos de conviver com a mentira, o homem tem uma natureza mendaz. Mas não a esse ponto, não ao ponto de alienarmos toda a verdade, de esvaziarmos totalmente a realidade, de não podermos nem mesmo escolhê-la. Até quanto, hoje, essas coisas estão mudadas? Você sabe melhor do que eu, você que abriu mão, cedo, dessas fórmulas. Não imagina o quanto me senti feliz quando a vi romper com os modelos e atirar-se sozinha, despida de proteção, ao mundo. Creio que é preciso repetir o amor para se entender alguma coisa dele. Mas não creio que se deva fazer dele o centro de tudo. A vida é, em si mesma, uma paixão. Conheci momentos de êxtase na trilha dessa paixão, provei a vida estilhaçada em mil fragmentos, cada um deles, apenas, a vida a fluir. Cada um deles me preenchia. Como explicar a seu pai, naquele dia, o que iria fazer na Vila Elisa? Nem eu mesma sabia. Tranqüilamente, falei-lhe sobre dinheiro. Disse-lhe que teria uma conta em meu nome, no banco. E que nomearia Lucas, marido de Lúcia, para meu procurador. Eu não dispunha, ainda, de minha herança, mas seu pai concordou com tudo. Os rendimentos de minhas ações no Banco, nas fábricas, me seriam entregues, eu receberia a metade dos aluguéis de nossos imóveis, teria o meu próprio carro, meu próprio chofer. Não me importava de dispor dessas proteções. Tinha nascido assim e estava ainda empenhada em conhecer o mundo, não em mudá-lo. Depois que você foi para o Rio, já com suas irmãs casadas, comecei a ampliar meus domínios na Vila Elisa. No começo, dispunha apenas do quarto de dormir, do de vestir e do banheiro. Transformei o de vestir num salão para onde fiz levar o piano, podia tocar de noite sem incomodar ninguém, seu pai passava as noites fora, os criados dormiam fora. Escolhi os tecidos de minha poltrona, de meu sofá, fiz vir do solar os armários de livros com portas de vidro onde estava impresso o monograma de Herr Rommel. Sempre amei objetos: penso que eles convivem conosco e que, depois que morremos, dão testemunho de nós. Quando consegui minha própria ala, enchi-a de objetos amados, nos quais sempre me senti projetada. A casa pertence a eles, tanto quanto a mim. Convivi com seu pai, na Vila, até a sua morte. Nunca lhe cobrei nada e ele nunca soube o que eu conhecia de sua vida. Não lhe atribuo nenhuma culpa. Cumpriu bem os papéis que lhe foram atribuídos desde que nasceu. Tínhamos partes comuns da casa, a sala de jantar, o salão, e as usávamos em dias de festas, às quais, durante muito tempo, compareci, até que me cansei de vez. Seu pai não almoçava em casa e, até certa época, continuamos a jantar juntos, conversando normalmente. Com o tempo, passamos a jantar cada qual na sua ala, servidos por empregados diferentes. Tínhamos nossos próprios horários e não queríamos atrapalhar um ao outro. Enquanto seus avós viveram freqüentei o solar e eles a Vila. Pouco sabiam de mim, observavam apenas as minhas mudanças físicas, se estava mais magra, mais gorda, e a minha maneira de vestir, que se parece com a sua, também os surpreendia um pouco. Sua avó costumava vir para o chá. Íamos, às vezes, todos para a fazenda da Paciência, nas férias de verão, como você deve se lembrar. Seu pai raramente aparecia lá. Eu gostava daquelas estadias, que me lembravam a infância. Mas depois que vocês se casaram, deixei de ir lá, mais atraída pela Vila. Estive em alguns lugares sozinha ou em companhia de Lúcia, visitei você no Rio. Pegava o carro com Seu Nogueira, e ia para onde queria. A primeira vez que fiz isso e me instalei num hotel em São Paulo, ficando lá um mês a ir aos teatros, aos cinemas, aos concertos, e a vagar pela cidade, não imagina que maravilhamento senti. Fui várias vezes a Ouro Preto, onde estivera depois de casada com seu pai, hospedando-me no Pouso do Chico Rei. Você me levou para conhecer o centro do Rio e era ali que me hospedava, como sabe, sempre que me decidia a ir lá, andando pelas velhas ruas, descobrindo cantos, vielas, construções imprevisíveis. Ninguém se atrevia a questionar a minha vida, todas as excentricidades passaram a me ser permitidas. Não consultei ninguém para ir à Europa nas vezes em que estive lá, limitando-me a enviar cartões com parcas notícias. Conversei pouco sobre essas viagens. Só viajamos sobre o que somos, e essa fusão, viajar e ser, é um assunto muito pessoal. Viagens, ou se incorporam ao que somos, ou são inúteis. Encontrei Álvaro na Europa, nunca lhe falamos nesse assunto, tanto ele parecia ser reservado só a nós. Agradeço ao céu por tê-lo conhecido, agradeço por esses meses passados juntos, que valem por uma vida. As cartas dele estão guardadas numa caixa, dentro da gaveta da cômoda. A chave está com Lúcia. Você tem permissão para lê-las. Sempre que voltava das viagens via que estava ansiosa para voltar à Vila Elisa. Era ali que se desenrolava a minha verdadeira vida. À medida que eu expandia a casa, também me expandia, mas penso que a Vila nunca chegou a crescer tanto quanto eu. Não preciso falar do maravilhamento que foram para mim, os seus livros. Segundo Álvaro, eu mesma poderia tê-los escrito e segundo ele, muitos trechos pareciam ditados por mim. Não; eu não teria a beleza do seu estilo, mas as descobertas que eu mesma fora fazendo, vi-as impressas nos seus livros como se você as tivesse arrancado de mim. O tema da solidão, que é o seu, foi também o da minha vida. A descoberta e a transfiguração da solidão, como uma música de Mahler. E a importância dos detalhes. Sempre achei que sua obra era um diamante em mil faces facetado, resgatando imagens imperceptíveis, quase invisíveis, que revelam no fim, íntegra, a vida. Em que parte de minha vida lhe transmiti essas descobertas ou foi do meu próprio útero que você as retirou? Nossa unidade é toda fragmentada. Há que juntar, pacientemente, os pedaços. Fiquei na Vila Elisa mais de cinqüenta anos, juntando os pedaços. Quando eu regressava das viagens retor-

nava, com Lúcia, ao quarto de costura, à cozinha, retomava as tarefas domésticas, e com que alegria. Nunca deixamos de puxar juntas nossas balas de coco, de embrulhar caramelos de café em papel frisado. As bandejas da Vila sempre estiveram cheias delas. A minha capacidade de captar detalhes tinha sido aguçada naquelas tarefas. No fim, o meu ritmo de vida na Vila começou a ficar muito lento. Foi bom, porque pude captar, dentro desse compasso de tempo, o passado. As imagens da minha vida, desde criança, se projetavam cada vez mais nitidamente, diante de mim e pude, assim, retomá-las. Suas irmãs sempre tiveram muito pouco a ver comigo, tirante, é claro, o fato de tê-las gerado. Conviveram bem mais com seu pai, elas e seus maridos mercenários. Não gostava, também, de ver a casa invadida por netos, de movimentos muito rápidos. Havia, entre mim e eles, um descompasso natural. Não eram crianças interessantes, como os seus filhos. Tornaramse adultos comuns. Compareci às cerimônias de casamento deles, embora as achasse uma bobagem, pois faltou a elas a dignidade dos casamentos da família Avellar. Nada tenho em comum, também, com meus genros. Não passo para eles, de uma velha excêntrica e egoísta. Formam um conjunto harmonioso, instalado do outro lado da cidade, nos prédios confortáveis de seu pai. Não precisam de mim para nada e eu também os dispensei quase completamente. Não há nisso nenhuma crueldade. Não podemos deixar que os laços de sangue nos pesem demais. Temos, pelo contrário, que torná-los o mais leve possível, nem que tenhamos, para isso, de dispensá-los. Minha convivência mais íntima com suas irmãs representava um esforço grande demais, para elas e para mim. Nesse momento, estou ouvindo o Lamento de Dido, de Purcell. Álvaro encheu a Vila de música, recebia todo mês, caixotes de discos. Com que esforço tinha eu que afastar deles meus ouvidos para ouvir trivialidades! Com que esforço fechava o Doktor Faustus, de Thomas Mann, lido tantas vezes, para atender o telefone! Não havia escolha possível: eu abastecia meu espírito, ou morria. Marquei meus dias de visita, afastei quase todos. Recebia notícias por seu pai, que me fazia visitas, sentando-se na minha sala. Ele, aliás, comportou-se sempre com perfeita civilidade e, no fim da vida, revelou nas histórias que me contava um senso de humor até então por mim desconhecido. Há muito tempo eu sabia da vida dele pelo marido de Lúcia. Viveu até o fim com aquela Helena Dias de cuja existência fui informada por telefone, quando bordávamos o nosso penhoar chinês. Instalou-a no município que hoje tem o nome dele, Bernardo Salles, tão perto de Palmas. Nunca me interessei muito em saber como viviam, era um tipo de vida que em nada me atraía. Tiveram três filhos. Dois morreram num desastre, em criança. Seu pai conseguiu abafar o acidente, mas fiquei sabendo dele. Escondeu de mim seu sofrimento. Nasceu um menino, muitos anos depois. Chama-se Bernardo Zerbini. Não sei como terá sido a vida desse menino. Soube que morou na Holanda, que estudou arquitetura no Rio, e que vive lá. Bernardo não quis dar ao filho o nome que tivera como origem a minha família, não a dele. Zerbini é seu nome de família. Você deve procurá-lo. Lúcia tem seu endereço. Deve ter agora a idade de Marie. A mulher vive ainda em Bernardo Salles e seu pai, pelo que soube, deixou mãe e filho muito bem amparados. Nunca tive nenhuma curiosidade pela mãe, mas, muitas vezes, quis conhecer o rapaz, não tendo tido, entretanto, meios de fazê-lo. Nunca me interessei por essa mulher passiva, acomodada com o segundo plano. Faltou a seu pai coragem para assumir claramente o filho. Pagou, claro, o preço de sua tibieza. Sua aventura extrapolou, provavelmente ao que ele próprio planejara, constituindo-se num segundo casamento, só que clandestino. De nós dois, fui eu que recebi a melhor parte. Seu presente a mim, a Vila Elisa, plasmou meu destino. Construiu-a, segundo ele, parecida comigo. Não sabia, então, até que ponto isso seria verdadeiro. Fundimo-nos as duas e nos expandimos juntas. Ela podia abrigar meus crescimentos, podia amoldar minha alma. Assim, sou grata a seu pai. Quero que procure seu filho. Nenhuma herança material foi exigida por ele e não apareceu com a mãe ao enterro, para reclamar o cadáver. Dê a ele tudo o que tem direito, não só os bens mas, sobretudo, o que a dignidade exige. Teve que se conformar sempre com uma situação considerada inferior. Procure compensá-lo da fraqueza de Bernardo. Seu pai, como sabe, morreu no hospital, pondo nessa morte coragem que talvez lhe tenha faltado na vida. Internou-se quando se soube desenganado e esperou seu fim com tranqüilidade. Não sei se terá mandado chamar sua outra família. Ninguém o soube.

Despediu-se de mim com voz fraca, mas de modo muito afetuoso, sem fazer confissões ou declarar-se arrependido, mas dizendo que eu soubera agradecer o seu presente, a Vila Elisa, vivendo lá da melhor maneira possível. Depois, lembrou-se de quando tomávamos champanhe no torreão e disse: "que bom, Elisa, que pudemos ser jovens juntos!" Beijei sua mão, seu rosto e fui embora. Ainda era belo, seus olhos azuis aureolados pelos cabelos brancos, a cor rosada dos italianos em seu rosto, sobrepondo-se à doença. Quantos equívocos tinham se passado e quantos anos, para que chegássemos àquilo. Envelheci bem, acredito-o. Meu corpo conservou-se enxuto e ágil. Isso foi um presente imerecido, pois nunca o submeti a rigores da dieta, entendendo que a boa comida também alimenta a alma. Álvaro me dizia que nunca conheceu cozinha melhor do que a da Vila Elisa. Quantas vezes jantamos juntos na grande sala ou na minha própria ala e quantas vezes não arrumei, eu mesma, a mesa para ele. Prestava-lhe homenagem indo supervisionar pessoalmente o jantar. Seu pai conservou sempre a adega impecável, mesmo sabendo que ela servia a mim mais do que a ele. A mesquinharia nunca foi um traço do seu caráter. Há muito, muito pouca gente que pisa os umbrais da Vila Elisa. Não sinto falta disso. Deixei de poder suportar as trivialidades das pessoas. Tenho sempre presentes Lúcia e Germana, você vem às vezes. Estou com setenta e cinco anos, sobrevivi mais cinco a seu pai. Olhando para trás, sinto que vivi muito, embora grandes acontecimentos não tenham se passado. Isso não importa. Não são os fatos que contam, eles alteram a superfície das coisas, mudam os rumos, mas não são eles que desvendam a vida. Como pode Mozart, com notas tiradas do nada e sem mesmo se dar conta disso, traçar com precisão nossa história no mundo? Caminhei tão longe, na Vila Elisa que às vezes voltava exaurida, o corpo doído, achando que a minha fragilidade não agüentava tanto. E outras vezes era puro prazer, graça, fina alegria. Como você, sempre amei as nuvens e elas me eram dadas com prodigalidade na Vila, levando-me para muito longe, ao crepúsculo. A aurora "de dedos róseos", veio também, muitas vezes ao meu encontro, no torreão, trazendo-me suas nuvens frescas. Por fim, instalei minha luneta, para ver de perto as estrelas e me entrou pela varanda toda uma cosmogonia. Nesses momentos me sentia mais perto de você, que voara alto demais, tornando-se, também, uma estrela. Nem isso me faltou, ver de perto as estrelas e ser mãe de uma. Faço, agora, um esforço para te escrever, pois estou fraca. Há muitos anos estou doente sem que isso tenha me incomodado muito. Só agora o mal se agravou e foi-me dado pouco tempo de vida. Não quero morrer na Vila, irei para o solar quando isto estiver para acontecer. O solar foi marcado por muitas mortes e agora chegou a minha vez. O corpo será velado como o de todos os outros, no salão, e encomendado na capela. Se eu pudesse dispensaria tudo isso, mas tem que ser assim. Solene e digno, como sempre foi com todos os Avellar. Tocheiros de prata na capela, panos roxos cobrindo os santos. Preciso, também, passar por isto. A Vila não tem atmosfera para a morte e quero conservá-la assim. Deixo-a em meu testamento para você, com tudo o que contém. Terá bastante dinheiro para mantê-la, pois minha fortuna é grande. Queria que a conservasse como está, pelo menos enquanto viver. Não há nenhuma morbidez nisso. A casa sou eu, mas temos tempos de vida diferentes, preciso morrer antes. Acredito numa alma mortal e essa alma, penso, se impregna nos objetos que nos cercam, na casa em que vivemos. A alma é mais intensa em uns do que em outros. Sei que a minha me sobreviverá na Vila Elisa. É a única forma de sobrevivência que desejo. Não acredito em fantasmas, não invisto na vida futura. O que passeia nas casas mal-assombradas são os que ali estão vivos, embora mortos. Você pensa que sairei da Vila Elisa? Impossível. Minha alma ali se expandiu e ali se recolheu. Passei a mão em cada objeto e os amei todos. Escolhi, eu mesma, suas alfaias, tocada pela beleza que me comunicavam. Sempre procurei proteger sua fragilidade, cercando-as de cuidados. Mesmo morta, não posso abrir mão delas. Quero que permaneçam na Vila, no lugar em que as deixei, enquanto você viver. Depois, que sigam seu próprio destino. Não imagino a casa habitada por estranhos, por seres desvinculados de sua história. Não a quero, também, impessoal, transformada em museu ou numa dessas instituições culturais onde pululam funcionários públicos. Quando você estiver velha, reparta com seus filhos os objetos e entregue a casa a seu próprio destino. Cairá de velha ou será demolida para que se erga no lugar um edifício moderno, desses que valem muito dinheiro. Não quero que seja um peso para ninguém. Também não a quero vendida ou alugada. O mundo já não comporta casas como essa. Tanto pior para ele. Morro sem apostar no destino da humanidade. Estão castrando a imaginação humana e sem isso o mundo não vai muito longe. A Vila ficará na memória dos habitantes de Palmas como um castelo de fadas, tragado no ar, um belo dia. Ela foi isso mesmo: um momento de sonho no qual eu mesma sonhei. Ao escrever agora para você e repassar minha vida, tudo me parece sonho, tudo matéria incorpórea. Morro com essa sensação afinal, feliz. Agora quero falar do nosso bordado. Nunca mais o retomei. Deixei de ser aquela mulher que ia vestir o penhoar chinês. E no entanto, enquanto o bordávamos, tudo me parecia tão perfeito! A casa, os objetos, os filhos, a ordem doméstica, um marido a quem estava ligada para a vida inteira. Não pedia mais nada à vida e dispunha de todas as garantias. Olhei para meu pavão pela metade e pensei: um momento perfeito! Um toque de campainha, simples crispação no ar, alguns passos para a direita e nada mais era como antes. Fiz muitos bordados depois daquele, mas os pavões me ficaram para sempre interditados. Cheguei a pensar um dia em retomar o trabalho, não mais para compor com ele um penhoar, e sim outro objeto de adorno qualquer. Tive medo: os pavões, a partir daí, sempre me pareceram letais, enganosos no seu excesso de beleza. Nunca mais retirei o penhoar da arca onde o guardara. Você ainda o encontrará por aí, a fazenda rota, pois quanto tempo se passou depois disso? Nem eu sei mais, ultimamente venho perdendo a noção do tempo. Estou viva escrevendo esta carta e, no entanto, você só encontrará quando eu estiver morta. Será tão grande o poder da morte? Creio em Jesus quando falava em ressurreição. Estar agora falando com você não é uma forma de ressurgir? São frágeis os limites entre a vida e a morte. Um corpo putrefato é muito pouco. Vivemos pelas gerações afora em detalhes imperceptíveis. Onde começamos e onde terminamos? Não sabemos. Nossa alma é mortal e permanece nas coisas mortais. Não conheço uma forma melhor de imortalidade.

Penso que terminei de dizer tudo o que queria. Talvez devesse dizer mais, porém é melhor assim. Nunca fomos de falar muito uma com a outra. Encontramos a nossa fórmula própria de amar. Houve entre nós segredos. E bom que seja assim. As vidas não são feitas para serem devassadas. Temos que dar graças por isso. Vou, agora, deixar para sempre a casa. Lembro-me ainda de quando partiu dela, com Pierre, no frio da manhã. Acenei para você do alto das escadas. Era a vida que você buscava, partindo. Ao contrário de mim agora. "Vila Elisa", meu nome inscrito em bronze imperecível, no alizar da porta. Mas, o que é perecível?

Tomarei daqui a instantes o carro, em direção ao solar. Germana apagará as luzes à minha partida, deixando apenas aceso, como sempre, o torreão, fantasmagoria na noite. Foi sempre sonho, Elisa? Já nada mais sei.

Sua mãe.

Eu chorara pouco a morte de minha mãe, sabendo que esta hora me estaria ainda reservada. No silêncio da casa só cabiam, agora, meus soluços. Não chorava baixo, controladamente, como fazia em outros momentos dolorosos de minha vida. A dor que me tomava agora era selvagem, vinha de uma fonte ancestral. Sentada na poltrona, eu a deixava aflorar, sem limites e não era só por minha mãe que eu chorava, mas pela nossa dificuldade mesma de amar, de expressar esse amor através de formas concretas, visíveis. Tantos anos, tantos, tinham se passado desde que eu fora gerada e aquela condição mesma de ter saído de seu ventre era um obstáculo, como se a nossa linguagem estivesse comprometida. Tínhamos de usar sinais cifrados para expressar esse amor e nos poupávamos dele como se fosse uma coisa infringida. Minha mãe lera meus livros e se maravilhava com eles. Eu pouco sabia disso. Minha mãe escrevia com o estilo de uma escritora. Fora daí que eu irrompera, buscávamos, nós duas, com uma teimosia quase fanática, desbastar nosso próprio ser, e pouco falávamos disso. Em criança eu a espreitava como a uma presa, querendo decifrá-la. Depois de adulta aquele desajeitamento, aquela economia, aquela desconfiança, e medo de me ver refletida nela, eu que queria ser livre e matriz de mim mesma. E agora queria vê-la, falar com ela, tocá-la, arrancar as palavras abafadas. Podíamos ter tido um relacionamento único, especial e fôramos tolhidas pelo nosso próprio sangue, que era o mesmo. Nossa alma, nossa alma que ela dizia ser mortal e que, portanto, dispunha de pouco tempo nesse mundo, não fora capaz de transpor a barreira imposta pela nossa carne. Não eram os segredos de minha mãe que me interessavam, como na infância, não era querer desvendá-la o que importava, era sim, ter podido saber a forma certa de amá-la, de poder tê-la visto na sua totalidade, de ter usado com ela todas as palavras de que eu dispunha, palavras que eu, como escritora, sabia tão bem manipular. Como qualquer um dos meus leitores, foi nos meus livros que minha mãe me encontrou, quando eu estava ali tão perto dela, desde que nascera. Tudo que eu fazia, quando escrevia, era manipular palavras impressas no nosso próprio ser comum, liberadas para expressar a mesma essência comum. Que dificuldade tão grande existia entre nós que exigiu de mim tal adestramento, tal paciência, tal sutileza, tal porfia, para me comunicar com minha mãe? Quem sabe se eu não fosse uma escritora teria sido mais fácil me chegar diretamente a ela, as palavras irrompendo incontroláveis, quem sabe se eu não escrevesse aqueles malditos livros me tivesse sido mais fácil, me sobrasse mais tempo, me fosse mais premente me expressar com ela? Eu não tinha respostas, mas naquele momento tudo o que queria fazer era chorar, chorar sem interrupção, sem controle, como se as lágrimas substituíssem as próprias palavras. Chorei o dia todo sem que ninguém se aproximasse, como se só eu existisse na casa, no mundo. Deixei a ala de minha mãe quando as luzes da Vila já tinham se acendido e me dirigi para o meu quarto, trôpega, sem forças até para andar. Novamente a necessidade da água. Enchi a banheira e ali fiquei horas, já liberada da premência da dor, quase anestesiada. A cama estava à minha espera, aberta. Mergulhei nela e dormi infinitamente, numa pesada escuridão apaziguadora. Encontrei Germana e Lúcia no café da manhã. Eu sentia fome. Devorei a comida com avidez e prazer. Germana me entregou outra chave. "É a chave da caixa que está na cômoda, Elisa". Sim, as cartas de Álvaro estavam ali, minha mãe me autorizara a lê-las. Encaminho-me para o seu quarto sem olhar muito em volta, abro a gaveta e encontro a caixa. As cartas estão diante de mim, a caixa nos meus joelhos, aberta. São muitas, mais do que eu podia imaginar. Passo a mão sobre elas. Referem-se a dois mortos, mas eu não chorara Álvaro com o desespero que fizera em relação à minha mãe, limitava-me a pranteá-lo quase diariamente, toda vez que me lembrava de uma frase sua, de um momento vivido juntos. Entretanto, eu tinha falado mais com ele do que com minha mãe, ele sabia de minha vida mais do que ela. Continuo a passar a mão nas cartas sem, entretanto, abri-las. Conheço o papel de Álvaro, o envelope estreito, com seu nome atrás escrito em letra fina. Passo a mão no relevo, procuro ver se a caixa contém outras coisas além dessas cartas. Meus olhos começam agora a ver o quarto, todos os objetos, agora meus, que minha mãe ali distribuiria. O tempo passa, a caixa aberta não parece firme, torno a fechá-la. E de repente, aquela certeza: não abrirei as cartas. Minha mãe dizia, na sua carta, que as vidas não foram feitas para serem devassadas. Ela guardava aquelas mensagens ali, fechadas a chave, durante todo aquele tempo, e sabendo que ia morrer, pensara que podia expô-las, que já não estava mais comprometida com elas. Engano de minha mãe. A morte não tem que devassar os segredos dos vivos, e não os libera de seus compromissos. Era em vida que aquelas cartas me deviam ter sido mostradas. Agora que ambos estavam mortos eu não queria isso, não queria aquela gentileza *post-mortem*. Em criança espreitava minha mãe, buscando descobrir-lhe a alma, devassar-lhe os recônditos. Agora não precisava mais disso. Era preciso deixar que os mortos levassem para o túmulo seus segredos. Dona Elisa me autorizara a ler as cartas, mas deixara a mim a decisão. Não era através de Álvaro que eu devia, agora, encontrá-la, não era em palavras dirigidas a ela que eu queria achá-la. Para conhecer minha mãe não precisava possuir seus segredos; só desejava saber o que me fosse dado descobrir por mim mesma. Minha mãe queria conferir, de repente, a mim, uma intimidade que a vida não nos autorizou a ter. Essa intimidade vou eu mesma buscá-la, pacientemente, agora que está morta. A casa me fora legada, poderia haver dádiva maior de si mesma? As cartas ficarão na caixa, trancadas. Fazem parte da casa, da vida que minha mãe deixou aqui, impregnada nos objetos mínimos, no cheiro que paira no ar, como se seu corpo ainda estivesse presente. Passo a chave na fechadura do estojo, como dona Elisa devia, tantas vezes, ter feito. Fecho a gaveta. Os segredos pertencem às cartas e às gavetas. Também aos mortos. No porta-retrato oval, meu amigo me olha, sem censura. "Tenho uma velhice, pela frente, Álvaro; minha mãe parece ter se saído bem dela. Vamos ver como me saio". Estava habituada a falar sozinha com Álvaro, desde que morrera. Falar com ele, agora, me apaziguara de vez. Estava calma. Há a vida a enfrentar, pensei, antes de enfrentar a velhice.

Pego o telefone e ligo para o solar. Falo com tio Gustavo. O testamento será aberto amanhã às dez horas. Tenho de estar presente, para testemunhar os desejos de minha mãe, para exigir que sejam respeitados. Chego ao solar pontualmente. Tão diferente da Vila Elisa! Austero, quase ascético, sem nenhuma frivolidade. Uma fazenda instalada no meio da cidade. A nota de leveza estava nos gradis de ferro que acompanhava as escadarias de mármore, cheios de volteios graciosos. O imenso jardim da casa também atenuava a sua gravidade. Deslumbrei-me ainda com a beleza dos móveis, com as opalinas azuis distribuídas sobre eles. Não sei quem morará na casa com a morte de tio Gustavo. Quem sabe se não a transformariam num museu? Os retratos de nossa família exibidos em horários determinados? Ali estava o de Herr Rommel muito mais moço do que quando o havia conhecido. Minha mãe fora criada naquela casa, mas a Vila lhe servia muito melhor de moldura. Nos sofás de palhinha estavam sentados minhas irmãs, seus maridos, seus filhos e tio Gustavo. Havia, afinal, poucos herdeiros. Tio Gustavo era filho da velhice de meus bisavós, regulava, em idade, com minha mãe. Seu dinheiro também ficaria para nós, pois não se casara. Minha chegada, de novo, despertava curiosidade. Todos estavam vestidos solenemente, eu me limitara a uma de minhas roupas soltas, de algodão, os pés calçados com sandálias. Não estivera presente à abertura do testamento de meu pai, cinco anos atrás. Meus dois cunhados se acercaram de mim com gentileza excessiva. Minha presença não parecia ali, natural. O tabelião chegou e nós encaminhamos para o escritório onde, sentado na grande escrivaninha, abriu com gestos precisos o testamento e começou a lê-lo. Estavam, pois, divididos os bens de minha mãe, e eram muitos, pois ela herdara dos pais e recebera a metade do que pertencera ao marido. Fora filha única, tudo se acumulara para ela. Dividira tudo equilibradamente, de forma irreprochável. Os empregados, o chofer, foram contemplados com generosidade. O Asilo Bom Pastor, acrescido da creche que minha mãe a ele acrescentara, continuaria a ser mantido pela família. Bolsas de estudos, nas faculdades e colégios locais a estudantes pobres, reservas para a conservação e construção das casas da Paciência, para a manutenção da sua escola e do seu ambulatório. Uma sobrinha única de Lúcia, agora adotada por ela, recebera um bom quinhão, também os filhos de Germana. Os descendentes de dona Elisa não conheceriam, tão cedo, a pobreza. No que me dizia respeito, vivi muito tempo no Rio, com o que auferia dos meus trabalhos de advocacia e isso era mais do que suficiente. Quando meu pai morreu, recebi a minha parte na herança, mas não alterara meus hábitos. Morava ainda no apartamento pequeno do Jardim Botânico, feito sob medida para mim, uma concha de silêncio. Tinha agora uma boa casa em Petrópolis, e dera a cada um de meus filhos um apartamento, escolhido por eles. Minha mãe deixara as fazendas, as fábricas, nas mãos dos seus atuais administradores, também contemplados no testamento. Depois da morte deles, não sei quem as administrará, já que ficaram como patrimônio de todos. Os negócios imobiliários de meu pai, sua grande firma construtora estão há muito sob a administração do marido de Maria Teresa, bem como o banco. Maurício, marido de Maria Luísa, instalou um hospital modelo em prédio construído por meu pai. A cidade se orgulha dele. Palmas, de certa forma, usufruía do dinheiro da família. O fato da Vila ter ficado comigo não pareceu ter surpreendido ninguém, mas senti que perpassava no ar a indagação sobre se eu viria ou não morar ali, realizando, todos pensavam, um desejo de dona Elisa. Mas essa decisão, também, ela a deixara para mim. Roberto não deixou de me dizer com ar de brincadeira: "Sabe que a Vila vale muito? É um terreno imenso, na parte mais valorizada de Palmas. Loteada valeria uma fortuna, daria um novo bairro!" É, seria um ótimo negócio, ficando ele como construtor! Tanto ele como Maurício tinham recebido imóveis, o equivalente do valor da Vila, pois que dona Elisa, praticamente, era dona da cidade. A frase dele podia ser dispensada, mas ele não conseguiu evitá-la. Pensei em minha mãe na Vila Elisa cavando, como dizia, a própria alma, sentada na poltrona do seu quarto, ouvindo a casa a se expandir no silêncio, olhando as estrelas do torreão, contemplando as nuvens no crepúsculo, escutando Henry Purcell. Bordando e costurando, no quarto de costura. Puxando a bala de coco na cozinha. Dobrando o linho, como a vira fazer muitas vezes. Sofrendo, quando descobriu a vida dupla de meu pai. Erguendo-se das ruínas para construir sua própria vida e para se moldar a si mesma. Minha mãe obcecada na procura de sua própria essência, buscando alcançar o cerne das coisas. Recebendo, muito jovem, o desenho da Vila, através da qual meu pai procurava representá-la, de presente de noivado, e adaptando, ao longo da vida, aquelas formas ao ser em que se ia transformando. Era a mesma casa ou eram mil outras dentro dela própria? Que magia perpassara em suas linhas, que agora não era mais à minha mãe de vinte anos que representavam, mas a mulher sem idade em que ela se transformara, em cujo rosto as rugas pareciam sinais de espírito e não meras crueldades da vida? E nada disso fora percebido por aquela gente, nada disso pudera ser avaliado, acrescido ao seu preço. Se eu não existisse, se minha mãe não tivesse gerado também a mim, a Vila seria avaliada pelo valor do terreno e imediatamente abolida, como uma extravagância. Pensei nos equívocos de sangue, nas suas injustiças. Parecia que o sangue de minha mãe só percorria as minhas veias e as de meus filhos. Nem fisicamente minhas duas irmãs se pareciam com minha mãe ou com meu pai, os traços deles apareciam em seus rostos de forma a torná-las completamente diferentes dos modelos originais, a beleza delas parecia de outra espécie, uma estranha opacidade as construíra. Voltei-me para Maurício: "Pensarei no assunto". E ele: "Quer que mande avaliar, imediatamente, o terreno? Só para você ficar sabendo". "Não, Maurício, agora não. Quando quiser falarei com você". Animado, convida-me para jantar, hoje, em sua casa. Menti que ia embora imediatamente, pouco importava se descobrisse, ou não, a mentira. O carro ficara para mim. Ele disse: "É bom ter a Mercedes. Bom carro para viajar, não é?" Minha mãe a encomendara por serem de couro os seus bancos; ela não suportou, jamais, o contato com a matéria plástica. E eu ficara com a Mercedes, que bom, não teria que pensar nunca mais em comprar outro carro, negócio aborrecido. Despedi-me de minhas irmãs e de seus filhos (tão diferentes dos meus!), tentando demonstrar um afeto que não sentia. Temos um irmão, pensei. Será que sabem disso? Seus maridos, certamente, sabiam. Devem ter ficado aliviados, quando ele não reclamou nada da herança paterna.

Lúcia estava à minha espera, na Vila. Chamei Germana. "Vocês sabem que foram contempladas no testamento de minha mãe?" Ambas já tinham recebido, em vida, o que julgavam ser suficiente. Disse-lhes que seus herdeiros tinham sido contemplados. Falei a Lúcia: "A Vila ficou comigo". Ela sabia disso e estava contente. Almoçamos juntas, pedi a Germana que não servisse o almoço e se sentasse na mesa conosco, queria senti-la mais perto de mim. "Com que então ficamos nós três aqui, não é?" Estávamos comovidas. Tomamos um pouco de vinho. Depois do almoço comecei a percorrer minha própria ala. Eu também me chamava Elisa.

Passei três dias olhando apenas o que estava na superfície. Não abri armários, nem gavetas, nem baús, nenhum estojo além daquele que continha as cartas. Uma caixa de jóias, mencionada no testamento, devia estar ali, à minha espera. Outras duas, tinham sido enviadas à casa de minhas irmãs, segundo Germana, no dia em que dona Elisa deixara a Vila. Também estavam mencionadas no testamento. Eu herdara a casa com tudo o que continha: roupas de cama, mesa, baixela, pratarias, louças. Não herdara, em compensação, as que estavam no solar e que pertenciam, também, a dona Elisa. Talvez tivessem mais valor do que as da Vila, mas não tinham sido escolhidas por ela. Os lençóis imaculados da casa, seu odor de lavanda, agora me pertenciam. Lembrei-me de uma extraordinária toalha branca, de crivo, cujo risco ela mesma traçara e enviara às freiras, no asilo. Seu monograma, usado em quase toda a roupa branca, era igual ao meu. EAS, Elisa Avellar Salles, nome que eu retomara quando me desquitara. Apenas meu nome de escritora era Elisa Avellar. A idéia daquele contato íntimo com esses panos trabalhados por minha mãe me encantava e a via tocando a fazenda com a mão, afastando-a um pouco dos olhos para melhor examinar seu trabalho, avaliando cada ponto, escolhendo a combinação das cores e das linhas. Eu me lembrava dela na posição de bordar, quando podia, em criança, contemplá-la mais longamente e decorar sua beleza. Nesses momentos julgava captar uma sensibilidade, um requinte de alma, que pareciam sair pelos fios de seus cabelos diretamente em minha direção. Nesses momentos, seu rosto me comovia. Lúcia não apareceu na casa naqueles dias, querendo certamente me deixar sozinha. Teríamos muito tempo, ainda, para conversar. Não relera a carta que recebera: não era preciso, guardava cada palavra. Sabia que tinha que procurar meu irmão. Na mesa de cabeceira de meu quarto encontrei, numa manhã, seu endereço e seu telefone. Morava muito perto de mim, na rua Lopes Quintas, no Jardim Botânico. Quantas vezes passara em sua porta quando ia visitar Nélida, na rua Peri. Fazíamos, certamente, o mesmo percurso para o trabalho. Desde quando ele morava ali?

Era uma quinta-feira quando deixei a Vila. Não esperaria o fim de semana para procurar meu irmão. Na própria sexta, ligaria para Bernardo Zerbini.

Eu reduzira o tamanho de minha casa. Um escritório, meu quarto, dois outros eventuais, para os filhos, sala. Um prédio antigo, desses que eram construídos para imitar as casas. Branco de janelas verdes, providas de venezianas. Uma escada de pedra cercada por jardineiras onde as samambaias choronas se debruçavam. O hall de entrada com piso de mármore branco e cor de pórfiro, formando losangos, mármore que se prolongava pelas escadarias. Detalhes curiosos, como um friso de azulejos verdes, delicadíssimos, na fachada e no pórtico do portão de ferro. Toda essa mistura de simplicidade e luxo, me atraíra. Alguns prediozinhos dessa época sobravam ainda em minha rua e seus arredores, com os telhados à mostra. Também árvores com épocas diferentes de florescência: os flamboyants que avermelhavam no verão e as amendoeiras que se tornavam rubras no inverno.

Sentava-me na poltrona no final da tarde para ver, da janela, o sol se pôr em direção ao Parque Lage. Uma enorme jaqueira captava, imóvel, suas últimas luzes, concentrando-as e irradiando-as, até que a escuridão prevalecesse. Agora que eu não mais trabalhava fora, podia me deter nesses detalhes, podia observar a luz do dia em suas variações, apenas olhando pela janela. Podia-se dizer, esperava com alegria a chegada do inverno apenas para tomar chá no escritório, onde a empregada colocava a bandeja em cima da escrivaninha, afastando o papel em que eu escrevia. Ficava atenta aos movimentos, escutava-a abrindo a porta da cozinha, ouvia seus passos caminhando no corredor, os pequenos ruídos da louça. Reduzira a casa às minhas próprias dimensões, podia percorrê-la toda em minutos, tinha adquirido com ela uma intimidade que dispensava qualquer outra companhia. Que diferença da Vila Elisa! Olhava da janela as jardineiras de samambaias e me lembrava dos jardins de minha mãe, nos seus inacreditáveis canteiros de amores-perfeitos e violetas. Que teria pensado ela da exigüidade de meu espaço agora? Eu tinha arranjado para mim uma vida, tinha colocado tudo ao alcance da minha mão. E isso fora acontecendo lentamente sem que me apercebesse, era como se um ímã dentro de mim mesma me puxasse para o meu interior. Ao contrário de minha mãe, eu tinha vizinhos, esbarrava com desconhecidos na rua, ouvia choro de crianças, vozes, emergindo, no meio da noite, dos apartamentos pegados.

Ao regressar agora da Vila, a grandiosidade de suas dimensões me causava espanto.

Sentada na sala, hesitava em pegar o telefone. Finalmente, me decidi: eram nove horas da noite. Não sentia em mim nenhum apelo para falar com um irmão desconhecido. Minha vida estava protegida, eu conseguira depois de duras lutas deixá-la a salvo, o mais possível, de acontecimentos, de convites de pessoas que eu mesma não elegera, de invasões. Que iria fazer com um irmão desconhecido àquela altura? Meu pai quisera deixar oculto esse lado da sua vida e meu irmão também procedera assim. Por que não deixar as coisas dessa forma? O horror de me ver invadida era tão grande que hesitei, paralisada, diante do aparelho, sem coragem de submeter outra pessoa àquela intromissão. Não era, porém, um assunto de escolha e, sim, uma determinação de minha mãe, feita em plena lucidez. Disquei os números com firmeza. Reconheci o timbre da voz de meu pai às primeiras palavras. "É Bernardo Zerbini?" "Sim", respondeu-me. "Quem fala aqui é Elisa Avellar". Um longo silêncio do outro lado da linha. Depois: "A escritora?" "A escritora, não. A sua irmã". Estava dito, estava dito, assim, com todas as palavras, sem disfarces. Novo silêncio e em seguida: "Irmãos a gente conhece desde que nasce, eu não conheci nenhum". E eu:

"Bernardo, eu não gosto de falar no telefone. Para mim é a pior forma de comunicação e, na situação que estamos vivendo, a menos adequada. Preciso ver você, temos que estar juntos, isso é uma coisa de que não podemos escapar. Por favor, procure facilitar as coisas". A voz adquiriu uma nova entonação. "Está bem, dona Elisa, para quando quer marcar o encontro?" "Amanhã de noite em minha casa, está bem?" "Está". Ia começar a dar o meu endereço quando ele me interrompeu. "Sei seu endereço, está no catálogo". Ele me conhecia, vira certamente minha fotografia, quem sabe até tivesse lido os meus livros, mas eu não sabia nada dele, nunca vira o seu rosto, ignorara sua própria existência. A situação era desigual e me sentia em posição inferior. Vivi o dia de sábado com uma ansiedade desconfortável. Procurei controlar a minha inquietação indo caminhar no Parque Lage e lá, pensava naquela mulher que o tinha habitado, Gabriella Besanzoni, e que ali não envelhecera como minha mãe na Vila Elisa. Entrei pelo portão que eu chamava "portão de Mackintosh". A casa, cenário operístico em meio a uma floresta, tinha agora um ar adormecido. As águas mortas do lago, as folhas mortas do chão, a desolação de tudo me reportavam às palavras de minha mãe no final da carta: "foi tudo sonho, Elisa?"

Olhei para dentro da casa pelo portão fechado para os resquícios da vida que um dia ali eclodira. No umbral da porta estava escrito: Vila Gabriella. Seu nome impresso num lugar que não mais lhe pertencia, e mais do que isso, que não lhe dizia respeito. A construção sólida da casa resistia à destruição, mas existem outras espécies de ruínas. A fachada ainda era a mesma, mas, dentro, a banalidade desfigurava tudo. Tive, de repente, vontade de saber mais sobre aquela mulher e sobre o homem que também vivera ali: Henrique Lage, o grande armador e empresário, que tivera a coragem de edificar aquele templo desmedido, feito para estimular grandes agudos e desestimular qualquer tipo de realidade. Nenhuma curiosidade parecia mover as pessoas que por ali circulavam, as mães que conduziam seus filhos pelas grutas artificiais, sem se darem conta de que se moviam num cenário fantástico, no qual o cotidiano não ficava bem. As duas vilas — a de Gabriella e a de Elisa — nada tinham em comum, e a vida que dentro delas se desenrolava não podia ter sido mais diferente, a de Gabriella marcada pela mundanidade, a de minha mãe pelo recolhimento. Mas o impulso de meu pai em construir a casa tinha sido o mesmo a que obedeceu o armador: foram presentes régios oferecidos, gestos de amor, nos quais puseram a esperança de reproduzir as amadas em matéria sólida, não perecível. No caso de minha mãe, meu pai fora além do que tinha pretendido, pois Elisa e sua Vila se tinham fundido numa só. Eu queria agora saber um pouco mais de Gabriella Besanzoni e de seu destino. Quem sabe, teria material para escrever uma peça? A vontade de resgatá-la do equívoco em que se tornara a sua casa me espicaçou. "Quem sabe se segunda-feira começo a pensar nisso?"

Mas era sábado e, de noite, um outro assunto me esperava. Espiei pela janela a rua silenciosa. E saí dela, antes que pudesse ser surpreendida. Dez minutos passavam das nove. Ele viria? Não percebera em sua voz nenhuma dissimulação.

Mas, e se mudou de idéia? Ajeito na jarra as flores que comprara de manhã, puxando para cima os botões de rosa. Ao puxar o último, a campainha toca. "Vim a pé", ele me diz da soleira da porta, "pensei que fosse mais perto". Meu Deus, é meu pai com trinta anos, os brilhantes olhos azuis, que está diante de mim. Só que a beleza olímpica dele, naquela idade, tomara agora uma forma humana. Não mais a postura ereta demais, a cabeça levantada, o distanciamento, a formalidade. O homem que estava diante de mim revestia-se de uma irresistível humanidade e me expandi num sorriso e tive que me conter para não tomá-lo nos braços. Ele me estendia a mão num gesto conveniente, sem frieza, mas, também, sem calor excessivo. Era um gesto absolutamente natural. Não era tão alto quanto meu pai, o que lhe dava talvez uma mobilidade maior, uma flexibilidade nos braços e nas pernas, um assenhoramento do próprio corpo, que pareciam faltar ao Dr. Bernardo Salles. Sentou-se na poltrona, atendendo ao meu convite, eu no sofá. Imediatamente começamos a falar no bairro, na iluminação de mercúrio que desfigurara a pracinha, nos prédios enormes que surgiam cada dia, abolindo o caráter intimista do lugar, tirando-lhe a peculiaridade. Disse-lhe que os habitantes do bairro tinham tido, até então, características próprias, eram reconhecíveis dentro da cidade e que num de meus livros, eu havia falado nos meus vizinhos, como pessoas integradas nessa geografia. Agora, naqueles prédios enormes viviam seres vindos eu não sabia de onde, sem nenhuma peculiaridade. Perguntou-me "e eu, seria descrito no seu livro como um habitante do bairro?" "Não somos daqui, respondi, somos de Palmas, mas parecemos, sim, habitantes do bairro..." "A sua Palmas não é a mesma minha", retrucou. Olhei para ele: "eu diria que é" e continuamos a falar na cidade, na sua vulgarização progressiva e, como escritores e intelectuais, talvez anestesiados pelos regimes de força, tinham permitido, sem se mexerem, aqueles atentados, como se o país não fosse também o bairro, a casa, o quintal, o jardim. Falei-lhe na destruição do Monroe sob as ordens do Presidente Geisel, da Academia de Belas-Artes, da Grandjean de Montigny, sob as ordens de Getúlio Vargas, gestos inúteis e brutais, feitos apenas como para atestar o poder de seus autores. O espaço onde se encontravam esses edifícios permanecem até hoje vazios, demonstrando a gratuidade do gesto. Comecei a falar sobre os sucessivos "rostos" da avenida Rio Branco, cada prefeito querendo fazer dela o logotipo do seu governo, anulando a imagem anterior. Prefeitos civis, dizia eu, não militares. "O autoritarismo civil é mais sofisticado, menos óbvio"; responde Bernardo. "Arthur Bernardes e Getúlio Vargas são mais charmosos do que o Presidente Médicis. É um autoritarismo poroso..." De onde meu irmão tinha recebido tais informações? Meus filhos não falavam assim. Perguntei-lhe o que fazia, onde trabalhava. "Sou arquiteto urbanista, trabalho na Secretaria de Planejamento e dirijo, no momento, um projeto meu, de preservação e revitalização do centro da cidade". "Um projeto no qual estão envolvidos artistas, escritores, intelectuais?" "É, eu os convidei. Estou querendo instaurar um urbanismo neo-romântico"... "Meu Deus, era ele!" Ele, o arquiteto urbanista que estava dirigindo aquele projeto conhecido por toda a cidade, discutido, debatido, no qual tantas vezes eu quisera me engajar! Bernardo Zerbini, agora me lembrava exatamente do nome!" Ele, o filho de meu pai, que reedificara uma nova Palmas sob as ruínas da antiga, que traçava cidades retas sobre a prancheta armada, que ganhara rios de dinheiro construindo bairros idênticos, destruindo seus verdadeiros núcleos de nascimento, que selara o seu poder tornando-se prefeito e que, como prefeito, traçara um plano urbanístico piloto, implantando-o e, por tudo isso, era considerado um benemérito, um herói, recebendo bustos em praças públicas, dando nome a cidades! Parecia um estranho desvio mas, quem sabe, pelas circunstâncias da vida de Bernardo, fosse em vez de um desvio, um caminho natural? E de repente, pensei: meu pai também construiu a Vila Elisa e nela morou a vida inteira. Não poderia estar ali o cerne de tudo? Não poderia partir daí a dualidade de meu pai, sua vida dupla, suas duas famílias? E Bernardo Zerbini, filho de Bernardo Salles e não de Elisa Avellar parecia-me, neste momento, muito mais próximo do meu sangue do que minhas duas irmãs, embora em suas veias corresse sangue diferente. Não sabia como entrar no assunto, como falar em meu pai, mas tomei coragem e perguntei atabalhoadamente: "Foi em Palmas, com meu pai, que você aprendeu todas essas coisas?" Olhou-me nos olhos: "Foi lá, também que você aprendeu a escrever?" Não havia agressividade na pergunta. De repente, não suportei mais: "Minha mãe morreu". "Eu sei". "Você a conhecia?" Ele sorriu: "Fui uma vez, quando tinha doze anos, ver o Dr. Bernardo no seu escritório. Ele, então, me mostrou a casa. Vi, de longe, dona Elisa cuidando do jardim; vi também seu retrato na escrivaninha, num *passe-partout* oval, e outro, um quadro a óleo, na parede. Nunca esqueci sua figura seu rosto e, muitas vezes, a desenhei. Uma vez, tentando copiar como exercício o retrato de Fritza Riedler, de Klimt, tentei desenhar o rosto de sua mãe no lugar do rosto de Fritza, mas não conseguia dissociá-los. Para mim ficaram sendo iguais". Assim, tão sem rancor! E, no entanto, não me parecia ser um ser apático, passivo, daqueles que eu detestava. A calma que emanava dele não era destituída de intensidade. Tínhamos o mesmo pai, mas seria realmente o mesmo? Teria ele, meu pai, amado aquela mulher que minha mãe dizia ser passiva porque aceitava viver na sombra, porque ficava no segundo plano, teria amado aquele filho? Fiz os cálculos: Bernardo teria vinte e cinco anos quando meu pai morrera. Meu fascínio por dona Elisa começara quando eu era criança. Tinha me concentrado nela, deixando meu pai como figurante. A vida dele, nessa época, desenrolava-se fora de casa, num mundo que era interditado. Aproximei-me de meu pai depois. Quando morava com Pierre, na Vila, pude me aproximar mais dele, jantávamos freqüentemente todos juntos, na grande sala de jantar. Ele me parecia não ter escaninhos, todo o seu ser irradiava claridade. Minha mãe, pelo contrário, era como se vivesse imersa em meios-tons. No entanto, era ele que vivia uma outra vida, oculta. Tudo o que eu possuía a respeito do Dr. Bernardo eram dados, como se não tivesse uma alma a ser fotografada. O homem que estava, neste momento, sentado diante de mim era, quem sabe, o lado de meu pai que me ficara obstruído, ou que ele tolhera em si mesmo. A raiva que eu sentira quando, em criança, vislumbrava o sofrimento de dona Elisa e lhe detectava a origem, com a idade se esvaiu. Ela soubera emergir dessa mágoa, meu pai, com o tempo, perdera o poder de lhe fazer qualquer mal. A medida de sofrimento dela era maior, o amor falhado apenas um atalho. E, para mim, o que meu pai significava? Infundia-me segurança, sua grande mão na minha me apaziguava. Era bom o seu contato físico quando me abraçava. Entre nós não havia coisas sem dizer, subentendidos, gestos de amor abortados, delicadezas imperceptíveis, limites a ultrapassar. Nossa relação era indivisa, meu pai, um bloco. Quem sabe se agora, através de seu filho, conseguiria eu fragmentá-lo? Ele dissera "meu pai", com naturalidade e isso desanuviou a tensão. Prossegui a conversa: "Minha mãe morreu, foi ela que me revelou, por carta a sua existência". "Sabe que ela me enviava presentes de aniversário? Eram livros raros, que chegavam cada ano. Ninguém nunca me disse de onde vinham mas, com o tempo, adivinhei. Muitos eram em inglês e francês. Quis aprender essas línguas para poder lê-los... Dizem que meus desenhos sofrem a influência da Tenniel. Foi ela quem me mandou *Alice no país das maravilhas* e eu ficava horas olhando os desenhos, procurando entender a história apenas através deles..." Dona Elisa, fechada na Vila Elisa, influenciava vidas, alterava destinos... Deviam existir outros casos e eu jamais saberia deles. "Bernardo, sei que parece absurdo. Eu não quero ficar crivando você de perguntas, mas há entre nós tanta coisa a ser esclarecida! Se você se dispuser a me contar, a me contar tudo de uma vez, iria facilitar tanto!..." "Eu mesmo não sei como começar, Elisa, não sou um escritor como você. Além do mais, foi você quem escreveu *O percurso do vento.* Sei o livro de cor. Não seria melhor que você deixasse as coisas caminharem sem segmento?" "Não, não seria melhor. Já perdermos tempo demais. Quero apenas as linhas iniciais do entrecho, quero, talvez, o primeiro capítulo, o capítulo que dê a tônica do livro. Sei que você é capaz de fazer isto. Vou buscar um pouco de conhaque, se é que você gosta, ponho o copo na sua mão e você inicia a história. Assim está bem?" Ele assentiu. Eu peguei também o meu copo. A noite estava fria, era mister aquecê-la, não queria fechar as janelas, preferia deixar a sala exposta.

"Não sei se você sabe, Elisa, que tive dois irmãos. Não cheguei a conhecê-los, morreram juntos num desastre, quando o chofer de meu pai os levava à escola em Cruzes, que depois passou a se chamar Bernardo Salles e onde nasci. Minha mãe morava ainda em Palmas, no prédio que hoje nos pertence. Essas mortes foram, de certa forma, a causa de meu nascimento, dez anos depois, quando minha mãe já não tinha mais idade para ter filhos. Meu pai se culpava pela morte dos filhos e, segundo pude perceber, minha mãe também o culpava. É claro que os meninos não podiam estudar em Palmas, cidade onde morava a família legítima, e se deslocavam, diariamente, para Santana. Minha mãe ficou anos sem ter mais filhos e quando engravidou, resolveu a qualquer preço levar adiante a gravidez, o que conseguiu com risco de vida.

"Ela era uma linda mulher, sem nenhum traço de beleza espiritual de sua mãe. Segundo soube, tinha sido, muito jovem, uma funcionária de sucesso e podia ter feito carreira. Continuou sendo sempre uma pessoa extremamente organizada, as finanças em ordem, a casa na mais perfeita ordem. No seu tempo, era raro as mulheres trabalharem fora em Palmas. Meus avós eram apenas colonos na Fazenda da Paciência, como de resto, toda a minha família do lado materno. Mas minha mãe insistiu em trabalhar em Palmas depois de completar o curso normal e estudar datilografia. Começou como simples datilógrafa da firma, passando, depois, por seus próprios méritos, a secretária do seu presidente. Apesar de ser muito jovem, fez-se respeitar profissionalmente. Tenho a impressão de que a vida de negócios de meu pai nunca deve ter interessado muito a dona Elisa. Poder falar a respeito disso com uma mulher jovem e atraente, deve ter sido uma experiência nova para ele. Minha mãe e ele sempre conversaram sobre esses assuntos, ele a punha a par de tudo, pedia a opinião dela. Ela é inteligente, viva, sempre teve uma cabeça para transações econômicas, até hoje movimenta nosso dinheiro com a maior desenvoltura, meu pai sempre disse que ela daria um grande banqueiro... Sempre foi ambiciosa, e podia ter feito uma carreira administrando imóveis, já que, quando meu pai a fez deixar a firma, estava entregue a essa atividade. Segundo soube, depois dela nunca houve ninguém na firma que se saísse tão bem nisso. A paixão por meu pai lhe cortou a carreira, mas era quase inevitável. Ele era um belo homem, como você sabe, e devia encarnar todos os ideais de masculinidade da época, o perfeito herói dos filmes americanos. Era, também, o homem mais importante da cidade. Tudo isso deve ter ajudado a inflamar a paixão de minha mãe. Exigir que lhe tivesse resistido seria exigir demais, mas ela podia ter se tornado uma grande mulher de negócios, a primeira, quem sabe, em Palmas. Em vez disso, passou a ocupar o segundo plano da vida de meu pai. Imagino que, no começo, tudo não passasse para ele de uma aventura. Não um passatempo, mas uma aventura mesmo, no sentido de que tem isso de arriscado. Ele gostava de testar seu próprio poder e de desafiar um pouco as regras. A posição que ocupava podia lhe permitir aceitar tais desafios. Na verdade, não tinha nada a perder. A Vila Elisa devia lhe parecer um mundo à parte, no qual tais acontecimentos não penetrassem. A morte dos filhos deve ter abalado sua onipotência e feito com que a ligação perdesse o tom de aventura. Imagino que, com o tempo, minha mãe tenha se tornado para ele, indispensável. Ele a instalou primeiro em Palmas e, logo que engravidou, em Bernardo Salles, numa pequena casa que foi transformada, depois, na grande, em que hoje vivemos. Tem a marca registrada de suas construções: o máximo de despojamento e o máximo de conforto. Apenas, minha mãe pediu a ele que aproveitasse uma grande pedra existente num dos terrenos que foram incorporados na construção da casa. Um lago redondo, onde nadávamos, foi construído em torno da pedra. Ela ficou ali, como uma espécie de falésia, algo muito engraçado e mesmo bonito. Sempre vivemos muito bem em termos de conforto, mas eu fui, é claro, um menino muito solitário. Meu pai aparecia em casa, dormindo lá, uma vez por semana. Com o tempo, passou a ficar lá, também, nos fins de semana. Eu compreendi cedo a situação. Quando tinha doze anos de idade, minha mãe me falou a respeito dela, contando toda a história. Disse-me que sua mãe morava com o marido na mesma casa, mas era como se não fossem casados. Procurei não fazer perguntas embaraçosas, percebendo que minha mãe não teria, para elas, respostas. Às vezes viajávamos juntos os três, quando meu pai tinha de fazer negócios fora de Palmas. Estivemos juntos, uma vez, nos Estados Unidos, quando eu tinha treze anos. Estudei em Juiz de Fora, colégio Granbery, onde me sentia muito bem, pois, ali, não havia situações embaraçosas. Nas folgas o carro ia me buscar, mas eu, por minha própria vontade, procurava muitas vezes permanecer lá, sozinho. Senti logo, em mim, a vocação de arquiteto. Apaixonei-me cedo pela casa do Museu Mariano Procópio, uma casa européia de tijolos vermelhos, com vinhedos de jabuticabas e jardins franceses de glaziou, construída no final do século e, quando ficava na cidade nos fins de semana, era para lá que me dirigia, passeando pelo parque ou percorrendo, de bonde, o bairro. Era uma cidade interessante, pois um dono de uma firma construtora com nome delicioso de Pantaleone Arcuri, ali existente, a transformara numa cidade de influência italiana, numa dessas cidades que a gente vê nos filmes de Fellini; sobretudo em *Amarcord.* De uma arquitetura de influência industrial inglesa ela passara a ter essa arquitetura feérica e imaginativa, saída da cabeça de um construtor italiano dos anos 20, única em todo o Brasil. Meu lado italiano se comprazia com essas construções trabalhadas, liberadas do bom gosto, a maioria delas já tragada na voragem progressista da cidade. Foram elas, engraçado, que plasmaram minha visão de arquiteto, uma visão em que o poético, o imaginário, o peculiar, contam mais do que o belo assim considerado. Foi no Rio que estudei arquitetura. Meu pai me deu de presente este apartamento em que ainda vivo. Olhe, penso que ele foi o melhor que pôde, como pai, dentro das circunstâncias. Nunca entrei em julgamentos a respeito dele. A minha visão do mundo o faz ver como um lugar anárquico, no qual não cabem regras fixas.

"A cidade, por exemplo, vejo como um universo caótico, submetida a uma certa ordenação urbana, que deve ser construída a partir da desordem natural do homem. As vidas humanas subvertem a ordem. Assim, a vida de meu pai, urbanista, que procurava rigidamente ordenar o espaço, escapou a seu controle. Não estou falando isso à toa. Essa visão do mundo me tornou apto a aceitar meu pai. A vida que eu levei, solitária, sem crianças a meu redor, acompanhado apenas de dois adultos muito mais velhos do que eu, fez com que me voltasse para mim mesmo. Isso estimulou minha imaginação, deu-me condições de pensar, de refletir. Descobri a cidade de Juiz de Fora quando estudava lá, sozinho, descobri o Rio quando vim morar aqui, sozinho. Comecei a ter um trato profundo com as cidades, pois elas abasteciam a minha solidão. Foi perscrutando as cidades que cheguei a conhecer um pouco os homens. Também comecei a desenhar cedo. Estou ficando famoso como desenhista, para surpresa minha... Terminei o curso de arquitetura no Rio e depois passei dois anos na Holanda, em bolsa de estudo. Viajei por toda a Europa, aprendi muito. Meu pai esteve comigo duas semanas em Amsterdã. Disse-me, na despedida, que tinham sido os dias mais ricos da vida dele. Levei-o a museus, em Amsterdã, na Haya, estivemos na Bélgica, em Bruges, cidade pela qual se apaixonou. Andávamos a pé, em Amsterdã e ele me disse ter conhecido ali uma cidade intimista, na qual o homem não é estimulado a desbravar o mundo e sim, a refletir sobre ele, o que não deixa de ser, também, uma outra forma de ousadia. Os holandeses dominaram o mar num sentido muito especial. Na verdade, se apossaram dele. Meu pai não falava, nunca, no outro lado de sua vida. Como já disse, levou-me uma vez à Vila Elisa e isso foi o bastante. Creio que foi bom ter sido assim. Nunca fomos íntimos, mas, isso, quem é, na verdade? Ele não quis conduzir meu destino, nunca me ditou regras. Talvez não pudesse mesmo fazer isso, devido à situação. Como teria condições de estabelecer para mim modelos? Não fui obrigado a me moldar à instituição do casamento, ser um filho de quem se pudesse orgulhar, ter irmãos com quem disputar a primazia, estar diante de uma sociedade de quem devia receber aplausos. Tirei o máximo de proveito da situação. Meu pai morreu um mês antes que eu voltasse, creio que, quando me visitou em Amsterdã, sabia que ia morrer. Minha mãe também pensa assim, embora ele nada lhe tenha dito. Meu pai deixou duas cartas escritas, uma para mim, outra para minha mãe, entregues a ela imediatamente após a morte dele, pelo seu secretário. Agradecia a ela pela dedicação, falava nos momentos felizes que tinham vivido juntos e dizia uma frase singular: que o morto é propriedade da sociedade, a quem cabe enterrá-lo, e que cabia a dona Elisa Avellar Salles cumprir as formalidades e os rituais. Pedia a minha mãe que embarcasse imediatamente para a Holanda, juntando-se a mim. As passagens estavam compradas e o seu secretário a acompanharia até o Rio. Fui avisado por ela da morte e da viagem. Esperei-a no aeroporto e gostei que as coisas se tivessem passado dessa maneira. Levei-a aos lugares onde estivera um mês antes com meu pai e pudemos, assim, nos apropriar de imagens ligadas a ele que só a nós diziam respeito, imagens distanciadas de Palmas e da vida comum dele. De certa maneira, enterramos o Dr. Bernardo em Amsterdã, onde tudo "n'est qu'ordre et beauté, luxe, calme et volupté..." Nenhum de nós dois jamais procurou seu túmulo em Palmas. Na carta que me escreveu falava de você. Dizia que éramos parecidos e que, juntos, completávamos um lado dele. Mas eu não me sentia disposto a prosseguir no rastro de meu pai, a compor junto com outra pessoa uma imagem que ele deixara incompleta. Ele tinha se dividido em dois na vida e eu achava melhor deixá-lo dividido. Deixara a meu critério procurar você ou não. Eu penso que não teria feito isso, se o gesto não tivesse partido de você. Nunca me queixei de ter um pai pela metade. O outro lado dele, para mim, estava, finalmente, enterrado. Ele me pedia, também, na carta que viesse morar no Rio ao completar meus estudos. Pensava que eu tinha um grande trabalho a fazer aqui. Falava na sua própria morte num tom heráldico e distanciado, que foi sempre o seu. Não se envolvia muito com a morte, como não se envolvia muito com a vida. Era meio asséptico, você não acha, tinha o dom de higienizar tudo o que tocasse, apesar da ambigüidade de sua vida. A limpidez era um traço seu, nunca vi um ser tão limpo, mãos, rosto, camisas, roupas, tudo parecia ter saído da água com sabão. Disse-me, na carta, acreditar que estava morrendo em boa hora. Não queria era deixar problemas pendentes. Creio que morreu bem consigo mesmo, como se estivesse terminando, a tempo, um negócio. Ele sempre me deu a impressão de estar querendo partir, de não querer ficar muito tempo nos lugares. Administrou com eficiência sua morte. Procurou gerar o mínimo de sofrimento e creio que conseguiu isso. A mim sempre me pareceu que era um mestre em economizar o próprio sofrimento e o sofrimento alheio. Isso fazia parte da sua assepsia. Conseguiu sempre viver com gentileza e se saía de tudo sem parecer sujar as mãos. Sua morte libertou a mim e a minha mãe de uma situação, até certo ponto, incômoda. Quis que ela viesse morar no Rio, mas ela desejou permanecer em nossa casa. Organiza eternos fichários sobre a vida de meu pai, põe em ordem pastas, contendo plantas de tudo o que construiu, levanta a biografia dele. Não sei se a história de Palmas o consagrará como ela pensa. É possível que sim. Se isso acontecer, ela tem os elementos necessários. Acabou ficando famosa em Bernardo Salles, é hoje ali uma ilustre dama, dirigindo instituições de caridade. Tem uma vida muito ativa, muito atuante. Você não tem que se preocupar com a nossa situação econômica, minha mãe administrou muito bem o seu dinheiro e meu pai foi sempre muito generoso. Ela é hoje uma mulher muito rica e eu recebi, também, em vida de meu pai, mais do que é suficiente. Sabe que minha mãe me comprou ações do Banco do Brasil, em quantidade? Veja que cabeça ela tem!... Fiz logo depois que meu pai morreu, concurso para a Prefeitura aqui no Rio. Sou arquiteto da Secretaria de Planejamento e dirijo hoje aquele projeto que você conhece. Minha intenção, ao entrar no Serviço Público, era procurar servir, de forma mais efetiva, a cidade, o país. Isso é difícil de conseguir, dado o primarismo, a visão estreita, a trivialidade dos nossos homens públicos. O país está duro de suportar. Poderia voltar para Amsterdã e trabalhar lá. Afinal, sempre fui meio apátrida. Dei-me muito bem na Holanda, sabe? Cheguei a fazer lá uma exposição, numa boa galeria de Amsterdã. Só tenho como parente minha mãe, mas ela não exige que fique aqui. Tenho o Brasil atravessado na garganta, não sei como digeri-lo. Não tenho, no momento, nenhuma ligação amorosa. Posso partir a qualquer momento. Gosto, porém, tanto da minha rua, que vou ficando. Isso não lhe parece um bom motivo?

"Creio que você agora está de posse de um bom número de dados sobre minha vida, e de minha mãe, e a de meu pai em relação a nós. Não sei se teria vindo aqui se não tivesse lido os seus livros. O fato de ser seu irmão e você não saber era um acréscimo à leitura, incorporava-se à sua literatura... Enfim, achei que nosso contato podia enriquecer a minha vida e que a história, em si mesma, era muito boa. Nunca falei tanto assim, em minha vida. Acho que foi esse conhaque que você me pôs nas mãos. A narrativa lhe satisfaz? Dá para articular o primeiro capítulo?"

Meu Deus, ele falava de meu pai! aquela vida que agora me era exposta, transcorrera à luz do dia e nela meu pai se comportara como marido e como pai. Via-o sentado à mesa de jantar, na Vila, pegando o talher de forma irrepreensível, passando geléia no pão no café da manhã, discursando no comício de prefeito e me tomando nos braços, de casaca no meu casamento, de robe de chambre de noite, escrevendo em sua escrivaninha, dirigindo seu carro, tirando o vinho da adega. E era o mesmo homem a respeito de quem Bernardo me falara: os mesmos gestos, a mesma voz, o mesmo corpo e as mesmas feições que a idade ia mudando. A mesma morte, no mesmo lugar, no mesmo exato momento! A narrativa não dizia respeito a uma aventura rocambolesca, da vida de um outro conde de Monte Cristo, mas pelo contrário, era uma história banal, comum, ocorrida ali mesmo em Palmas, uma cidade onde ambos tínhamos nascido, incorporada ao nosso cotidiano. E dizia também respeito àquela pessoa sentada diante de mim, a um ser humano real, palpável que começara a me contar a história sobre a sua vida e sobre a vida inteira de meu próprio pai, sem que eu dela tivesse o menor conhecimento! Estava ali um ser humano que se parecia com meu pai, que falava quase exatamente com o mesmo timbre, com o mesmo som, que tinha os mesmos olhos azuis que segurava o copo da mesma forma, que era meu irmão e filho dele. E, ao mesmo tempo, até há poucos minutos atrás, um perfeito desconhecido!

Não que me parecesse estranho o Dr. Bernardo ter gerado outro filho, mas o espantoso era que tudo se tivesse passado tão perto de mim, espantoso era que ele tivesse tido uma vida tão palpável, concreta, organizada, completa em si mesma, ao lado daquela que eu conhecia, em perfeita ubiqüidade. Minha mãe, na carta, falara em mentira e na sua incapacidade de prosseguir nela, pois a verdade lhe parecera, de repente, ser-lhe absolutamente necessária. Mas, agora, ouvindo Bernardo falar, eu ficava sem saber o que era mentira, o que era verdade, e me perguntava se meu pai seria ou não um dissimulado. Eu não conseguia entender, aceitar aquela duplicidade, e, no entanto, ela estava ali na minha frente, transparente. Pensei na plenitude da vida de minha mãe. Ao escolher a totalidade, não ficara ela com a melhor parte? Era assim que eu procurava proceder sempre, buscando nas coisas a sua inteireza e nunca me arrependera. E meu pai? Vivera como um eco de si mesmo. Ganhara ou perdera a sua vida? Essa resposta não tinha, no entanto, importância maior. O fato de eu não entender aquela duplicidade, o fato de não aceitá-la, o fato de achar que ela empobrecia a vida, não importava tanto. Bernardo parecia aceitar aquilo melhor do que eu, dissera mesmo que as vidas eram como as cidades, caóticas e confusas. Mas, meu pai, que na prancheta traçava linhas paralelas, fizera o mesmo com a sua vida. Porém, não era isso agora o que mais me perturbava. Eu soubera tão pouco de meu pai, a vida dele me fora de tal maneira ignorada, ele se sentira de tal forma obrigado a ocultá-la! Em nome de quê? O jogo de aparências, o jogo a que os seres se submetem, mesmo se para isso tenham de perder suas vidas, tinha ido ali longe demais. Meu pai me parecia ser um bloco indivisível, estava dividido em dois. Sentados frente a frente Bernardo e eu procurávamos, agora, encaixar as duas partes. Eu podia estar lidando com uma situação absurda, mas não era ela que me perturbava. O absurdo das coisas, isso eu sempre conhecera, sempre o surpreendera. Pressentira, também desde criança, o lado oculto dos seres e com este, também soubera lidar. Naquele momento, o que me deixava estarrecida era a loucura das instituições, das convenções, das abstrações pelas quais os homens se deixavam docilmente moldar. Não fora em nome de equívocos milenarmente incorporados que meu pai se dividia em dois? Ele fora obrigado a viver dois casamentos, um claro e um oculto. Se minha mãe não tivesse sabido de tudo teria vivido com ele, dividido. Que jogo de enganar é este, que obriga as pessoas a se esconderem, a se camuflarem, a se tornarem infantis, medrosas de si mesmas, parcimoniosas. Os códigos reservaram a coragem aos heróis. O homem comum, que se satisfaça com a pusilanimidade, todos aplastrados, conformados, economizados para nada!... Assombrava-me o infantilismo das relações, infantilismo que obriga os seres a aceitarem tais regras, tais mentiras, a transformar suas vidas num jogo de aparências. A parcimônia dos sentimentos sempre me causara horror e, mais uma vez, a pobreza das relações humanas me assombrava.Todo um cortejo de mentiras, a exigir o empenho da própria vida. Meu pai se internara no hospital para morrer e agora eu entendia por quê. Sua vida se processara em duas casas, mas a morte exigia uma só cama.

Minha mãe se libertara daquela parceria, mas a meu pai deixou sua própria opção e jamais o condenou, nunca o afastou da Vila Elisa. Fora enterrado como um grande homem, já que a grandeza e a coragem do sexo masculino se medem por outras medidas. Nunca ninguém lhe cobrou sua vida dupla, como se ela fosse um privilégio e um direito do seu sexo. Depois de sua morte passaram a enxergar Helena Dias, com seu sobrenome diferente, como Bernardo acabara de me contar. Ela podia se identificar, hoje, como a outra mulher do falecido. Como se morte e vida também fossem divididas, e não uma coisa só. Agora que meu pai e minha mãe tinham morrido, a história dela podia começar a ser contada, como se só a morte deles conferisse a ela legitimidade. E ali estava, na minha frente, Bernardo Zerbini.

"Bernardo", disse-lhe subitamente: "Sabe que minha mãe deixou para mim a Vila Elisa?" "A Vila! Você não sabe o fascínio que ela exerceu em mim, desde criança! Está em quase todos os meus desenhos, de várias maneiras. Habitada por vampiros, teatro de sabats, envolvida em teias de aranha, palco de orgias, mundo encantado da Bela Adormecida..." "É, ela parece ser um pouco de tudo isso..." "Sempre tive a impressão de que ela tragava um pouco as pessoas, que chegando dentro dela ninguém conseguia mais sair..." "Você quer verificar isso pessoalmente? Vou para lá terça-feira. Você quer ir comigo?" Ele pensou um pouco. "É um convite bastante irresistível..." E depois "A que horas saímos?" "De manhã cedo, se não se importar. Pego você em casa". Levei-o até a porta. Na saída, peguei seu rosto com as mãos e o beijei, sem poder dizer mais nada.

Li e ouvi música todo o domingo e reservei a segunda-feira para fazer as contas do mês com a empregada, ler a correspondência, integrar-me novamente a uma vida que me parecera, de repente, estar a mil léguas de distância. Peguei os jornais: busquei notícias da peça para a qual Marie fizera figurinos. Ainda estava em cartaz. Telefonei para ela, queria lhe falar de Bernardo, mas havia pressa em sua voz. Soube que Manuel regressara de sua *tournée*, voltara para o Rio e que já sabia da morte de minha mãe. Liguei para ele. Estava bem, o conjunto fizera sucesso. Ficara triste com a morte da avó. Contei-lhe que a Vila Elisa me fora legada. Disse-me que queria passar uma temporada lá, comigo. "Eu vou amanhã", disse-lhe, "não sei até quando ficarei, mas na hora que quiser ir, avise, mando o carro te buscar". Também não lhe falei da existência de Bernardo. Na verdade, que poderia significar isso para ele? Um filho desconhecido de meu pai não lhes dizia muito respeito. Desliguei o telefone, liguei, em seguida, para a minha agente literária, depois, para minha amiga Maria Ângela e encerrei aí meus contatos. Almocei num pequeno restaurante chamado Bem-feito existente na minha rua, dei uma volta na Lagoa, tomei um sorvete de chocolate com menta, pois a tarde havia esquentado. Amava essas pequenas opções do meu dia e a liberdade de que dispunha para fazê-las. Como Bernardo, amava também a rua em que vivia. Eu também construíra uma vida minha, à minha maneira, não tinha ninguém com quem dividi-la, ninguém a quem prestar contas, e isso me parecia bom. Levara, comigo, a carta de minha mãe, mas ainda não a quisera ler. Queria mostrá-la um dia a Manuel e Marie, mas, talvez fosse melhor fazer isso na própria Vila, quando estivéssemos lá os três. Porque eu pretendia que nos reuníssemos lá breve, pretendia percorrer com eles todas as alas, contar-lhes coisas de minha mãe e meu pai, de mim mesma, de Pierre, quando vivera ali. Coisas da minha infância e da minha juventude. E lhes falaria, então, de Bernardo e da vida dupla de meu pai. Queria levar-lhes a ver a luneta de minha mãe, seu pequeno telescópio instalado no torreão e isso, na certa, os encantaria. Vista de longe, a casa poderia parecer uma fantasmagoria, o castelo da Bela Adormecida, mas dentro dela tinham se abrigado vidas entrecruzadas num percurso que me parecia muito longo, tanto que eu, às vezes, perdia a noção do começo. Queria ter ali comigo, Manuel e Marie, mas não agora. Era preciso, primeiro, ouvir em silêncio, sem testemunhas, as repercussões da casa, escutar seus sinais, apalpar suas marcas. E sentia que Bernardo pertencia a ela mais do que Manuel e Marie e que estava, também, mais apto a compreendê-la.

Ele me esperava, parado, na porta do seu edifício. Sua maneira de vestir lembrava a de Pierre, nada a de meu pai. São os anos passados na Europa, pensei. Mas lhe fica bem o estilo europeu, os sapatos pesados, o pulôver. "Só consegui licença para ficar dois dias", disse ao entrar no carro. "Sexta-feira vou ter que presidir um seminário. Achei melhor nem avisar minha mãe." Tirou da pasta um papel e me entregou. Era a Vila Elisa, coberta de borboletas dotadas de asas feitas de uma variedade infinita de detalhes, de traços, riscados com pena finíssima. Atrás do torreão vinha surgindo uma outra espécie delas, mariposas que iam se transformando em morcegos. Num certo pedaço, libélulas iam nascendo dos casulos. Uma metade do desenho parecia diurna, a outra noturna. "Uma das versões", disse ele. "Meu Deus", falei, "minha mãe teria gostado... Meu pai conhecia esses desenhos?" "Conheceu alguns. Engraçado: ele falava da Vila como de alguma coisa de que sentisse nostalgia, embora morasse lá. A Vila sempre me pareceu estar mais próxima apenas do seu passado". "O presente dele todo era meio estranho, Bernardo. Tinha dois presentes. Será que carregava os dois sempre consigo?" "Conheço as suas digressões sobre o tempo e o espaço, estamos diante de sua temática favorita; mas meu pai nunca teve preocupações metafísicas ou existenciais". "Não tinha tempo, Bernardo. Aliás o tempo devia ser mesmo, para ele, um problema concreto, angustiante. Não sei por que ele, no fim da vida, não foi morar com vocês em Bernardo Salles. Talvez tivesse vivido melhor". "Ou talvez não, Elisa. Também, no fim, já adiantava muito pouco, talvez ele não soubesse mais viver de forma diferente". "Estranho destino teve ele, Bernardo. Construiu tantas casas, tantos prédios! Construiu a Vila Elisa para minha mãe e a casa de Bernardo Salles para a sua. Nunca teve a sua própria casa!" Falávamos de nosso pai com naturalidade. A partir de agora, nossos depoimentos tinham que se fundir para fazer sentido, era como se fôssemos xifópagos de nosso próprio pai. Talvez minha mãe tenha pensado nisso também, ao revelar a mim a existência de Bernardo.

Na carta, ela falara em dar a meu irmão tudo que a dignidade exigisse, mas ele não parecia carecer dela. O nome Zerbini lhe assentava muito bem e era o verdadeiro sobrenome de nosso pai. Fomos os dois no caminho reconhecendo os trechos da estrada, a fábrica de Herr Rommel, as Pedras Guardiãs. A estrada nova não passava mais por Bernardo Salles mas, até bem pouco tempo, fazia parte do caminho. E eu ignorava que ali estava a casa daquela mulher de cuja existência eu tomara conhecimento escutando atrás da porta do quarto de costura, há tantos anos. Ao entrarmos na cidade, o torreão da Vila Elisa era ainda a primeira coisa que se avistava, no alto. "Meu pai o mostrou a mim quando era pequeno", falou Bernardo. Disse-me que morava naquela casa e isso me fez vê-lo como uma espécie de Deus, emergido das nuvens. Quando vi a casa de mais perto, mostrou-me o pára-raio que marcava os pontos cardeais. Era, também, a única casa na cidade com o poder de marcar a direção dos ventos, e isso me parecia um poder raro, especial, também delegado pelos deuses. Até hoje, a expressão pontos cardeais me provoca um certo arrepio...

Nessa época do ano, tudo vinha jungido de uma luz fraca, rala, que amenizava os contornos e punha uma delicadeza natural em tudo. A polidez das minhas maneiras e das de Bernardo, a civilidade com que tratávamos desses assuntos penosos fluíam, como que naturalmente da luz. Nosso tom de voz era mineiro, também nossa entonação e certa ironia que púnhamos, sem querer, por detrás das palavras. Chegamos, assim, às portas da Vila e, lá, Lúcia e Germana nos esperavam. Apresentei Bernardo como meu irmão e nenhuma delas manifestou surpresa. Eu as avisara de sua ida, mas não dissera de quem se tratava. Ele olhava tudo com cuidado, movendo-se devagar. Mandara preparar para ele o antigo quarto do Dr. Bernardo, dando para os jardins com entrada própria. Levei-o até lá, mostrei a ele o escritório, sua grande escrivaninha sanfonada que eu mandara abrir, os móveis modernos que ele próprio desenhara. "Essa era a ala dele, Bernardo. Nós a chamávamos a ala do Dr. Bernardo. Havia também a ala de dona Elisa, do lado de lá, e a minha, que ficava embaixo, quando eu morei aqui depois de casada. Minha mãe a chamava a 'aléia européia', porque me casei com um francês". Ele riu. "De um perfeito ecletismo, não é?" "Depois do almoço nós percorremos o resto. É muita coisa para se ver de uma vez só".

Almoçamos na grande sala, com Lúcia. No aparador podíamos ver as travessas com balas de coco e de café, embrulhadas em papel frisado, como se dona Elisa estivesse presente. Bernardo entrou depois, comigo, na ala de dona Elisa. Começamos pela sala e ele parou na porta como se não quisesse prosseguir. "E quase como se eu não tivesse direito". "Ela chamou você, não se esqueça". Sob a luz fraca que atravessava as cortinas, os objetos adquiriam uma vida própria, como que se estivéssemos sendo observados por mil olhos. Deixamos ambos de falar, envolvidos por outra linguagem que se impunha. Mas a beleza dos adornos era, às vezes, tão grande, tão especial, que nos fazia emitir pequenos sons que saíam como gemidos, da garganta. Deixamos a ala em direção aos jardins, como se precisássemos de ar. — "Como foi que ela conseguiu isto", disse Bernardo, "como conseguiu se prolongar, assim, em tudo? Não teria perdido, no fim sua própria unidade?" "Não, Bernardo, pelo contrário, ela se concentrou toda aqui, teve de se expandir toda, aqui". De quantos detalhes minha mãe cercara seu mundo, sua vida. Ao contrário de meu pai, ela punha em tudo toda a atenção. Fragmentava-se em cada objeto, mas se punha inteira em cada um deles. Aprendera, enquanto ainda estava casada com meu pai, a enriquecer o cotidiano, a voltar-se para o interior da casa, pois este era o universo que lhe fora reservado. E continuou voltada para ele quando meu pai já não fazia mais parte dele. "É um universo incrivelmente feminino, disse Bernardo, nunca vi nada tão delicado, tão requintado e, ao mesmo tempo, tão natural. Eu não me enganei quando coloquei o rosto de sua mãe no retrato de Fritza

Riedler. Não sei que extraordinária intuição me levou a isso. Você conhece o quadro? As figuras são inacreditavelmente parecidas..." Eu conhecia e até o vira na Osterreichische Galerie, em Viena. O quadro mostrava minha mãe quase intemporal, como se estivesse em todas as idades. Parecia, mesmo, concentrar minha mãe em todas as idades. Nem burguesa, nem nobre, apenas uma mulher que aperfeiçoara a alma. Ela lhe transparecia no rosto, mas não da mesma forma com que aparece na face das santas e das místicas, invadindo o corpo. Minha mãe era uma mulher que fazia doces com a alma. Assim eu via Fritza Riedler, com suas mãos que deviam saber bater claras em neve. Como fora possível eu não me lembrar de minha mãe quando vira o retrato em Viena? Talvez o excesso de adornos que cerca a figura tivessem me impedido de perceber a semelhança e, sobretudo, a transparência que emanava das duas mulheres. Pensei nas mulheres que aparecem na pintura flamenga, enobrecidas pela domesticidade. Ali, porém, não era apenas a domesticidade, mas uma outra coisa, que minha mãe persistentemente procurara: sua própria essência e, nessa procura refinara tudo em sua volta, não pelo despojamento, como acontece com os santos mas, ao contrário, pelo enriquecimento infinito de seu cotidiano. Cada detalhe, cada traço era importante, e se destava no todo. Lembrei-me da preocupação de Klimt de "encher o vazio", o que me parecia uma curiosa coincidência. A placidez de dona Elisa, como a de Fritza no retrato, era carregada de intensidade. E como a textura da pintura, por trás da fluidez das roupas, conseguia magistralmente revelar a carnação da mulher, minha mãe nunca deixou de parecer humana, sua carnação também deixada à mostra. Alguém de carne e osso, com a ambição de expandir a alma. Procurei dizer tudo isso a Bernardo, como se o dissesse a mim mesma. Não era tão difícil, já que ele próprio me falara no retrato. Ele observou: "Sabe o que me ocorreu? Que tanto sua mãe quanto a minha ficaram aquém de si mesmas. Dona Elisa poderia ter sido o quê? Poeta, romancista, escritora como você? O mundo dela era o mundo da arte, um impulso a mais e teria sido uma criadora. Talvez se vivesse fora de Palmas, numa outra época, num outro contexto social, tivesse chegado a isso. Minha mãe teria sido, quem sabe, uma grande executiva, uma administradora de empresas. Ela invadiu o mundo masculino, mas ficou parada no meio". "Não sei, Bernardo. Talvez tivesse faltado mesmo a minha mãe esse acabamento final, essa definição. Vou mostrar a você, com calma, os bordados dela. Eram pura arte. Escreveu-me uma carta com perfeito domínio das palavras e um estilo de escritora. Uma carta de alguém que usa a literatura para se expressar. Talvez pudesse ter sido mesmo escritora. Mas acho até que pôde dispensar ser isso. Ela experimentou uma liberdade que eu mesma não experimento, vivendo sob o aguilhão das palavras, tendo que parir livros para colocá-los num mundo em desacordo com eles. Pense, Bernardo, na liberdade que ela conseguiu desfrutar! Chegou ao mais absoluto grau de solidão e à mais absoluta liberdade. Quanto à sua mãe, talvez o que você disse seja verdade. Ela foi precursora de um gênero de mulher que cada dia mais se impõe, a mulher que trabalha junto com o homem. A casa, o universo de minha mãe, universo até agora da mulher, virou um lugar de passagem. As próprias tarefas chamadas femininas não existem mais. A comida é industrializada, congelada, as roupas de cama e mesa são sintéticas. A mulher foi expulsa pela sociedade de consumo do seu próprio universo, como Eva do Paraíso. Mulheres como minha mãe não mais existirão. Você conheceu, aqui, Lúcia: acho que ela é a última remanescente da estirpe!" "Isso quer dizer que homens como meu pai também não existirão mais. Enquanto a mulher ficava em casa, o homem arranjava outra família na rua, já que o modelo era a família, e acabava ficando com as duas. Agora, não resta dúvida que o mundo doméstico limitava a mulher. Sua mãe era um ser de exceção. As mulheres, domésticas em geral, ficavam à margem do mundo". "Não acho que seja a casa que limite a mulher, Bernardo. O mundo limita, hoje, a mulher e o homem, limita os seres. Tudo nos induz, você sabe, a não pensar. Nossa fala, nossa linguagem, vão ficando dia a dia mais esvaziadas, mais insuficientes para revelar o pensamento. As peculiaridades deixam de existir. A casa, a morada do ser, foi mortalmente atingida. Olhe para aquele vitral, com tudo o que ele carrega de misterioso, poético, encantatório. Seria muito difícil, hoje, colocá-lo numa casa. Daqui a pouco essas coisas só vão poder ser vistas em museus. A sua profissão, a arquitetura, tem sido duramente atingida, é tudo padronizado, não é? Nas favelas é que ainda se vê um pouco da criação, de imprevisto... Ninguém ali pode abrir mão de sua individualidade, é a única arma de que dispõem..." "É... as favelas não são construídas por arquitetos... Você já pensou o que vai fazer com a Vila Elisa? As casas morrem, se não são habitadas, você sabe disso. Você é escritora, ter a Vila como lugar para escrever seria, mesmo, um luxo. Mas seria capaz de viver aqui?" "Não sei, Bernardo, na verdade, ainda não sei. Minha mãe pediu-me para ficar com a casa até eu morrer. Depois, que os outros decidam o destino dela. Dona Elisa não queria que fosse habitada por estranhos". "Bem, a Vila está ligada à história da cidade, a meu pai, a sua mãe, figuras, aqui, mais ou menos lendárias. Também a você, escritora famosa. A própria casa estimula todas as lendas. Penso que ela deve ficar aqui para sempre, como um desafio à imaginação". Apontou o torreão contra o céu azul: "estamos olhando para um dos últimos torreões do mundo..." "E esse ainda tem, por cima, um telescópio... Sabe, Bernardo, não quero pensar agora no futuro da casa. O presente já me pesa bastante, quanto mais o futuro. Não sei muito bem o que fazer de mim mesma, no mundo, quanto mais da casa!... Não posso deslocá-la para cima das nuvens, onde ela ficaria plantada para a eternidade. Não sei se o mundo de hoje comporta, ou merece, uma casa dessas. Não quero pensar nisso agora".

Bernardo passou dois dias ali comigo, hospedado na ala do Dr. Bernardo, agora, para mim, sua própria ala. Tomávamos nosso café da manhã juntos, no jardim, a porta de correr que tinha sido instalada por meu pai, aberta para a sala de dona Elisa. Jantamos no torreão, como o casal costumava fazer, quando jovem e, depois, apontamos a luneta para as estrelas como fazia dona Elisa solitária, querendo ampliar, sem limites, a alma. Ele me disse na despedida: "A Vila é insidiosa, Elisa, eu já me sinto incorporado a ela. Meu pai também ficou preso a ela até o fim..." "Bernardo, você é o lado de meu pai que construiu a Vila Elisa. Ele a fez para minha mãe, mas sempre me disse que a época mais feliz da sua vida foi aquela em que a construiu..." "Sei que voltarei aqui muitas vezes, sei que é preciso voltar". "A ala do Dr. Bernardo agora é sua, tome a chave. Pode entrar por sua própria porta, sem avisar".

Agora eu ficava sozinha na Vila, liberada dos acontecimentos. Minha mãe enterrada, seu testamento aberto, meu irmão descoberto. Nada que me distraísse mais daquele encontro comigo mesma que a casa propiciaria. Sei que, ao contrário de minha mãe e meu pai, quero morrer na Vila Elisa. A casa se revestiu de foros para a morte. Não é mais a jovem frívola que recebeu o casal festivo vindo dos jardins do solar. A vida de minha mãe impregnou-se nas paredes, tanto as de fora, quanto as de dentro. A Vila amadureceu, as alas de dona Elisa, do Dr. Bernardo, a aléia européia minha e de Pierre macularam sua perfeita graciosidade, como que justificando sua falta de estilo. Como os homens, a casa passou a ser seu próprio estilo. Nascera como um arabesco no ar, traçado à mão livre por meu pai, mas agora vejo que a umidade ornou de limo suas paredes e que minha mãe nunca procurou retirar a casca lodosa. Seu torreão, também percebo, adquiriu vetustez, embora não tenha perdido a graça jovial. Tufos de avenca emergem dele. A hera, que demora a crescer, cobriu os muros. Os móveis, por dentro, adaptaram-se aos lugares, passaram a constituir elementos de sua geografia. Eu mesma achava que a casa agora se parecia um pouco comigo e que refletia, de certa forma, o meu estilo de escrever. A leveza, a liberdade, uma depuração, uma exigência anterior, nada gratuitas. O desenho de Bernardo tinha acrescentado à Vila mais uma dimensão, como se uma nova ala imperceptível lhe tivesse sido acrescida, decorrente da morte de minha mãe. Algo de premonitório emanava das mariposas que cobriam o torreão. A Vila começava a receber seus fantasmas e agora só faltava que a morte, como as libélulas do desenho, pousasse sobre ela. Teria minha mãe antevisto isso ao me deixar a casa como herança? Eu me movimentava dentro dela vendo-me refletida, as minhas imagens e as de dona Elisa confundindo-se. No espelho da sala de jantar, a trajetória do meu rosto. Perfumes letais também vinham do jardim, emanados das flores, que adornariam meu caixão. Bernardo, ao penetrar na ala de meu pai não encontrara apenas o lugar para onde fora levado aos doze anos, sentindo o coração disparar. Ali estava, também aninhada, a morte de meu pai. Meu irmão dissera isso. A casa recolhera as mortes de seus donos, à própria revelia deles. Eu porém, que vivera tanto tempo ausente, que só me encontrava ali, fragmentada, a escolhera para morrer. Não sabia ainda em que cômodo, não decidira ainda em que lugar me alojaria. Se fosse na ala de minha mãe, morreria no seu leito. Ou quem sabe, instalaria a minha cama na antiga aléia européia, agora reduzida em suas dimensões? Não sabia ainda, mas havia muito tempo para pensar. Conversarei com Lúcia, mais do que ninguém ela poderia falar agora em nome da casa, poderia indicar suas direções, como faziam os pontos cardeais no pára-raio. Minha mãe lhe entregara todas as chaves e eu ainda não as recolhera. Havia desvãos ensombrecidos e Lúcia me ajudaria a aclará-los, jogaria sua luz sobre eles, ou os deixaria na sombra, para serem melhor percebidos. Ela dividira com minha mãe a realidade. Comigo dividia agora a couve partida fina, o doce de leite talhado, o arroz solto, coisas que sustentam a vida. Seu marido e sua filha pouco apareciam, como se ela vivesse uma vida dupla, tal qual a de meu pai. Inauguraria antes de mim, para morrer, o leito de minha mãe? Eu recebera a casa de herança com Lúcia incorporada, com a morte de meu pai e minha mãe recolhida, e a minha própria já esboçada. Recebia também, intactas, todas aquelas vidas, como se a morte não tivesse sido, afinal, vencedora. Escolhera a casa para morrer porque a vida ali estava feita as contas, preservada. O seu fio de Ariadne percorria todos os caminhos, ligava todas as alas. A vida era, na verdade, a única coisa verdadeiramente indestrutível. Teria, agora, não apenas a minha vida a percorrer, mas também a de minha mãe, a de meu pai, a de minha avó Elisa, a de Herr Rommel. Com o rompimento do meu casamento eu desagregara aquela marcha heráldica e inexorável em minha direção. Mas estávamos todos entrelaçados, ligados, como o risco do bordado.

São nove horas e termino o jantar. A casa se expande, fazendo-me sinais, emitindo os ruídos que eu, em criança, apreendia. Dentro da caixa do relógio de Herr Rommel, o tempo aprisionado movimenta-se. Como numa fração, de segundos, eu passara a ser a dona, a herdeira dos mortos. Não sei mais, neste momento, o que está visível ou invisível. Encaminho-me para a sala de visitas, acendo os lampiões de luz opalinada, arrumo as almofadas do sofá, abro o estojo de charão pousado em cima do console. Retiro a fazenda esmaecida, apreendo-a no círculo do bastidor. Ajeito os óculos, escolho a linha nas meadas, enfio a agulha, puxo o fio, faço um pequeno nó com o polegar e o indicador, mergulho a agulha na asa matizada do pavão chinês. Começo a bordar.

Rio de Janeiro, 18 de setembro de 1984

POSFÁCIO

SOLIDÃO: A ORTODOXIA TEMÁTICA DE RACHEL JARDIM

Rosalina Rodrigues de Vincenzi

Desde *Vazio pleno,* seguindo-se *Inventário das cinzas,* Rachel Jardim prossegue no tema, que desde então tem marcado a sua obra: a solidão. Tema difícil e perigoso. Sem resvalar no sentimentalismo fácil, sem arrefecer sua delicadeza, procurando, antes, conjugá-la, incorpora sua temática não só a sua obra, mas a sua vida, tornando ambas estóicas na sua essência. O resultado de tudo isso é o domínio do tema, tanto na vida quanto na obra. Esse convívio sujeição/ domínio acabou por amortecer-lhe a aspereza, a implacabilidade, a devastação do ser, tão presentes no *Inventário* para finalmente, num hausto longamente exaurido, voltar ao seu tema com

O penhoar chinês, dando-nos o mais legítimo perfeccionismo enfático, do ato solitário de escrever. Justapõe-se, assim, o título, à forma narrativa, fidelíssima ao fio condutor, liberada pela temática solitária. Soliloqüente.

Elaborou-o com a tessitura incorpórea de quem, na verdade, intemporalmente, sem datas ou acontecimentos, fiel medularmente à narrativa, sentou-se para fazer o seu bordado/escrito. Teceu-o filigranamente, ponto após ponto/palavra após palavra, sem o esperado recurso memorialístico, embora sua estrutura, toda ela, deixa-nos conduzi-lo ao sabor do seu tom intimista, como tal. Essa dualidade, ao iniciar-se a leitura de *O penhoar chinês,* o universo da personagem/ narradora, esboçadamente coloquial, vai subjetivamente incorporando-se, plasmando-se visceralmente não só à narradora — esta, pouco a pouco libertando-se —, compondo a suposta personagem central, sem contudo pretender sobrepujar-se aos demais, cedendo suas interferências no texto às personagens emergentes de seu solilóquio, assim como, talvez compulsoriamente, dando no desenrolar da narrativa maior ênfase, uma quase competitiva ambigüidade na composição de dois elementos tanto mais pictóricos quanto de um perfeito simbolismo: o penhoar chinês e a Vila Elisa. Note-se a destacar-se que não se trata esse mesmo simbolismo de haver traçado o perfil de uma personagem e, sim, de dois elementos pretensamente agilizantes do texto. O título/ motivo/enfoque e, esgueiradamente, como teia envolvente, catalisadora, a Vila Elisa. Entre um e outro a autora vagueia, instala-se, conduz indelevelmente sua narrativa, sem contudo deter-se ordenadamente na origem, ou mesmo no prosseguimento do fio condutor em que a personagem aflora suas pseudo lembranças. Essa leveza, essa imponderabilidade é de tal forma liberada que a narradora interrompe vez por outra a narrativa, posicionando-se extratexto, para logo em seguida, retomá-la. Em se tratando de forma estilística é um subsídio relevante. O que, didaticamente, os catedráticos consideram, perfeccionismo. Este, a meu ver, de maneira inconteste, o repositório altamente qualificativo de *O penhoar chinês.*

Num aprofundamento de análise do texto, *a priori,* à acuidade aguçada dos estudiosos, certamente não passará despercebido esse preciosismo. Tanto mais, podemos constatar que isso, de forma alguma, está inserido no texto propositadamente ou de forma intencionalmente rebuscada. De modo algum. A Autora simplesmente conduz a narradora como "um diretor de cena" que, em dado momento, interrompe o seu ensaio, ocupando-se do texto em outro cenário. Essas incursões feitas naturalmente, algumas vezes esboçando apenas um gesto, outras, contemplativas, algumas, prolongadamente, postas à margem com personagens ocasionais, entretanto, eximiamente, sempre ao redor da narrativa. Numa divagação contida, estritamente fiel à narrativa. É oportuno salientar-se aqui a desenvoltura coloquial do texto, podendo-se constatar como a forma reflexiva, em alguns momentos, nitidamente presa em elucubrações da personagem central, ainda no mesmo período, com um só elemento, reporta-se, introduz magistralmente no texto uma evocação conotante, seguindo até mesmo. Ainda. Como um desdobramento da parte inicial, algumas tessituras oportunas, voltando a narradora a retomar o fio condutor a que se servia. Com uma fluidez irretocável.

Acrescentemos, igualmente nivelando-se a essa qualidade, os meandros dessa envolvente, pungente narrativa, enfocando à guisa de aleatórias lembranças, em escaninhos indevassáveis, uma doação, uma estreita e terna dádiva e, para ser fiel ao seu marcante estilo, algumas vezes, crudelíssimo, de sentimentos. Estes, sempre margeando o texto, oportunos, preciosos. Inerentes, subjugados à revelia da narradora, introduzem-se em alguns momentos como caudal irrepresável, não só enriquecendo-lhe estruturalmente o cordel narrativo mas, sobretudo, dosando com precisão as palavras, revestindo-as lapidarmente, com discernimento tão mais cabível quanto surpreendente. Os fatos ou as circunstâncias — melhor diria —, descritas, nada mais são que objeto de conjecturas postos a serviço da autora para com eles manipular a mente, dissecar a memória através da narradora, não da sua personagem propriamente dita mas, numa irrepreensível projeção, a do leitor. Este sim, embora conduzido sensorialmente, não escapará dessa armadilha: ver-se-á compungidamente fisgado, tal o tecido que, fluindo, amalgamado, de forma insuspeitada, o texto lhe estiolará a própria mente, retirando-lhe imagens, sentimentos, purgando-lhe seus próprios escaninhos.

Vale assinalar, na obra de Rachel Jardim, antes de O *penhoar chinês* o que era uma constante: as entrelinhas.

Sabidamente relevantes e igualmente apreciadas pelos seus leitores. Substituídas aqui pelos escaninhos com aprimoramento artesanal, sobrepujando-as em sutileza. O qual, vale dizer, sem qualquer leviandade, que a Autora complementou-se. Virtualmente. "Uma mulher como eu não devia saber bordar", lê-se ao iniciar-se a leitura. Daí partiu a personagem/narradora, empreendendo sua viagem mística, numa atmosfera intimista, coloquial, adensada sempre, crispada, oracular. Esse momento de lazer, aparentemente ficcional, tem a transcendência virtual de ser acreditado. Com a mais elevada credibilidade.

FORMA/ESTILO

A forma de romance de *O penhoar chinês* se abstém na sua composição de elementos rigorosamente imprescindíveis para sua feitura, como o esboço de um acontecimento, o enredo desencadeando-se, a fórmula imposta, urdida, a ação como rolo compressor, quase sempre rotulada. Não foi isso que nos deu Rachel Jardim em *O penhoar chinês.* Dispensou esses elementos, rompeu todas as regras estabelecidas, madurou pacientemente por alguns anos a sua forma de escrevê-lo, visualizando-o, esquadrinhando todo o seu universo, deixando estanque, em múltiplos escaninhos, a emoção, o sentido exato de escrevê-lo sem divisioná-lo, uma anárquica e controvertida, mas sobretudo, disciplinadíssima forma de escrevê-lo. Há nele circunstâncias intuitivas, e meras circunstanciais. Há ainda as que se repetem no texto, sempre movidas por diferentes razões. Essas personagens surgem, passeiam pela narrativa, penumbreiam-se enquanto a narradora as retoca, compondo-lhes os gostos, dirigindo-lhes os passos, entrecortando frases, detendo-se ao ouvi-las. Essa composição das personagens é em princípio sugerida, não teve a autora a preocupação de compô-las, a rigor, de imediato. Elas simplesmente esboçam-se, para, em subseqüentes aparições, serem acrescidas de elementos, tais como: um olhar, gestos, frases. A composição física dos mesmos é, dessa maneira, sutilmente concluída, após meticuloso trabalho de imperceptíveis detalhes, como num jogo de armar, quando então surgem-nos por inteiro.

A forma estrutural, extremamente contida até por contingências a que se prendeu o estilo deste seu romance, foi contudo exuberante quanto à riqueza das suas personagens. Estas, não raro, possuíram marcantemente sua criadora, de tal maneira, que deve ter-lhe sido dificílimo contê-las. É o que podemos observar já quase ao final da narrativa, quando uma delas insurge-se notadamente a aguçar-lhe, tanto da parte da narradora, como, certamente, da sua própria, um quase total absolutismo. Não fosse a Autora, sabidamente, de um inquebrantável senso de domínio sobre si mesma, e esta a teria subjugado. (Ou terá isso sido apenas um desafio, mais um, do qual inevitavelmente ocupar-se-á, quando assim o desejar?)

Veladamente, poder-se-ia conjecturar sobre as mesmas, irromper por entre os seus meandros, dar respostas onde, obviamente, no seu entrecho, não existem perguntas e, sim, uma teia tentacular de signos, sinais sub-reptícios, induzidos, sugeridos. A simbologia nelas represada, as configurações, algumas demarcadamente surrealistas — através da visão em cena de uma dessas personagens — é tão real quanto o quis, subjetivamente, a narradora. Ambigüidade está dando o teor sublimado com que, ao chegar-se à última página, resta-nos inventariar até que ponto o escritor tem um poder através das suas palavras.

Há uma ressonância monacal, perpassa indelevelmente uma quietude contrita, toda ela reflexiva, embora nem sempre o que se leia deixe ao leitor um respaldo animador quanto aos conceitos, os valores, a efemeridade do tempo. A urgência e fugacidade do ser.

Dessa montagem do texto, partindo de uma ação inanimada, construída dentro de uma carpintaria aparentemente despojada dos elementos que lhe pudessem valer para darnos o seu romance, cumpre, de maneira irretorquível, revestirse de uma verossimilhança perfeita. Lê-se-o, acreditando-o. Tanto ela se ajusta à realidade impalpável, recôndita, às vezes amorfa, de quantos a ela tenham acesso. Se agora não a temos impactual como em *Inventário das cinzas,* se a sua inquisidora e inquietante forma anterior de expressão cedeu lugar a esta outra, apaziguante, de outra forma, a mutação que se fez de modo algum torna-a estranha ao leitor. Até porque, nele, reencontramo-la numa transfiguração empática; plena. Fidelíssima. Como o fora anteriormente. Não me posso furtar, pois, conscientemente, de cometer a redundância de afirmar que, também em *O penhoar chinês,* Rachel Jardim deu-nos uma outra forma impactual de expressar-se, onde essa mesma forma de expressão depurou-se, cristalizando um estilo aprimoradamente simbólico, tendo, no sentido figurado de imagens facetadas, encontrado no burilamento conceitual das suas palavras um acabamento preciso e, em algumas vezes até, de tal maneira, que os podemos visualizar concretamente.

A CARTA

Merece, à parte, breve estudo introdutório, a carta supostamente reveladora deixada *post-mortem* por dona Elisa Avellar à sua filha. Esta, tomada de emoção ao iniciar a leitura, interrompe-a numa ação natural, à guisa de acomodar-se convenientemente, a fim de tomar conhecimento do seu conteúdo, dando desta forma o suspense relevante, oportuno, tecnicamente perfeito, pondo o leitor a seu lado, numa expectativa tensa, contida, eivada na verossimilhança conseguida pela narradora.

Conquanto a relação das duas, pautadas sempre com escassez de palavras, entretanto, afins, até na sua maneira de ser, sem se darem por inteiro, sem de todo se saberem, soem ser, no universo que as continha, dois seres que se plasmavam, paradoxalmente, plenas. No sentido mais absoluto. Amavam-se, entendiam-se, apesar do peculiar convívio, até certo ponto ascético, a protegerem-se das falências familiares, num tácito entendimento acima das suas próprias figuras representativas, mãe/filha, numa relação mais espiritual, contornadamente eqüidistante da realidade, quase sempre penosa, que seus tipos encerravam.

Essa carta reveladora, longa, não obstante conter elementos esclarecedores, vai detalhadamente, retirando o tênue véu de mistério de quase todos os fatos da vida da missivista, contudo ele de todo não se descerra. O traço linear de secretas emoções no perfil da personagem, projetado no conteúdo dessa inventariante carta, continuará intocado. Fiel, assim, ao tom subjetivo da narrativa. É um momento de extrema beleza: pungida, doando-se, essa dona Elisa Avellar, na sua frágil condição, na antecâmara da morte, soerguendo-se para escrever à sua dileta filha, dar-lhe o seu legado. Com todo seu amor, remotamente armazenado, à sua querida Elisa. Seguimos essa leitura com emoção, contidos. Ao lê-la, não se lhe cabem lágrimas verter. Despida de sentimentalismo resvalante, cabe-nos, ao lê-la, a mesma virtual postura de sua missivista: contrita.

O valor dentro do texto, da composição desta carta, é inexcedível. Raro momento de virtuosismo, com uma ressonância melódica, etérea, quase irreal.

É quase, pois, desnecessário discorrer sobre o estilo, sua forma, mais longamente. Comparar a autora, como de resto comumente ocorre, com o estilo de outros escritores, imediatamente lembrados, como Virginia Woolf ou Marguerite Yourcenar, seria, no mínimo, nivelá-la. Muito ao gosto de uma apressada avaliação. Rachel Jardim tem sua postura solitária. É Rachel já, agora, sua ortodoxa solidão. Não a molestemos com as imposturas da lisonja. Dispensáveis.

Conclui-se a leitura numa envolvente atmosfera impregnada de densos, enigmáticos e encantatórios mistérios. Há que meditá-los, aprofundá-los em sua essência mas, quando se é um perfeito leitor, deixá-los intocados como o quis a autora. Nos seus recônditos escaninhos.

Este livro foi impresso nas oficinas da
Distribuidora Record de Serviços de Imprensa S.A.
Rua Argentina, 171 – Rio de Janeiro, RJ
para a
Editora José Olympio Ltda.
em maio de 2005

*

73º aniversário desta Casa de livros, fundada em 29.11.1931